英语文学研究

—— 第 13 辑 ——

主编　张剑

外语教学与研究出版社
FOREIGN LANGUAGE TEACHING AND RESEARCH PRESS
北京 BEIJING

图书在版编目（CIP）数据

英语文学研究. 第13辑 / 张剑主编. —— 北京：外语教学与研究出版社，
2025．4．—— ISBN 978-7-5213-6306-7

I. I106

中国国家版本馆 CIP 数据核字第 2025N6C953 号

英语文学研究第13辑

YINGYU WENXUE YANJIU DI-13 JI

出 版 人　王　芳
责任编辑　蔡　喆
责任校对　刘相东
封面设计　李　高　颜　航
版式设计　锋尚设计
出版发行　外语教学与研究出版社
社　　址　北京市西三环北路 19 号（100089）
网　　址　https://www.fltrp.com
印　　刷　北京捷迅佳彩印刷有限公司
开　　本　787×1092　1/16
印　　张　12
字　　数　260 千字
版　　次　2025 年 4 月第 1 版
印　　次　2025 年 4 月第 1 次印刷
书　　号　ISBN 978-7-5213-6306-7
定　　价　68.00 元

如有图书采购需求，图书内容或印刷装订等问题，侵权、盗版书籍等线索，请拨打以下电话或关注官方服务号：
客服电话：400 898 7008
官方服务号：微信搜索并关注公众号"外研社官方服务号"
外研社购书网址：https://fltrp.tmall.com

物料号：363060001

记载人类文明
沟通世界文化
www.fltrp.com

目 录

澳大利亚文学

记忆/纪念

Contents

Australian Literature

Memory/Commemoration

没有仆人，就没有主人："仆人叙事"研究的历史变迁

刘畅

摘　要："仆人叙事"研究始于 20 世纪后期，它研究的对象一般是 18—19 世纪小说中的仆人角色，以这个角色的叙事功用作为其主要关切，认为无处不在的仆人角色往往起着"自觉的叙事者"的作用。仆人通过口头语言和身体行为等来推动叙事，塑造更深刻和更丰富的人物形象，突出被压抑和被压迫的现实。通过考察"仆人叙事"的研究历史，可看出 20 世纪中期至 70 年代末的著作更加关注仆人阶层的边缘化；20 世纪 80—90 年代的更加关注仆人在叙事过程中的能动作用；进入 21 世纪后，"仆人叙事"研究则呈现出更加多元和复杂的研究样态。

关键词：仆人叙事；身份政治；阶级关系；边缘化；能动性

No Servant, No Master: The Historical Changes in the Research on "Servant Narrative"

Chang Liu

Abstract: The research on "servant narrative", which started in the middle of the 20th century, studies the servants or people of the lower orders in the 18th and 19th century novels and other forms of literature, focusing on this type of character's narrative function and regarding this ubiquitous character as performing the function of a "conscious narrator". The servant often uses his or her special language and behavior to drive the narrative forward and construct a richer and fuller sense of character as well as highlighting their status of the oppressed members of the society. "Servant narrative" study has undergone three major phases in its development. The first phase, from the mid-20th century to the late 1970s, was mainly concerned with the marginalization of this class of people. The second phase, spanning from the 1980s to the 1990s, witnessed a cultural turn and was concerned with the servant class's narrative agency. The third phase, from the start of the 21st century, began a period of more diversified servant narratives with more complex manifestations.

Keywords: servant narrative; identity politics; class relationship; marginalization; agency

1 序言：仆人叙事的概念内涵

"仆人叙事"（servant narratives）研究是20世纪兴起的一个新的研究领域，它的出现与人们对文学中的一个特殊阶层的研究有密切关系。茨维坦·托多罗夫（Tzvetan Todorov）认为："构成故事环境的各种事实从来不是'以它们自身'出现，而总是根据某种眼光、某个观察点呈现在我们面前的。"（托多罗夫，1989：65）2015年，凯瑟琳·南希·哈德森（Kathleen Nancy Hudson）在《"由我述之"：早期哥特文学中的仆人叙事》（*"Tell it My Own Way": Servant Narratives in Early Gothic Literature*）中对仆人叙事进行了界定，并用这一概念研究18世纪哥特文学，拓宽了这一主题的内涵。仆人叙事研究的对象一般是18—19世纪小说中仆人角色，以仆人的叙事功用作为主要关切，认为无处不在的仆人角色往往起着"自觉的叙事者"的作用（Walpole，1986：22）。他们通过口头语言和身体行为等来推动叙事，塑造更深刻和更丰富的人物形象，突出被压抑和被压迫的现实。仆人叙事研究对于个别文本的阅读、小说叙事研究以及整个文学和文化研究都有重要意义。本文整合了该领域的众多文献，通过界定其概念和梳理及阐发其研究路径，以期廓清当下仆人叙事研究的内涵和外延，促进人们对于这个主题的全面把握。

仆人叙事指以仆人作为叙事主体或对象的文本作品，此类叙事的内容往往悄然凸显了处于下层阶级的仆人群体在更为复杂的多重边缘环境中的身份政治。对仆人叙事背后的权力话语进行解构，可以开创构建非常规社会关系史的可能性。

仆人与主人这样一种二律背反的关系可借用雅克·拉康（Jacques Lacan）"镜像阶段"理论（Mirror Image）中自我与他者的辩证关系进行解释。拉康认为："自我的建构既离不开自身也离不开自我的对应物——他者。"（拉康，2001：475）自我总是借助于他者而诞生且隐含着他性的逻辑，故自我在根源上乃为他者。而作为资本主义社会中典型的劳资关系，主人和雇佣仆人之间的关系发生在非公共和非生产性的场所。这种关系被厄内斯托·拉克劳（Ernesto Laclau）定义为"阶级斗争破碎化和分散化的场所之一"（Howarth，2014：63）。主仆关系在家庭内部形成了一种社会等级制度。它是一种"悖论性的相互依赖关系"（Heilbroner，1981：36），主仆双方共生相依，如果没有对方，则自己也无法成立。

仆人叙事研究的本质是赋予仆人角色以叙事权和聚焦权，颠覆中下层阶级在文学中的传统话语地位，让原本生活在传统作品中上层人物的影子和话音里的人物反客为主，讲述自己与主人、与社会的故事。因此仆人叙事是一种主体间的"关系叙事"，旨在研究主人与仆人之间的辩证关系。主人地位的确立是在仆人阶层的牺牲和让渡之上得以成立的，主人的主体性自我是基于虚构自我的认知基础上脆弱的自我投射，是通过与仆人这一他者之间的互动和关系建立的。这种关系是动态和辩证的。需要强调的是，如果没有仆人，主人也就不存在了。在这种关系中，仆人身上所承载的是完整同一的主体在遭遇其镜像时所分裂和欠缺的部分。因此，通过对文学作品中仆人叙事的研究，我们可以深入探讨主仆间复杂的辩证关系，更好地理解作家所处阶层的阶层主体性形成的过程和机制。这种研究对于理解文学作品所体现的社会现实和文化背景具有重要意义，也为我们对于文学作品的理解提供了新的视角和方法。

研究仆人叙事有助于我们有效地解构仆人在人格和思想方面的边缘性与劣等性，同时颠覆许多二元对立，如女性与男性、上层与底层、自我与他者、边缘与中心等。为此，马克思主义批评、后殖民主义、女性主义、族裔主义以及酷儿理论等理论批判工具可以与仆人叙事研究相结合，形成多元化的文学批判理念，以阐释更加立体的主仆关系和更深刻的文学内涵。

仆人叙事研究所需探寻的是在传统文学话语背后的一股隐性的叙事暗流。对仆人叙事的研究，挑战了聚焦于显性情节的传统阐释框架，对现有的多种理论概念和批评模式也提出了修正和拓展的要求。通过对仆人角色的关注与赋权，是深入挖掘文学作品多重主题内涵的重要途径，也有助于对人物的复杂性、作者的心理世界以及文学作品的文化价值与社会价值做出更加全面和多元的解读。

2　仆人叙事的主要类别

仆人通常被认为是社会底层结构中与上层人物距离最近、接触最频繁的反差群体。正因为如此，他们成了许多经典文学作品中不可或缺的角色。虽然仆人偶尔会在所谓的"情色文学"（Radford，2009：1）或"小文学"（Steer，2013：1）中作为主要人物出现，但在多数文学正典中，"仆人几乎总是为虚构作品中上层人物的生活提供反衬，或者在名人传记中充当注脚角色"（杨晓霖，2016：13）。直到后现代主义作品之中出现了"新仆人叙事"的写作模式，仆人一贯的文学地位也得以颠覆。纵观历史，文学作品中的"仆人叙事"创作模式可划分为三类。

2.1　以仆人作为叙事主体

叙事身份是在文学情节中或在现实生活中理解人物的一种手段。尽管叙事时间在推移、叙事内容在曲折发展，但"一个人的叙事身份总是凝结着不变的、稳定的自我认同，在文学中更是如此"（Gignilliat，2008：125）。塞缪尔·理查逊（Samuel Richardson）的小说《帕梅拉》（*Pamela*）系此模式中最著名和经典的作品之一。虽然是以女仆帕梅拉（Pamela）作为全书第一人称的叙事主体，但帕梅拉身上所凝结的始终是作为中产阶级清教伦理传道者的自我认同，也正是在这种自我认同的驱使下，帕梅拉实现了现实生活中几乎不可能的阶级跨越，并通过此身份完成了具有说服力的资本主义精神之布道过程。

亨利·菲尔丁（Henry Fielding）的小说《约瑟夫·安德鲁斯》（*Joseph Andrews*）以男仆约瑟夫·安德鲁斯（Joseph Andrews）的视角展开，尽管安德鲁斯卑微的出身掣肘降低了他在家庭和社会中的位层梯级，但其道德品行却远高出高高在上的封建贵族。通过追踪安德鲁斯的视线和披露其心理活动，菲尔丁逐步揭露了其雇主布比夫人（Mrs Booby）所代表的贵族阶级在"主仆关系"中的虚伪性，并对社会道德问题展开了深入探讨。

在丹尼尔·笛福（Daniel Defoe）的《摩尔·弗兰德斯》（*Moll Flanders*）之中，女主角摩尔·弗兰德斯（Moll Flanders）在少女时代即以仆人身份寄居在富人宅邸中，尽管关于其仆人生活的描述仅在小说全篇中占据很小的篇幅，但这段经历奠定了弗兰德斯一生的基调，是其一生颠沛流离历程的写照，因此值得加以关注且具有重要的研究价值。

托马斯·哈代（Thomas Hardy）的《德伯家的苔丝》（*Tess of the d'Urbervilles*）也是以女仆苔丝（Tess）作为第一叙事视角，以批判现实主义笔法讲述了苔丝作为底层劳动女性所遭遇的不公对待和悲惨命运，倡导人道、平等和自由的价值观，对维多利亚时代的阶级、性别和道德观念进行了批判。

还有艾米莉·勃朗特（Emily Brontë）的《呼啸山庄》（*Wuthering Heights*）以及凯瑟琳·斯托克特（Kathryn Stockett）的《相助》（*The Help*）等等，诸如此类作品，都可算作以仆人作为叙事主体的仆人叙事作品之典型。尽管写作时期不尽相同，但此类作品的共性是能够通过仆人的第一视角来直接反映出社会中的阶级和权力关系，反映出不同时期、不同社会环境下的人类经验，揭示出人性的复杂性和道德的多样性，且因为仆人的身份往往与阶级、性别、种族等问题紧密联系，小说中将仆人作为叙事身份可以反映出这些问题的复杂性和困难性，同时呈现出不同人物之间的互动和影响。同时，这些小说也提供了更广阔的社会视角，通过仆人的视角来观察人物的行为和想法，展示了更为细腻、复杂的社会画面。而作者通过描述仆人们通过自己的努力和勇气，逐渐走向成功和幸福的过程，也展现了人类奋斗和自我超越的力量，闪耀着人文精神的温暖光芒。

2.2 以仆人作为叙事对象

此类叙事模式是最为常见和普遍的仆人叙事模式，所指的是文学作品中关涉仆人的内容，以作者有意或无意的方式再现仆人等中下层群体所遭受的多重歧视与生存困境。在此种叙事方式中，仆人角色更多地作为主人生活的旁观者出现，他们不仅是相对于主人的他者，更是"他者的他者"，另一个他者指的是他们在社会阶层、性别阶层、族裔阶层、性倾向阶层甚至语言阶层中的受压制身份。深入剖析此类仆人叙事能够打破常规的文学窠臼，将仆人作为主仆辩证关系中的一个重要对立面加以审视，对源文本的解读维度、价值观倾向等做出新的增补与解读。

《鲁滨孙漂流记》（*Robinson Crusoe*）中的星期五（Friday），不仅仅是作为后殖民视角中被殖民的他者而存在，更重要的是作为新兴中产阶级主导的社会秩序和固化的社会阶层的象征符号而出现，其身上折射的是笛福作为中产阶级"在其位，谋其政"的抱负愿景，与为实现这一愿景所编织的道德谎言。

在威廉·梅克比斯·萨克雷（William Makepeace Thackeray）的《名利场》（*Vanity Fair*）中，作为故事趣味丰富者的黑人仆役萨姆博（Sambo）、霍克罗斯（Horrocks）与拉各斯（Raggles），作为故事冲突推进者的布罗晋索普太太（Mrs Blenkinsop）、廷克太太（Mrs Tinker）和罗顿（Rawdon Crawley）家的仆从们，作为故事情节主导者的布里格斯小姐（Miss Briggs）与弗金太太（Mrs Firkin）等，尽管这些人大都是作为陪衬的扁平化、工具性角色，但也凸显了遭受阶级压制的仆人与存在雇佣关系的主人之间的二元对立关系，在这些仆人身上表征的是萨克雷在创作过程中流露出的鲜明的民主创作倾向。

诸如此类的作品还有凯特·道格拉斯·维金（Kate Douglas Wiggin）的《丽贝卡》（*Rebecca*）、塞缪尔·理查逊（Samuel Richardson）的《克拉丽莎》（*Clarissa*）、弗朗西斯·伯纳（Frances Eliza Hodgson Burnett）的《伊芙莱娜》（*Evelina*）、查尔斯·狄更斯（Charles Dickens）的《双城记》（*A Tale of Two Cities*）等。作为叙事对象的仆人无疑是仆人叙事创作模式之中最为常见的一种，通过再现仆人的生活情境，如其工作环境、收入、衣食住行等，能够让读者深入了解当时社会中不同阶层的生活和差异，从而更好地理解社会和历史。对其中的仆人叙事进行研究，也可以通过反思权力和压迫的存在，提醒读者关注权力的滥用和人类自由的受限。这些作品有意或无意地记录和再现了当时社会中的不平等、贫富差距和阶层分化，反映了不同阶层之间的权力斗争和不平等的存在，并传达了关于权力和压迫如何影响人类自由和尊严的思考，推动了对这些问题的关注和反思。同时，这些作品也反映出人类共通的经历和情感，可以增进文化多元性和人类共通性的认识以及人类之间的相互理解和认知，为人们的思考和理解提供了有价值的资源。

2.3 新仆人叙事

"新仆人叙事"（neo-servant narrative）是在传统仆人叙事模式的基础上发展而来的，根据杨晓霖的定义，"新仆人叙事"指的是"以仆人为第一人称叙事者，或沿袭西方马克思主义视角和思维的、带有强烈阶层意识的第三人称作品"（杨晓霖，2016：13）。新仆人叙事之"新"包括叙事模式之新、创作模式之新和仆人阶层定义之新。杨晓霖在论文中将新仆人叙事作品的年代限定为20世纪后出版的文学作品，但根据其定义，新仆人叙事的创作模式最早可追溯到19世纪，维多利亚时代经典作品《简·爱》（Jane Eyre）即为新仆人叙事的典型作品。

新仆人叙事倾向于采用多视角叙事模式，如劳拉·费什（Laura Fish）的《奇怪音乐》（Strange Music）、玛格丽特·阿特伍德（Margaret Atwood）的《珀涅罗珀记》（The Penelopiad）等。另一种形式为以名人传记和经典虚构作品作为源文本进行二次创作的平行文本，如特雷西·雪佛兰（Tracy Chevalier）的《戴珍珠耳环的女孩》（Girl With a Pearl Earring）、丽贝卡·巴恩豪斯（Rebecca Barnhouse）的《女仆之书》（The Book of the Maidservant）等，它们将传记转换成了仆人视角。除此而外，新仆人叙事还指讲述"新仆人阶层"的故事，后者被定义为"西方仆人阶层中出现的一类具有一定文化修养的新仆人阶层"（杨晓霖，2016：18），这些仆人通常受过教育或有特殊技能，如家庭教师、家庭秘书、家庭记账员等。以19世纪时常见的家庭教师为例，尽管家庭教师常能深入作为私人领域的家庭内部，但其家庭地位和社会地位都是模糊难辨的，"她既是又不是家庭的一员，既是又不是仆人——也许她与这个家庭有某种关系，但并非完全属于其中；她从事着仆人性质的工作，但并不完全被视为一名仆人"（Sewell，1865：245-246）。再如20世纪的家庭打字员，"其角色居于家庭佣人和钟点工之间，又与后二者有着微妙却不容忽视的差别"（Heyns，2005：6）。讲述新仆人阶层故事的经典作品有夏洛特·勃朗特（Charlotte Brontë）的《简·爱》、亨利·詹姆斯（Henry James）的《螺丝在拧紧》（The Turn of the Screw）和辛西娅·欧泽克（Cythia Ozick）的《听写》（Dictation）等。

总之，新仆人叙事是一种文学和文化现象，它通过多种叙事形式和视角，呈现了仆人的生活和经历。这种叙事形式在一定程度上突破了以往传统文学中主人公和仆人的固有角色，为我们呈现了一个更加多元和复杂的社会现实。

3 "仆人叙事"研究的变迁

西方学界关于仆人叙事的研究肇始于20世纪，其发展至今共经历过两次转向。第一阶段为探索阶段，代表作品有埃里希·奥尔巴赫（Erich Auerbach）的《摹仿论：西方文学中现实的再现》（Mimesis: The Representation of Reality in Western Literature）；第二阶段为文化转向阶段，代表作品有布鲁斯·罗宾斯（Bruce Robbins）的《仆人的手：下层群体视角的英国小说》（The Servant's Hand: English Fiction From Below）；第三阶段为多元化阶段，它呈现出异彩纷呈、各臻其妙的研究样态。哈德森在《"由我述之"：早期哥特文学中的仆人叙事》中以仆人叙事这一概念为线索，研究了18世纪的哥特小说，进一步开拓了这个领域的研究思路。

3.1 探索阶段：边缘化研究

在 20 世纪中期至 70 年代末，最初的仆人叙事研究主要集中在文学史和小说史的研究中，学者们开始探讨仆人叙事的作用和意义，主要关注的是文学作品中仆人叙事的表现形式和功能。20 世纪的西方文学受到了哲学和社会思潮的深刻影响，文学研究的视野得以扩大。一批学者"从文学出发，进入到文化研究中"（高建平，2020），他们与当时的社会运动结合，致力于以文学为依托，撰写直接诉诸文化、社会和政治目的的论著。正是在此时，关注文学作品中处于失语和失权地位的中下层群体的仆人叙事引起了学者的关注，而逐渐成为文学批评的新兴领域。

1940 年，乔治·奥威尔（George Orwell）率先指出了西方文学中以仆人为代表的中下层群体形象的明显缺席。他认为，狄更斯虽为现实主义作家，但其作品中鲜有中下层群体的影子，即便有，也"主要作为仆人和丑角出现"（Orwell，1986：82），中下层群体在世界文学里是普遍缺席的。"若想在西方小说中，尤其是想在英国小说中寻找底层人的影子，只会是徒劳的。"（Orwell，1986：100）奥威尔的愤慨进入了学术界，引起了肯尼斯·伯克（Kenneth Burke）的回应。伯克提出，需要重新考虑如何呈现中下层群体，如通过象征的方式暗喻其重要性和价值，并将中下层阶级与整个社会的命运紧密相连，"形成一种共同体意识，以达到让人们能够共情、认同并行动的目的"（Lentricchia，1985：29-32）。也就是说，文学中对仆人、工人阶级等中下层群体的再现不能仅停留在表面，而应更深入地考虑其再现背后的象征意义。如果只是单纯地描述其苦难和剥削，那么这种叙事很可能反而让读者感到无力和绝望，从而失去读者对中下层群体的共情和支持。

1946 年，奥尔巴赫的《摹仿论》是西方文学中为数不多的能够对"文学中的仆人形象进行系统性批判的著作之一"（Robbins，1986：26），成为西方文学仆人叙事研究的滥觞。《摹仿论》以《荷马史诗》作为立论的开端，通过文体分用/混用的二元视角，对西方文学发展的重要历史线索进行了历史主义的系统性综述，其目的在于颠覆文体分用的古典主义美学原则，建构独树一帜的现实主义美学范式（张和龙，2008）。在《奥德修斯的伤疤》（*Odysseus's Scar*）中，"重要发现"（anagnorisis）的情节发生于女仆给英雄主人洗脚这一场景里，奥尔巴赫将主要眼光聚焦于这一对人物奇异的矛盾，并以仆人形象所代表的"随机性"（randomness）来诠释作者作为犹太人在现世中被流放，以及作为仆人的底层人在文学中被流放的遭遇，以此表征文学中仆人角色的低微和次要的存在方式，以及个体日常生活经验的现实。奥尔巴赫这种语文学分析的方法，实质上是捕捉到了散落于一系列正统的文学经典中仆人的碎片化和边缘式的文学形象，构成了文学作品反复流放与放逐普通人的历史，在另辟蹊径的关切中隐现着犹太学者的民族记忆和对于中下层群体的人文关怀。此种对于文本边缘角色背后寄托的日常生活经验的关注，既回应了美国文艺理论家肯尼斯·伯克（Kenneth Burke）对于仆人等中下层群体文学形象背后之深意的关切，也奠定了仆人叙事研究试图跟随和把握的方向。

继奥尔巴赫之后，让·赫克特（J. Jean Hecht）在《18世纪英国的家庭仆人阶级》（*The Domestic Servant Class in Eighteenth-Century England*）中采用历史主义的理据与文献考证研究的路径，将18世纪英国的家庭仆人作为考察和文学再现的对象，这缩小了奥尔巴赫在《摹仿论》中面向整个西方文学史的研究范畴，并首次将18世纪英国家庭中的仆人叙事作为主题进行深入分析与研究，其所采用的大量史料还原了当时的场景，为其后的此类研究奠定了真实可靠的文献基础。

奥尔巴赫还对莫里哀（Molière）戏剧中的仆人情节进行了广泛批判，

> 任何真正代表大众阶层生活的东西都是完全不可能的……所有女仆和侍者、农民和农民的妻子……都只是滑稽的副手……只有在上层资产阶级或贵族家庭的框架内，仆人们，尤其是妇女，有时才代表常识的声音。他们的职能是总是关心主人的问题，从不关心自己生活中的问题。（Auerbach，2003：365）

此种批判以入世的理性重申了文学中仆人形象及情节的扁平化与刻板化，揭露了仆人叙事背后维多利亚时代的阶级状况和阶级意识建构状况，为仆人叙事研究提供了重要的视角与切入点。

1977年，桑德拉·M. 吉尔伯特（Sandra M. Gilbert）对简·爱在盖茨海德府（Gateshead）中的监禁空间和创伤叙事进行了探究，认为仆人贝茜（Bessie）是简·爱在备受压抑的童年里最好的朋友，而贝茜曾为简·爱唱过的悲伤童谣则成了一种"谶语"（Gilbert，1977：784），"如同预言一般预测和暗示了简·爱曲折却坚毅的一生"（Gilbert，1977：799）。这种分析路径为《简·爱》开辟了新的解读视角，将仆人作为主人公命运的预言者的做法似乎回溯到了遥远的希腊神话之中。若沿着吉尔伯特的路径往更深处探讨，也许可触及夏洛特·勃朗特本人在时代转换以及新的社会秩序形成时期，根植于无意识之中的、对中下层阶级天然的亲近感，和尚处于酝酿和萌芽阶段的马克思主义思想。此外，吉尔伯特还强调了简·爱在罗切斯特（Rochester）面前与仆人相似的地位，并将二人比作《帕梅拉》中的帕梅拉与B先生，认为两对恋人关系背后的权力斗争构成是相同的。此处"仆人"成为一种精神潜文本中的象征符号，仆人叙事也在某种程度上象征着社会、性别、阶层等多重意义上的弱者叙事，成为不对等权力关系的典型符号。

这个时期的几位学者在不同程度上对仆人叙事研究做出了贡献，但诸种研究所关注的对象多为文本内部的情节。随着批评从社会向学院的转向，文学研究与社会运动开始紧密结合。于是，仆人叙事研究也进入了文化研究转向的新阶段。

3.2 文化转向阶段：能动性研究

在20世纪80—90年代，学者们看到了文学所具有的历史创造力量，开始更多地将仆人叙事研究与社会生活联系起来，产生了一批以仆人叙事研究为依托，诉诸文化、社会和政治目的的研究成果。

1986 年，罗宾斯延续了奥尔巴赫的研究范式，对荷马史诗中的仆人叙事继续进行探讨，发现其中几处重要的情节都由"仆人"角色完成，其中以年迈的女仆欧律克勒娅（Euryclea）认出奥德修斯（Odysseus）真实身份的情节最为突出。这类情节把仆人作为一种古老的命运化身，象征着社会终极的力量来源，正是这些生活在文本边缘和社会下层的仆人们"推动着整个社会的发展"（Robbins，1986：30）。欧律克勒娅等仆人所代表的，也正是文学作品之中千千万万隐匿于文本角落的中下阶层的形象。罗宾斯将文学仆人的这种象征功能归为西方文学中自荷马开始的现实主义传统[①]，并以马克思主义的文学批评观点与解构主义的批评方法，提出了从荷马到弗吉尼亚·伍尔夫（Virginia Woolf）的现实主义传统的修正主义反政治。此外，罗宾斯的努力还在于他首次提出了对作家的质疑，认为作家在仆人角色的构建上普遍存在忽略底层人的个体经验、无意识地将底层人形象他者化的偏见。

罗宾斯的解构式分析和批判式反思为仆人叙事研究提供了新的视角和思考路径，其著述中所体现的人文主义关怀和马克思主义文学批评思想让广大的社会中下层民众上升为表现生存问题的主体，在奥尔巴赫的基础上形成了更加平等化和民主化文学愿景。维维安·凯利（Vivienne Keeley）在《不止于所见：18世纪小说中的仆人与真理》（*More Than Meets The Eye: Servants and Truth in the Eighteenth-Century Novel*）中认为，罗宾斯的《仆人的手》是"关于仆人叙事主题的最广泛研究"（Keeley，2016：2）。

然而，包括乔治·沃森（George Watson）（Watson, 1995）、珍妮·戴维森（Jenny Davidson）（Davidson，2004）、克里斯蒂娜·斯特劳博（Kristina Straub）（Straub，2009）在内的其他文学批评家都对罗宾斯的理论提出了质疑。沃森认为文学中的仆人并非是被忽略和被扭曲的"他者"，"有知识和健谈的正面仆人形象在文学中也十分常见"（Watson，1995：483），因此仆人叙事存在相当程度的真实性和可参考性。纳什对罗宾斯的观点持保留态度，并以一项 18 世纪小说的调查为例认为，"仆人角色往往可以在不完全破坏现状的情况下表达非正统的想法或反叛的渴望"（Nash，2005：132）。诸多言论与米歇尔·福柯（Michel Foucault）对现实主义文学的论断十分相似，仆人叙事情节在此时成了足以衡量文学现实主义尺度的重要表征。

在这一阶段，理查逊的经典作品《帕梅拉》成了仆人叙事研究的重要对象。1992 年，丽贝卡·伦博（Rebecca Rumbo）在《颠覆性的奴役：帕梅拉与仆人行为书籍》（*Subversive Servitude: Pamela and Conduct Books for Servants*）中提出在 18 世

[①] 在《摹仿论》中，奥尔巴赫将荷马的现实主义传统视为西方文学现实主义的一条源头性线索。这一传统的核心特征，源于史诗文本对卑微人物、日常场景与偶然事件的书写。

纪针对女仆的行为规范中，贞洁和沉默被视为"神性之美德"（Rumbo，1992：154），这两种特性不仅是对女仆的要求，同样也是对中产女性的要求。这种要求将沉默和自抑与诺伯特·埃利亚斯（Norbert Elias）称之为"文明进程"（civilizing press）的部分理论相一致，甚至"与资产阶级的清教徒生活方式有关"（Burke，1993：138-141）。1993年，罗伯特·弗洛肯弗里克（Robert Folkenflick）在《帕梅拉：家庭奴役、婚姻和小说》（*Pamela: Domestic Servitude, Marriage, and the Novel*）中认为"女仆被男主人求爱"的主线情节背后是现代社会进程中自我与他人关系的变迁，以及社会需求和宗教教义之间的紧张关系（Folkenflick，1993：253）。1999年，斯嘉丽·鲍恩（Scarlett Bowen）在《长舌妇与浪荡妞：在帕梅拉与反帕梅拉的论战中重塑女仆形象》（*A Sawce-box and Boldface Indeed: Refiguring the Female Servant in the Pamela-Antipamela Debate*）中指出，帕梅拉作为身份低下的女仆，在文学中的表现却极其优雅、睿智、矜持，与一名中产淑女的言行举止并无不同。以《帕梅拉》为代表的仆人文学普遍将女性仆人描述为一个美好而被动的受害者符号，这种刻板印象实质上是理查逊"忽略阶级差异、将女性美德去政治化地建构为中产阶级价值观产物的表现"（Bowen，1999：257-258）。

布里奇特·希尔（Bridget Hill）在仆人叙事研究领域做出了深入探索和重要贡献。他的《论仆人：18世纪的英国家仆》（*Servants: English Domestics in the Eighteenth Century*）一书系自1956年的赫克特著作以来，对家仆叙事主题进行的再一次详细研究。希尔延续了赫克特历史考据的方法，通过对18世纪日记、期刊、回忆录、新闻等文学作品的考证，还原了绝大多数家庭仆人的生活：拿着微薄的薪水，过着捉襟见肘的日子；在中产或小资产阶级家庭中工作，有的家庭甚至只雇得起两个仆人；女仆不仅是性别和阶层上的弱者，面对来自雇主和同僚们的性骚扰也同样难以自保。这本书挑战了当时颇为主流的、对于家仆"通常是男性，在仆从众多、等级森严的权贵家中工作"的刻板印象，具有鲜明的现实主义关怀和马克思主义思想（Hill，1996）。

1997年，马克·索顿·伯内特（Mark Thornton Burnett）在《文艺复兴时期戏剧和文化中的主仆》（*Masters and Servants in Renaissance Drama and Culture*）中提出仆人是16和17世纪社会中最显著的经济特征（Burnett，1997：1），且文艺复兴时期戏剧和文化中仆人的表现方式表达了这一时期人们试图理解、控制甚至挑战变化无序的社会秩序的愿望，亦揭示了人们对动荡社会的担忧。

1999年，雪莉·英尼斯（Sherrie Inness）研究了伊迪丝·华顿（Edith Wharton）小说中的家仆形象，在《忠诚圣徒或邪恶流氓：伊迪丝·华顿的短篇小说〈女仆的钟〉和〈万灵〉中的家仆》（*Loyal Saints or Devious Rascals: Domestic Servants in Edith Wharton's Stories "The Lady's Maid's Bell" and "All Souls"*）（Inness，1999：338）中说明了作为18—19世纪最大的单一劳动群体，仆人的存在对英国社会的经

济和社会功能至关重要。但华顿小说中的仆人群体实质是其用以批判上流社会主流价值观的工具，表达了沃顿及其所在阶层的中产作家们对于中下层阶级既排斥又同情的矛盾心理。

回顾整个文化转向期可以发现，此时期的仆人叙事研究与更多社会运动流派之下的理论相结合，如马克思主义、女性主义等。这种研究更加强调仆人身份的异质性、体验的复杂性和情感的疏离性，与现实生活的生产和再生产紧密结合，让文学的意义进一步移向现实，拓展了仆人叙事的研究视野。

3.3 多元化阶段：历史作用研究

进入21世纪后，新的研究方法和综合性学科为仆人叙事的研究注入了新的活力，这个时期学者们开始关注仆人叙事的多样性，重视仆人的社会地位、性别、种族和文化背景等问题，以及仆人和雇主之间的互动、依赖和权力关系等；同时也有学者对多种文学流派中的仆人叙事进行了研究，如奴隶叙事、非洲文学、印度文学等，从全球化的角度重新审视仆人叙事的意义和影响。

在仆人叙事领域，作为对希尔的延续与继承，蒂姆·梅尔德伦（Tim Meldrum）以及其后的卡洛琳·史蒂曼（Carolyn Steedman）和R. C. 理查逊（R. C. Richardson）都对家仆叙事研究进行了后续的开拓与深入。这些研究的共同点是，学者们并没有将家庭仆人纳入传统而宏大的"工业革命"或"工人阶级"叙事之中，而是考证与再现家仆生活的种种细节，完善一种关注个人命运的微观视角，从而提供了一种重新阅读文学与历史的方法。同样，布莱恩·W. 麦考斯基（Brian W. McCuskey）的《厨房里的警察：仆人的监视与中产的罪恶》（*The Kitchen Police: Servant Surveillance and Middle-class Transgression*）分析了维多利亚时代仆人对于家庭私人领域中一些不可告人隐私的"监视与窃听"，此种情节叙事背后是中产者对家庭内部阶级交融状况的担忧，以及仆人作为流动阶级而对维多利亚时代主流意识形态基石的动摇（McCuskey，2000：359）。在此基础上更进一步，迈克尔·麦肯（Michael McKeon）将仆人叙事融入了18世纪家庭生活的全面研究，并发现仆人作为现代家庭的重要组成部分，促成了18世纪英国身份认同、阶级理论和现代社会的转变。18世纪小说中最重要的意识形态表现之一，就是"调和家庭内主仆的矛盾以保证新兴社会契约模式和现代社会秩序的顺利运转"（McKeon，2005：127）。麦肯的研究将仆人叙事与现代性理论有机地结合起来，以仆人叙事来说明现代社会演变的历史过程和连续性，其视角之新值得继续深入挖掘。

在女性主义视域内，朱莉·纳什（Julie Nash）于2007年对玛丽亚·埃奇沃思（Maria Edgeworth）和伊丽莎白·盖斯凯尔（Elizabeth Gaskell）作品中的仆人叙事进行了研究（Nash，2007），提出两位女作家都塑造了挑战社会等级制度的仆人角色，从而暴露了家长式统治阶级意识形态中根深蒂固的去人性化和腐败统治的隐患。其研究综合了马克思主义理论和女性主义理论，为19世纪女性小说研究开辟了重要路径。

在社会公共领域视角下，克里斯蒂娜·施特劳布（Kristina Straub）于2009年在《家庭诸事：18世纪英国主仆关系中的亲密、色情和暴力》（*Domestic Affairs: Intimacy, Eroticism, and Violence Between Servants and Masters in Eighteenth-Century Britain*）中借助雷蒙·威廉斯（Raymond Williams）的"情感结构"（structure of feeling）概念，认为仆人叙事的发展动力是由意识形态、权力以及流行文本在社会关系塑造中的作用问题所驱动的（Straub，2009）。主仆之间的性别关系、性缘关系、隐私关系都与家庭这一私人领域相联系在一起，而这又往往与公共领域相联系的一些合同协议和劳动关系发生重叠，因此仆人叙事背后是"公共"和"私人"领域重合的宏大社会叙事，从仆人叙事研究入手，可搭建起阐释从微观家庭到宏观社会公共关系的框架。同年，让·费尔南德斯（Jean Fernandez）通过关注19世纪小说和其他文学作品中识字的仆人，展示了有智识的新仆人阶层作为一种文化现象对19世纪社会的公共领域产生了深刻影响（Fernandez，2009）。

2015年，哈德森在《"由我述之"：早期哥特文学中的仆人叙事》一文中使用了仆人叙事这一概念，认为仆人在哥特文学中占据突出地位，仆人角色作为小说中不可或缺的配角，其有意或无意发出的叙事声音是文学中的现实主义因素持续回应现实生活、发挥文学效用的一种表征。由此开始，仆人叙事作为一个定义清晰的术语概念正式确立。其后，哈德森于2019年出版了《1764—1831年的仆人与哥特文学：讲述了一半的故事》（*Servants and the Gothic, 1764-1831: A Half-told Tale*），在书中她延续了之前的研究思路和眼光，并为理解塑造早期哥特式模式的仆人角色和仆人叙事而进行了大量的文学史料整理工作。通过参考并结合一系列18—19世纪的重要小说、戏剧和名人录等出版物，哈德森指出，仆人叙事是哥特文学叙事的重要手段，其背后是身份话语、想象话语和自我话语的复杂交织。

截至2023年4月，关于仆人叙事的最新研究是马尔戈日塔·索卡尔斯卡（Małgorzata Sokalska）的《次要角色的重要性：浅谈歌剧中的仆人形象》（*Bohaterowie drugiego planu: o postaciach służących w operze*），本文主要探讨了歌剧中的仆人叙事，并认为歌剧仆人有两个主要的类别：聪明的仆人和保姆，且此两种角色类型的传统可追溯到古典喜剧之中，并最终成为歌剧中表征现实主义的元素（Sokalska，2022：225）。

无论是希尔一脉的研究，还是注重性别分析的女性主义仆人叙事，抑或是微观宏观相结合的公共领域视角，21世纪的仆人叙事研究都面向着日益一体化的世界文学提出了颠覆传统文学批评模式的诉求。除此而外，格雷姆·泰特勒（Graeme Tytler）、凯瑟琳·沃尔切斯特（Kathryn Walchester）等学者亦分别在19世纪小说、旅行文学等领域对仆人叙事研究进行了探索。其中，泰特勒认为，文学作品中，仆人出于各种原因而表现出的不听话的倾向，"代表了等级社会之中不同阶层的道德利益方面所存在的冲突"（Tytler，2013：320）；沃尔切斯特关注旅行文学中的仆人叙事，认为仆人总是与作者或旅行者的叙述声音形成对比，并通过这种方式丰富了旅行文本的可读性与趣味性（Walchester，2017：156）。

4 结语

回顾百年内的两次发展转向，仆人叙事研究经历了术语内涵的扩展和指设范畴的演变。随着全球化时代的到来，文学研究的国别、地域、时间等限制逐一被打破，文学学者纷纷"以文学为一个整体，为一个独立的研究对象，通时与地与人与种类一以贯之，而作彻底的全部的研究"（郑振铎，1998：138）。作为西方文学研究中的重要领域，仆人叙事研究为更好地理解和认识西方文学的历史和变革提供了宝贵的视角和资源，同时也在新的时代语境下焕发出新的活力，亟待来自不同国别和领域的研究者给予更深入和丰富的理论阐发。

然而，值得指出的是，作为"重边缘、逆主流"的仆人叙事研究，更需要警惕落入文学的欧洲中心话语的窠臼，应当采纳对文学、文化和民族等更多元的理解，找到一条摆脱欧洲中心主义并接近区域中立的途径。虑及当下"仆人叙事"研究所面临的机遇和挑战，追溯历史原理、厘清研究本身的发展变迁及内涵和外延，不失为一种必要的应对方式。

参考文献

高建平，2020.20 世纪西方文论的缘起、发展和转型[J]. 学术研究（7）：145-151+178.

拉康，2001. 论精神错乱的一切可能疗法的一个先决问题[M]//拉康选集. 褚孝泉，编. 上海：上海三联书店.

托多罗夫，1989. 文学作品分析[M]//叙述学研究. 张寅德，编. 北京：中国社会科学出版社.

杨晓霖，2016. 后马克思主义批评视阈下的底层人物：论近期英美作品中的"新仆人叙事"[J]. 外国语文（3）：12-18.

张和龙，2008. 建构独树一帜的现实主义美学范式：奥尔巴赫《摹仿论》评析[J]. 外国文学（4）：68-74+127.

郑振铎，1998. 文学的统一观[M]//郑振铎全集（第15卷）. 天津：花山文艺出版社.

Auerbach E, 2003. Mimesis: the representation of reality in western literature[M]. Princeton: Princeton UP.

Bowen S, 1999. A sawce-box and boldface indeed: refiguring the female servant in the Pamela-antiPamela debate[J]. Studies in eighteenth-century culture (28).

Burke P, 1993. Notes for a social history of silence in early modern Europe[M]//The art of conversation.

Ed. Peter Burke. Cambridge: Polity.

Burnett M T, 1997. Masters and servants in renaissance drama and culture[M]. New York: St. Martin's.

Davidson J, 2004. Hypocrisy and the politics of politeness: manners and morals from Locke to Austen [M]. Cambridge: Cambridge UP.

Fernandez J, 2009. Victorian servants, class, and the politics of literacy[M]. London and New York: Routledge.

Folkenflick R, 1993. Pamela: domestic servitude, marriage and the novel[J]. Eighteenth-century fiction, 5(3).

Gignilliat M, 2008. Who is Isaiah's servant? Narrative identity and theological potentiality[J]. Scottish journal of theology, (61).

Gilbert S M, 1977. Plain Jane's progress[J]. Signs, 2(4): 779-804.

Hecht J J, 1956. The domestic servant class in eighteenth-century England[M]. London: Routledge & Kegan Paul.

Heilbroner R, 1981. Marxism: for and against[M]. New York: W. W. Norton.

Heyns M, 2005. The typewriter's tale[M]. Johannesburg: Jonathan Ball.

Hill B, 1996. Servants: English domestics in the eighteenth century[M]. Oxford: Clarendon.

Howarth D, 2014. Ernesto Laclau: Post-Marxism, populism and critique[M]. London and New York: Routledge.

Hudson K, 2015. "Tell it my own way": servant narratives in early Gothic literature[M]. Sheffield: Sheffield UP.

Hudson K, 2019. Servants and the Gothic, 1764-1831: a half-told tale[M]. Wales: Wales UP.

Inness S A, 1999. "Loyal saints or devious rascals": domestic servants in Edith Wharton's stories "The lady's maid's bell" and "All souls"[J]. Studies in short fiction, (36).

Keeley V, 2016. More than meets the eye: servants and truth in the eighteenth-century novel[M]. Dublin: U of Dublin, Trinity College P.

Lentricchia F, 1985. Criticism and social change[M]. Chicago: Chicago UP.

McCuskey B W, 2000. The kitchen police: servant surveillance and middle-class transgression[J]. Victorian literature and culture, 28(2).

McKeon M, 2005. The secret history of domesticity: public, private, and the division of knowledge[M]. Baltimore: Johns Hopkins UP.

Meldrum T, 2000. Domestic service and gender 1660-1750: life and work in the London household[M]. Harlow: Longman.

Nash J, 2005. Preface: special issue on servants and literature[J]. Lit: literature interpretation theory, (16).

Nash J, 2007. Servants and paternalism in the works of Maria Edgeworth and Elizabeth Gaskell[M]. Surrey: Ashgate.

Orwell G, 1986. Charles Dickens[M]//The decline of the English murder and other essays. London: Penguin.

Radford A, 2009. Victorian sensation fiction[M]. New York: Palgrave Macmillan.

Richardson R C, 2010. Household servants in early modern England[M]. Manchester: Manchester UP.

Robbins B, 1986. The servant's hand: English fiction from below[M]. Warrenton: Columbia UP.

Rumbo R E, 1992. Subversive servitude: Pamela and conduct books for servants[D]. Los Angeles: University of Southern California.

Sewell E M, 1865. Principles of education, drawn from nature and revelation, and applied to female education in the upper classes[M]. London: Longman.

Sokalska M, 2022. Bohaterowie drugiego planu: o postaciach służących w operze[J]. Poznańpolish studies, (42).

Steedman C, 2009. Labours lost: domestic service and the making of modern England[M]. Cambridge: Cambridge UP.

Steer E, 2013. The female servant and sensation fiction[M]. London: Palgrave Macmillan.

Straub K, 2009. Domestic affairs: intimacy, eroticism, and violence between servants and masters in Eighteenth-century Britain[M]. Baltimore: The Johns Hopkins UP.

Tytler G, 2013. Masters and servants in *Wuthering Heights*[J]. Brontë studies: The journal of the Brontë society, 38(4).

Walchester K, 2017. The servant as narrative vehicle in nineteenth-century travel texts about Norway and Iceland[J]. Studies in travel writing, 2(2).

Walpole H, 1996. The castle of Otranto[M]. New York: Dover.

Watson G, 1995. The silence of the servants[J]. The Sewanee review, (3).

作者简介

刘畅，北京外国语大学国际中国文化研究博士研究生。主要研究领域：比较文学与跨文化研究。电子邮箱：cliu777@163.com。

（责任编辑：张欢）

白人神话和种族性别化：美国亚裔作家对"蝴蝶夫人情结"的解构*

杨婕

摘　要： 白人男性和亚裔女性之间的跨种族亲密关系在不同的文学作品中都有呈现，可被视为广泛存在的文学经验。通过运用原型理论对三部作品进行整体性考察，本文认为"蝴蝶夫人情结"作为统领作品的叙述轴心，勾连着白人神话，因而具有主题原型的特征。歌剧《蝴蝶夫人》表征了平克顿与巧巧桑之间的征服与被征服关系，体现了种族性别化背后的权力运作模式和西方的殖民欲望。《蝴蝶君》和《馨香与金箔》分别立足具体时代背景，改写了蝴蝶夫人的原型模式，呈现出协商与平衡、失势与得势的关系走向，具有丰富的文化和政治意义。其中，《蝴蝶君》讽刺了西方白人不明真相的"杂糅"欲望；《馨香与金箔》则是直指全球女性主义的构想，表达对性暴力下亚裔女性的人文关怀。

关键词： 蝴蝶夫人情结；东方女性化；他者；殖民隐喻

The White Man's Myth and the Gendering of Race: Asian-American Writers' Deconstruction of the "Madame Butterfly Complex"

Jie Yang

Abstract: Interracial intimacy between white men and Asian women appeared in many literary works and can be seen as a widespread literary experience. By using the theory of archetype to observe these works, this essay proposes that the "Madame Butterfly complex" as the narrative axis is connected to the white men's myth, and thus has the characteristics of the thematic prototype. First, the opera *Madame Butterfly* represented

---

* 来自林玉玲回复笔者的邮件。在邮件中，林玉玲谈到，"在20世纪末的后殖民时代，亚洲女性受到良好的教育，独立，拥有女性同盟的支持。利安作为女性主义者，打破了蝴蝶夫人的受害者身份，是一个拥有智慧、自我赋权、能够掌控身体和激情的强大主人公"。

the Pinkerton-Ciociosan interracial intimacy as conqueror-conquered relationship, reflecting on the one hand the mode of power operation behind race gendering and on the other the West's desire for colonization. Second, *M. Butterfly* and *Joss and Gold* from their different historical backgrounds respectively rewrite the Madame Butterfly mode, and present the conqueror-conquered relationship as negotiation and balance, losing and gaining, thus displaying rich cultural and political significance. *M. Butterfly* satirizes the western white men's "hybridization" desire and their ignorance of the truth. *Joss and Gold* is directed to the idea of global feminism, expressing the humanistic care for Asian women under sexual violence.

Keywords: Madame Butterfly complex; feminization of the East; the Other; colonization metaphor

1 引言

伴随着新航路的开辟，欧洲人在全球的殖民活动正式拉开了帷幕。英国历史学家罗纳德·海厄姆（Ronald Hyam）认为"欧洲扩张不仅是'基督教和商业'的问题，也是交配和纳妾的问题"（Hyam，1991：2）。罗伯特·扬（Robert J. C. Young）也曾表示"'生殖经济'无法控制的支出才是殖民传播的实际效用"（Young，1995：170）。事实上，殖民地女性总是无可避免地遭受殖民者的掠夺和霸占，暗示着"杂交"欲望与殖民之间某种分不开的联系。20世纪初，西方世界家喻户晓的歌剧《蝴蝶夫人》（*Madame Butterfly*）以亚洲殖民地为背景，回应了上述关切。此后，以《蝴蝶夫人》为原型进行改写的系列作品——《海逝》（*The Toll of the Sea*）、《苏丝黄的世界》（*The World of Suzie Wong*）、《蝴蝶君》（*M. Butterfly*）、《西贡小姐》（*Miss Saigon*）、《馨香与金箔》（*Joss and Gold*）等，在不同时空中呈现出西方白人男性与亚裔女性的跨种族亲密关系，具有耐人寻味的象征意义。若引入"蝴蝶夫人情结"（Madame Butterfly's Complex）①的概念来看待两者，可以发现"情结"处于上述作品的叙述轴心，是"一种典型的或重复出现的意象"（弗莱，2002：99），与西方白人种族的集体想象及其构建的白人神话有关，因而具备了主题原型的特征。而"蝴蝶夫人情结"作为主题原型的再现与转变又具有一定的现实指涉性。

以往的文学研究没能发现"蝴蝶夫人情结"作为主题原型在系列作品中的再现

---

① 孙惠柱将西方文学作品中亚裔女性爱上白人男性并愿意为其献身的浪漫情节称为西方人的"蝴蝶夫人情结"，认为这实际是"白人为东方人编织的圈套"，隐含了"白人/男人沙文主义"（孙惠柱，2004：56）。"蝴蝶夫人情结"的提出对从文学领域研究亚裔女性与西方白人男性的跨种族亲密关系有了更清晰的研究方向和思路。本文即是对此的进一步研究。

与嬗变，缺乏整体性观照，为本研究留下了可继续论述的空间。本研究拟选取《蝴蝶夫人》《蝴蝶君》《馨香与金箔》为研究对象，以《蝴蝶夫人》为"蝴蝶夫人情结"产生的原点，探讨原作的原型模式与主题内涵及其在后两部作品中的变化。在文本内，《蝴蝶君》《馨香与金箔》都对原作进行了情节的改写和人物形象的重塑，并且都展现了原作对男主人公的影响，对跨种族亲密关系的推动，形成了与原作的文本张力与对话。在文本外，承继者黄哲伦（David Henry Hwang）和林玉玲（Shirley Geok-lin Lim）同属美国亚裔作家，都曾表示是在《蝴蝶夫人》的影响的焦虑下写作（黄哲伦，2010：148；Quayum et al.，2003：95），但各自拥有不同的族裔经历和改写目的。因此，本文希冀通过分析不同作家对"蝴蝶夫人情结"的不同处理及其背后的文化、政治意义，整合此类广泛存在的文学经验，探究这一主题原型流行和改写的动力来源，进而呈现文学对历史的映照作用。

2 征服与被征服：坚船利炮下西方的殖民欲望与日本女性的性感化

1853年"黑船事件"[①]之后，日本被迫开放通商口岸，长崎等地被迫修建"面向外国人的妓院"（the foreigners' brothel），成为殖民者的"特权文化场所"（privileged cultural sites）（Burns，1998：15）和寻欢作乐的天堂。歌剧《蝴蝶夫人》以19世纪末美国对日本的入侵为背景，按照"恋爱—被抛弃—生子—归来夺子—自杀"的原型模式展开。美国军官本杰明·富兰克林·平克顿（Benjamin Franklin Pinkerton）踏上长崎后感叹道，这里"像一个天堂"，"想住九百九十九年，但是……随时可以取消一切的合同"，"只有美国人，不怕一切的困难。走遍了全世界，找到冒险的乐园，享乐和做生意……获得每个国家，最可爱最美丽的姑娘"（普契尼，1981：30-31），体现了美帝国主义在日本的霸权地位，表明美国在日本殖民的本质是掠夺和占有资源，其中包括性资源。彼时，西方男性与日本女性的临时婚姻非常普遍，"被称为契约婚姻或按月结婚，是双方通过合同协议签订一种特定或可延长期限的关系"（Groos，1991：149）。巧巧桑（Ciociosan）和平克顿缔结"婚姻"关系时，被夸赞"值得一百块钱"，婚礼证言也被强调为"合同"（普契尼，1981：40），表明两人婚姻实为契约关系，是殖民者打着婚姻的幌子对当地女性实行的性压迫，而以巧巧桑为代表的日本女性则被商品化和性对象化。

平克顿实为美国海外殖民的化身，因其全称明确影射美国开国元勋本杰明·富兰克林（Benjamin Franklin）。在父权社会中，殖民是男性的事业，具有暴力的、"排他性的、刚性的、不妥协的男性特征"（范若兰，2013：14）。而女性则被认为

---

① 1853年，美国海军准将马修·佩里（Matthew Calbraith Perry）率领舰队强行驶入横滨，强迫日本打开国门，史称"黑船事件"，之后日本被迫与美国签署《日美亲善条约》，标志着日本闭关锁国时代的结束。

是"弱者和被保护者",是"民族文化身份的标志",因此"妇女的身体成为战场",当她们受到玷污和侵犯时,就象征着"领土的脆弱和民族的耻辱"(范若兰,2013:25-26)。用克内则威克(Djurdja Knezevic)的话说,即"国家是一个女人的身体,或者说它就是一个女人……女人是国家的人格化象征"(陈顺馨 等,2002:143)。《蝴蝶夫人》是一套将种族性别化的权力话语。强势种族承担的是主动、进攻的男性角色,而弱势种族只能是其反面的陪衬,要么无性化或是女性化。巧巧桑是西方异性恋父权制和种族主义的共谋产物,象征着"战败的、遥远的"(萨义德,2007:71)日本或者东方。她对平克顿表现出的性顺从来源于西方白人对占有异族女性的殖民想象,展现出西方白人的种族优越感和男性气质,维护了西方的父权制统治和海外拓殖事业。结婚不久,巧巧桑被抛弃、苦等三年后,却被归来的平克顿同时剥夺妻子和母亲身份,在遵从平克顿作为孩子父亲的意志、交出孩子后,以切腹自杀的形式捍卫了对平克顿的坚贞与忠实。这一情节说明即使巧巧桑甘愿为平克顿及其所代表的美国牺牲一切,也摆脱不了被平克顿随时抛弃的悲剧命运,她只能充当平克顿的附属和理想情妇的角色,成为平克顿暂时的情感迷恋。而剧中以平克顿理想妻子身份在场的白人女性凯特(Kate)不仅象征着对美国白人家庭的维护和对西方中心主义的回归,还在美国殖民事业中发挥着稳定器的作用。

平克顿的"蝴蝶夫人情结",即对巧巧桑的非理性痴迷和占有心理,在巧巧桑高度性感(hyper-sexuality)和异国情调的生理特征的"引诱"下被渲染成浪漫爱情的悸动,平克顿因此被免去性侵略的指责。而作为主题原型的"蝴蝶夫人情结"内涵更为复杂:一方面表明西方白人男性痴迷并意图征服亚裔女性的幻想,另一方面更深层地揭示出西方白人男性唯独"爱慕"蝴蝶夫人——听话、忠诚、充满性吸引力。赵健秀(Frank Chin)曾提出"种族主义之爱"(racist love)(Chin et al.,1991:8),用以形容美国主流社会对模范少数族裔的欢迎。这里的"蝴蝶夫人情结"又何尝不是"种族主义之爱"的体现?看似是"爱",实则是贬低、物化亚裔女性。而这背后都是西方种族意识形态作祟——要求亚裔服膺于他者设定,以此交换白人的好感。如今盛行的"恋亚癖"(Asian fetish)、"黄热病"(Yellow Fever)等词与"蝴蝶夫人情结"颇有些异曲同工之妙,都强调了此种"痴迷"实为病态心理或精神病症。更进一步说,"蝴蝶夫人情结"是殖民者将自身对特定种族、特定性别的征服心理美化后的说辞,体现的是西方白人种族合理化海外殖民、对东方去势并进行他者化想象的集体无意识。作为主题原型的"蝴蝶夫人情结"以白人男性和亚裔女性之间征服与被征服的跨种族亲密关系为表征,蝴蝶夫人代表了西方人眼中东方神秘、感性、柔弱、可被征服的一面,进一步映射出西方白人渴望规制东方的殖民欲望与救世主情结。

随着西方几个世纪的殖民扩张,基督教唯一神论中隐含的排他逻辑被运用于对异族文化的殖民想象,并逐渐成为一套西方的思维定式。从18世纪下半叶开始,为了"确证现存的西方现代性的合法性""维护西方中心主义的现代世界秩序"（周宁，2008：73），西方殖民者在殖民心理驱动下创造出东方的他者形象——一种"文化积淀物"（金德万，1987：28）或"心理意象"，而非"客观的人的形象"（荣格，1997：183）。蝴蝶夫人和龙女（Dragon Lady）共同构成亚裔女性原型，亚裔男性原型则是作为一体两面的陈查理（Charlie Chan）和傅满洲（Fu Manchu）。东方的人物原型，无论善、恶，都集中体现了西方人的"希冀、价值、恐惧和欲望"（金德万，1987：28），折射出西方人"种族自恋"的"文化品格"（蹇昌槐，2004）和"自私的、原始的生存欲望"（李有成，2013：绪论11），映照出拥有扩张基因的西欧文明。美国继承了西欧文明的衣钵，并在20世纪全球扩张史中续写了白人神话。短篇小说《蝴蝶夫人》作为歌剧《蝴蝶夫人》的雏形，一开始就是美国渴望征服远东、成为世界新霸主的序言。巧巧桑改信基督教，说英语，希望和混血孩子移民美国的表现更是将美国白人盎格鲁-撒克逊新教徒群体的"种族自恋"发挥至极。之后，意大利歌剧作曲家贾科莫·普契尼（Giacomo Puccini）注重表现"普通人由于原始情感的冲动而采取暴力行为"（格劳特 等，2010：572）的情景，将巧巧桑的结局改为切腹自杀，在增加故事矛盾冲突的同时，进一步迎合了西方殖民者的扩张心理。

"蝴蝶夫人情结"是西方"具有集体性质的意象形式"，经过"传统和迁徙"（荣格，1997：354），在《海逝》《苏丝黄的世界》《西贡小姐》等作品中不断重现。蝴蝶夫人的多个分身都是可被征服的亚裔女性，是西方白人男性的欲望载体，说明这些作品无一不是在为白人至上主义背书，属于西方霸权操控下的话语生产，而书写的背后则是不断运作的西方种族主义历史传统。

3　协商与平衡：冷战时期西方作茧自缚的妄想与中国男性的伪装

《蝴蝶君》以冷战时期的北京和巴黎为背景，以变异的原型模式，即"恋爱—生子—自杀"为情节主线，删减了平克顿抛弃巧巧桑、归来夺子的情节。热内·伽里玛（René Gallimard）受法国政府派遣驻扎北京收集越南战争的情报。但到了1966年，美国陷入越南战争泥潭。伽里玛由于自信地认为"东方人总是向一个更强大的力量屈服"（黄哲伦，2010：72-73）而误判了中国外交政策被遣回国。他在中国与法国之间的往返以浓厚的冷战背景为底色，看似个人的跨国行为却牵涉越南战争时期中、法、美、越等国间的暗流涌动。在中国期间，伽里玛结交了中国的京剧演员宋丽玲（Song Liling），认定宋丽玲和中国、越南等亚洲国家的人一样，有作为"他者"向"强势西方"屈服的传统。这实质上是伽里玛的殖民心理在后殖民时代的显化，表明殖民主义的幽灵或将成为西方人一叶障目、不见泰山的根源。

瑞内·伽里玛是西方帝国殖民者的代表，其名象征"西方哲学和法国高雅文化"（Lauretis，1999：324），"René"与法国哲学家笛卡尔（René Descartes）同名，"Gallimard"则影射法国著名的伽里玛出版社（Groupe Gallimard）。伽里玛是歌剧《蝴蝶夫人》的忠实拥趸。当他初次见到舞台上扮演蝴蝶夫人的宋丽玲时，其实是在"与重新激活的'原型'打交道"（荣格，1997：463），被殖民文化哺育的"古老的意象"（荣格，1997：464）在宋丽玲身上焕发生机，完成了一次施魅的过程。由于"眼睛和凝视的辩证法中没有一致性"，"只有诱惑"（Lacan，1998：102），伽里玛将宋丽玲等同于有待征服的亚裔女性或者女性化的东方、视自己为男性化的西方。他的程式化想象来源于存在已久的种族性别化话语，更具体而言，即男性化的帝国主义（masculinized imperialism），文明社会的男性殖民者理应从缺乏男性气概和管理能力的殖民地男性手中接管殖民地事务，并拯救堕落的殖民地女性于水火之中（Enloe，2014：100）。然而"所有规则都根源于战争"（萨拉森，2010：140），因此战争中权力关系一旦变化就意味着旧有规则的反常和不再适用。米歇尔·福柯（Michel Foucault）曾说"话语由于服从于能指的秩序而失去了……其现实性"（萨拉森，2010：117），也就是说要从"战争和杀戮的逻辑"（萨拉森，2010：140）来理解话语及其反映的权力关系。伽里玛在西方人创造的殖民话语和硝烟四起的战争实况的罅隙中服从"能指的专制"（萨拉森，2010：117），固守白人神话的坚不可摧性，在遭逢法国五月风暴①的兴起后，更是避而不谈周遭激进的社会现实。当宋丽玲不断地对伽里玛展现出性顺从时，复活的蝴蝶夫人意象对伽里玛"产生出一种强制性"，如同"本能驱力"（荣格，1997：90），引导伽里玛深陷自我编织的蝴蝶夫人之梦，最后以蝴蝶夫人的妆容，为破碎的殖民欲望献祭而亡。

反观宋丽玲的主动与强势在性顺从的伪装下早已有迹可循：他曾驳斥伽里玛的蝴蝶夫人之梦是西方人"最喜爱的幻想"，是"顺从的东方女人"为了"残酷的白种男人"（黄哲伦，2010：28）自杀才造就西方人眼中的美丽。可以说，宋丽玲的形象与蝴蝶夫人产生了偏离，这一点还体现在宋丽玲欺骗伽里玛，说他们领养的金发男婴为两人所生。伽里玛深信不疑还要求与法国妻子海尔佳（Helga）离婚，直到宋丽玲男儿身的完全暴露成为压倒他的最后一根稻草。如果说《蝴蝶夫人》中对凯特最后登场的寥寥数笔描述隐喻着西方女性殖民者对男性化帝国主义秩序的维护，那么《蝴蝶君》中的海尔佳则不再是"空洞的能指"，与伽里玛的数次冲突反映出西方家庭内部女性意识的觉醒与男性中心思想的逐渐瓦解。与其说伽里玛受到宋丽玲的"引诱"，不如说他更渴求"前女性主义的，渴望家庭生活的艺伎女孩"（黄哲伦，2010：153）从而补缺在西方女性面前愈发萎靡的男性气概。这些与原作的诸多不同实际是对西方男性的嘲讽：曾经触发海外扩张的"跨种族"欲望，如今

---

① 五月风暴是指1968年5—6月在法国爆发的一场社会运动，根源于法国社会的经济矛盾，在此期间，左翼思想盛行。

却在真相面前彻底触礁。伽里玛和宋丽玲关系的反转暗含东西方关系的扭转，东方不再被动、沉默，西方也不尽然主动、理性，或者说东方从来就不是真正意义上的顺从和女性化的化身。

《蝴蝶君》中的"蝴蝶夫人情结"有两层含义。一方面，以伽里玛为代表的西方白人男性普遍拥有一种"蝴蝶夫人情结"。这是西方殖民话语长久以来规训和教导的结果，在文本中直接表现为受到歌剧《蝴蝶夫人》的影响，曾经美国征服远东的宣言书成为促使冷战时期西方男性继续向外征服、扩大阵营的"文化意义上的'遗产'"（荣格，1997：492）。另一方面，《蝴蝶君》的主题内涵不再延续原作，展现的是冷战时期伽里玛由强转弱、宋丽玲由弱转强的过程，揭露了伽里玛的"强大"只是在种族主义和性别主义交织的权力机制作用下的幻象，他不够阳刚的身体暗示着男性气质的削弱以及西方殖民事业的衰败。最终宋丽玲性别的反转表明他才是这场不平等关系中的胜利者。《蝴蝶君》打破了蝴蝶夫人神话，嘲讽了冷战时期抱残守缺的西方殖民者。

但值得注意的是，黄哲伦是站在美国的立场上批评西方的东方主义，为美国的利益服务的。原因在于他来自亚裔精英家庭，接受的是美国主流文化，从来"没有驾驭复杂混合文化的体验"（Boles，2013：3）。因此他想以这部"非常美国式的戏剧"（Hwang et al.，1989：152)警示美国人"新殖民者的观念"，像"一个善良的女人，渴望屈服于男性的西方"，才是"我们在亚洲和别的地方的外交政策失误的核心"（黄哲伦，2010：153-154）。为此，他刻意让伽里玛"成为美国人"（Hwang et al.，1989：152)，以美国化的方式谈论性。然而宋丽玲形象的矛盾，狡黠阴柔、既是威胁又是危险的东方人（萨义德，2007：34）和雌雄同体，具有生成性与非本质性的亚裔形象又流露出黄哲伦本人的暧昧心理：既想从美国人的视角表达对亚洲崛起的焦虑从而获得美国主流群体的认同，又无法摆脱黄种人的面孔和"永远的外国人"的处境，还得为被同化的亚裔群体说话、给美籍亚裔男性正名。同时，美国在越南战争中的失败促使黄哲伦重新建构起更为平衡的、协商式的东西方关系。但冷战尚未结束，他对东西方的二元划分表明《蝴蝶君》仍是这一时期美国主流文化语境下的典型产物。不可否认，《蝴蝶君》有其积极正面的影响，但作品中充斥的矛盾对立的细节又创造了模糊含混的解读空间，暴露了黄哲伦无法脱离美国意识形态等局限。

4　失势与得势：全球化时期西方光环的祛魅与马来西亚女性的逃离

《馨香与金箔》以建国初期的马来西亚、20世纪80年代的纽约和新加坡为背景，以变异的原型模式，即"恋爱—被抛弃—生子—归来夺子"为情节主线，改写了巧巧桑自杀的结局。彼时马来西亚国内民族主义高涨，种族矛盾激化，被殖民的后遗症远未消散，美国新殖民主义又席卷而来。美国白人男性彻斯特·布鲁克菲尔德（Chester Brookfield）作为和平队志愿者（Peace Corps），被派遣至吉隆坡教授木工课程，但当地学生兴趣索然，从而引发他失落的感叹——"我不属于马来西亚"（Lim，2001：77）。然而彻斯特凭借白人身份依然收获不少崇拜，学生跑去他的课上了解美国，作为大学英语教师的华裔女主人公利安（Li An）在他面前也渐失方寸，就连他的名字也能令她联想至威斯坦·休·奥登（Wystan Hugh Auden）的浪漫情人彻斯特·卡尔曼（Chester Kallman）。可见，彻斯特代表的"美国神话"对当地产生巨大吸引力，体现出当时马来西亚遵守美国等级秩序，积极迎合美国、推崇美国的普遍心态。

彻斯特是身肩"白人的负担"、在马来西亚推行美国价值观的帝国代表。他在马来西亚的驻留具有强烈的政治属性，缘起于美国总统肯尼迪为"争夺冷战的中间地带——第三世界"（刘国柱，2001：59）而对其进行技术援助的构想。彻斯特与利安的相遇就如蝴蝶夫人故事的再现：利安被彻斯特表面的优越感和代表的美国自由蒙蔽和欺骗，她对彻斯特的性顺从折射出"后殖民时代第三世界国家普遍存在的文化父权结构"，是一种"对'进步、文明'的西方的臣服"（陈顺馨 等，2002：导言32）。因此，彻斯特的介入导致利安婚姻破灭，体现了象征强势种族的男性对象征弱势种族的女性的占有。

然而，故事发展后期，利安不再是被"缝合在民族/国家话语"（陈顺馨 等，2002：导言5）和殖民叙事中的女性。生下混血女儿素英（Suyin）后，她与艾伦（Ellen）、叶妈妈（the Second Mrs Yeh）组成女性同盟，三人发挥历史能动性、跨越国家疆界、寻求着更好的生活可能。利安不仅转变为"女性主义者，打破了蝴蝶夫人的受害者身份"，还拥有"女性同盟的支持"。她们"逃离'领土化'的方式"（Quayum et al.，2003：85）是一种肯定差异，"挣脱朝向单向度的坠落"（周雪松，2018：91）的努力，体现了全球化影响下边界的流动性和身份的去本质化。同时，"资本主义的扩张为女性主义诉求成为可能创造了条件"（陈顺馨 等，2002：75）。十多年后利安在新加坡"看重'金钱'或资本主义成功的商界"①占有一席之地，主动选择定居于此，而非利用素英移民美国。此处的改写是对美国的去势，也是对亚裔女性与混血婴儿命运的重新回应。相比前两部作品中不曾发声的婴孩，素英不仅可以发声还被赋予选择家园的权利，表明林玉玲以乐观积极的态度为混血儿扫除了性暴力创伤下的阴霾，代之以走向未来的世界公民身份与东西互通的希望。但父权制的操控仍无所不在：素英无法入学，除非拥有父亲的姓氏，最后只能成为亨利（Henry Yeh）的女儿——"叶素英"。固然，女性地位得到了提升，但"女性作为雇佣劳动者在资本主义制度下遭

---

① 来自林玉玲回复笔者的邮件。林玉玲认为"新加坡以资本主义追求利润、企业成功和社会地位为中心，抹去了以家庭、亲属和社区为主的传统联系。因此，利安从马来西亚搬到新加坡，暗示了她从一个以孝道和社会习俗为主的离散华人社区的一分子如愿进入了看重'金钱'或资本主义成功的商界"。

受着剥削"（上野千鹤子，2020：183）仍是事实：虽然利安悲痛于叶妈妈的离世，但只能在工作中异化，毕竟"股票的下跌是巨大的损失"（Lim，2001：258）。

另一位大洋彼岸的女性主义者——彻斯特的中产阶级妻子梅丽尔（Meryl）主张女性"为自己的身体和生活做主"（Lim，2001：112），为了事业不想生育，要求彻斯特去做了节育手术。彻斯特不再能繁育后代的身体象征着男性气概的危机和男性权力在美国白人家庭中的旁落。之后，彻斯特看歌剧《蝴蝶夫人》时想起自己唯一血脉，意欲返程抢夺孩子，也强化了利安与梅丽尔的对比。再次见到利安，彻斯特惊讶于她的变化及其与梅丽尔着装的共性："这一定是一种国际现象，女性的时尚——某种全球女性主义运动，让她们都穿着熨烫过的夹克衫和裙子"（Lim，2001：199），外表相似的背后暗含两人相似的职业困境与个人诉求。然而性别之外，历史的沟壑和差异充斥于女性主义者群体内部。梅丽尔的白人身份使她站在美国这一边、无视殖民主义带来的痛苦：她曾梦寐以求参与和平队，也坚决否认《蝴蝶夫人》背后的殖民事实。梅丽尔丰富立体的形象与《蝴蝶夫人》《蝴蝶君》中处于文本边缘的西方女性有了很大不同，她与利安的并置，于细微处呈现了女性主义自身"充满差异、且裂隙纵横"（陈顺馨 等，2002：导言28）的特征。

《馨香与金箔》的"蝴蝶夫人情结"可以从两个方面理解。一方面，在旧殖民余温尚存之际，"蝴蝶夫人情结"成为美国渴望重建权威、复兴和高扬白人神话的精神象征，是以彻斯特为代表的美国白人"心理结构的普遍模式"（荣格，1997：488）。在20世纪60年代，彻斯特的"蝴蝶夫人情结"得到满足。他与利安的关系按照西方人对跨种族亲密关系的"领悟模式"（荣格，1997：488）展开，隐喻了美国对东南亚在文化、心理等层面上的征服。到了80年代，《蝴蝶夫人》依然是彻斯特抢夺素英的推动力，只是这次父亲的意志不得不让位于女性情谊和传统道义，素英要为叶妈妈守孝无法跟随彻斯特回纽约。另一方面，《馨香与金箔》的"蝴蝶夫人情结"主题呈现出全球化时代下彻斯特由得势到失势，利安由失势到得势的过程。两人关系的反转以彻斯特铩羽而归为标志，变化原因在于经济全球化给东南亚带来了发展机遇，也给予了利安发展空间，与此同时"美国神话"的祛魅使得彻斯特的种族"光环"不复从前。

如果说黄哲伦试探性地让宋丽玲男性的身体在故事结尾击败伽里玛，那么林玉玲则通过女性自我赋权的道路让利安成为最后的主导，表达了对亚裔女性的称赞。《馨香与金箔》"提供了象征性行动，以醒目的方式参与社会现实"（Quayum et al.，2003：84），让曾经被压抑、被凝视、自我牺牲的巧巧桑从性殖民客体转变为拥有现代独立意识的主体，让失声的亚裔女性"浮出历史地表"，表明蝴蝶夫人的故事不止由西方作者或男性作家诉说、改写，女性作家也同样拥有书写权力。林玉玲是祖籍中国福建，在马来西亚出生，后来成长为美籍亚裔作家。她在去往美国之前，是马来西亚政治和文化上的边缘群体；去往美国后，作为知名学者、中产阶级代表，依然摆脱不了身为亚裔女性的困境。因此，当林玉玲试图让利安和梅丽尔形成对话时，不仅仅是在呈现全球女性间的差异，而是从自身经历出发，在"扎根"和"移动"间承认对话的女性"有其具体的定位，也承认每个具体的位置只能产生一种'未完成的知识'"（陈顺馨 等，2002：导言11），从而达成女性横向间联盟的可能。但小说中亨利的形象复刻了软弱的华裔男性，体现了林玉玲没能超越性别的写作局限。

5　结语

随着"蝴蝶夫人情结"在不同体裁、时代、国家的穿越和移位，帝国海外征服重心和西方地缘政治利益发生着变化，帝国主义国家侵略方式也在逐步从坚船利炮、沿海口岸被迫开放转变为更为隐蔽的冷战思维和文化殖民等意识形态的渗透；西方白人男性依然固守白人种族的精神家园，对东方国家施以女性化、色情化的想象；而女性力量的崛起在促进亚裔女性奋力挣脱"第二性"的从属地位，亚洲民族国家的复兴也在避免"独特的、历史性的、民族的特殊性""通过性别的隐喻而被普遍化"（陈顺馨 等，2002：238-239）。再者，东方和西方从来都不是同质化的铁板一块，而是由西方殖民者建构、想象的二元对立的概念。通过分析三部作品中亚洲不同国家间复杂异质的种种现实，本身就已跨越东西方人为划分的界限，透视出"东方"这个整体概念的虚妄性。同时，宽泛的"西方"无疑掏空了美国海外扩张、法国五月风暴、和平队和女性主义运动等历史存在，说明殖民者自身也不可避免地陷入本质化的枷锁中。

某种程度上正是因为种族主义和反种族主义两种力量的交锋对决才导致"蝴蝶夫人情结"文学主题的经久不衰。一边，歌剧《蝴蝶夫人》已在全球上演四百多次；另一边，对《蝴蝶夫人》的解构已成为一种文学书写形式。本研究选取的《蝴蝶君》《馨香与金箔》作为《蝴蝶夫人》的承继者，展现出"蝴蝶夫人情结"主题原型的转变，但这并非意味着反种族主义力量的线性上升，而是在与种族主义叙事互相纠缠、此起彼伏的过程中突破重围的结果，继而对历史与现实做出了响亮的回应。一方面书写过去性殖民给人们带来的创伤，意味着受害者的历史在场和被看见；另一方面勾连当下现实中的性殖民后遗症，既是对西方社会中遭受污名化和性暴力的亚裔女性的观照，也是对《蝴蝶夫人》及其演出成为正常文化现象的坚决抵制。未来对于"蝴蝶夫人情结"主题的书写，不能抛开原型产生的殖民根源，还要扎根社会土壤、捕捉权力关系的变化、回应种族主义现象等现实问题。

参考文献

陈顺馨，戴锦华，2002.妇女、民族与女性主义[M].北京：中央编译出版社.

范若兰，2013.暴力冲突中的妇女：一个性别视角的分析[M].北京：时事出版社.

黄哲伦，2010. 蝴蝶君[M]. 张生，译. 上海：上海译文出版社.

塞昌槐，2004. 西方小说与文化帝国[M]. 武汉：武汉大学出版社.

金德万，1987. 原型批评——文化的积淀和神话的复兴[J]. 湖北社会科学（6）：26-30.

格劳特，帕利斯卡，2010. 西方音乐史[M]. 余志刚，译. 北京：人民音乐出版社.

刘国柱，2001. 和平队与肯尼迪政府的冷战战略[J]. 南开学报，（5）：54-60.

李有成，2013. 他者[M]. 杭州：浙江大学出版社.

弗莱，2002. 批评的剖析[M]. 陈慧，袁宪军，吴伟仁，译. 天津：百花文艺出版社.

普契尼，1981. 蝴蝶夫人[M]. 戈宝权，郑兴丽，译. 北京：人民音乐出版社.

荣格，1997. 荣格文集[M]. 冯川，译. 北京：改革出版社.

萨拉森，2010. 福柯[M]. 李红艳，译. 北京：中国人民大学出版社.

萨义德，2007. 东方学[M]. 王宇根，译. 北京：生活·读书·新知三联书店.

上野千鹤子，2020. 父权制与资本主义[M]. 邹韵，薛梅，译. 杭州：浙江大学出版社.

孙惠柱，2004. 西方人的《蝴蝶夫人》情结[J]. 东南大学学报（哲学社会科学版）（6）：53-59.

周宁，2008. 在西方现代性想象中研究中国形象[J]. 南京大学学报（哲学·人文科学·社会科学版）
　　（4）：70-78.

周雪松，2018. 西方文论关键词 解辖域化[J]. 外国文学（6）：81-93.

Boles W C, 2013. Understanding David Henry Hwang[M]. Columbia: U of South Carolina P.

Burns S, 1998. Bodies and borders: syphilis, prostitution, and the nation in Japan, 1860-1890[J]. U.S.-
　　Japan women's journal. English supplement, (15).

Chin F, et al eds., 1991. Aiiieeeee!: an anthology of Asian American writers[M]. New York: Penguin.

Enloe C, 2014. Bananas, beaches and bases: making feminist sense of international politics[M].
　　Berkeley: U of California P.

Groos A, 1991. *Madame Butterfly*: the story[J]. Cambridge opera journal, 3(2).

Hwang D H, Digaetani J L, 1989. *M. Butterfly*: an interview with David Henry Hwang[J]. TDR (1988-),
　　33(3): 141-153.

Hyam R, 1991. Empire and sexuality: the British experience[M]. Manchester: Manchester UP.

Lacan J, 1981. The seminar of Jacques Lacan, book xi: the four fundamental concepts of psycho-
　　analysis[M]. Ed. Jacques-Alain Miller. Trans. Alan Sheridan. New York: Norton.

Lauretis T D, 1999. Popular culture, public and private fantasies: femininity and fetishism in David
　　Cronenberg's *M. Butterfly*[J]. Journal of women in culture and society, 24(2).

Lim S G L, 2001. Joss and gold[M]. New York: Feminist Press.

Quayum M A, Lim S G L, 2003. Shirley Geok-lin Lim: an interview[J]. MELUS, 28(4): 83-100.

Young R J C, 1995. Colonial desire: hybridity in theory, culture and race[M]. London: Routledge.

作者简介

杨婕，湖南师范大学外国语学院博士生。主要研究领域：美国文学。电子邮箱：
　　1136393751@qq.com。

（责任编辑：张欢）

对情绪的理性约束：简·奥斯汀小说中的自制力与创作观

闫梦梦

摘　要：本文通过细致研读简·奥斯汀的作品和书信，力求说明奥斯汀对自制力的关注与她逐渐形成、不断修正的小说创作观密切相关，包括她对人物塑造、叙述策略以及作者与文本关系的思考。从她的少女时代的作品到她去世前尚未完成的小说《桑迪顿》，奥斯汀在不同时期对自制力的处理方式，促使她尝试各种写作模式。通过比较奥斯汀的作品与她同时代的一系列作家作品，我们将看到，奥斯汀的作品以其独有的方式将18世纪末至19世纪初的英国小说中自我与社会的关系进行了更为真实和复杂的呈现。

关键词：简·奥斯汀；自制力；历史；互文性；写作模式

Rational Restraining of Emotion: Self-Control and Writing Principle in Jane Austen's Novels

Mengmeng Yan

Abstract: Through close examination of the works and letters of Jane Austen, this essay aims to demonstrate that Austen's interest in self-control is closely related to her evolving ideas about fiction writing, which include her characterization, narrative strategies and the relation between the author and the text. Austen's treatment of self-control also informs the ways in which she experimented with various modes of writing, from her juvenilia up to her unfinished mature novel, *Sanditon*. By comparing Austen's works with those of contemporaries, we shall see that Austen's writings have significantly complicated the relationship between self and society in English novels of the late eighteenth and early nineteenth centuries.

Keywords: Jane Austen; self-control; history; intertextuality; modes of writing

当简·奥斯汀（Jane Austen）在信中评论玛丽·布伦顿（Mary Brunton）1811年出版的小说《自制力》（*Self-Control*）时，她表示不赞赏书中对人物经历的刻意设计，称这部小说是一部"没有任何自然感（nature）和或然性（probability）的作品"
（Austen，1995a：234）。①这个评论实则反映了奥斯汀自己的写作风格和原则。对于
奥斯汀来说，小说创作中的"或然性"高于对情感和理智的单一化审判；情感和理
智不是相互取代的关系，而是不断斗争又融合交汇的关系。在18世纪英国感性文化
（the culture of sensibility）的影响下，奥斯汀与同时代作家对激情和审慎有着特别的关
注，而奥斯汀的独特之处在于发现感性中的道义、理性中的掩饰，一方面将渴望推向
更深的层次，另一方面将强烈的感受力予以升华，以呈现真实而非虚拟的人性状态。

在奥斯汀的小说《理智与情感》（Sense and Sensibility）中，埃莉诺·达什伍德
（Elinor Dashwood）被她暗恋的男子和另一个女子秘密订婚的意外消息所折磨，而
不得不从至少三个方面来约束自己的情感。鉴于她所爱慕的男子已有婚约，埃莉诺
不能再向他表达自己的热情；由于需要举止得体，她无法告诉那个得意的准新娘露
西·斯蒂尔（Lucy Steele）自己厌恶和她做伴；她也无法向家人诉说自己的痛苦，
因为她答应了露西保守秘密。上述第一点体现了自制力和情感的紧密结合：这不仅
是奥斯汀小说的特征，在奥斯汀同时代的保守派和激进派作家的作品中也很普遍。
第二点说明了自制力通常是以"社会表演"（social performance）的形式出现，并
且也是个人与社会环境的限制作斗争的表现形式之一。最后一点传达了双重信息：
通过自由间接话语模式（free indirect discourse），小说的叙述者暗示，埃莉诺在向
自己的母亲和妹妹隐瞒消息时感到了轻松；她认为，如果告诉她们这个消息，她们
只会变得太痛苦而无法真正安慰她。因此，埃莉诺在情绪低谷的状态被描述为"独
自一人更坚强"（stronger alone）（Austen，1995c：135）。②

对于埃莉诺·达什伍德来说，自制力代表了一种内在的独立，是她痛苦但并非
不情愿选择的情感规避方式。在奥斯汀的小说中，自我约束的能力往往被当作一种
令人钦佩的品质，象征着一个人的理性力量和内在能量。然而，通过塑造不同人物
在不同程度上因不同的原因控制自己的情感，以及由此呈现出的个人特征，奥斯汀
也质疑了自制力是完全积极的和合乎美德的这一观点。例如，埃莉诺的自制力虽然
在很大程度上被认为是值得称赞的，但它也带有负面的因素。埃莉诺不愿让她的家
人因她当下的痛苦而受到干扰，但这无意中造成了家人们在发现真相后为她们先前
的忽视而感到的深深内疚。③同时，在处理那些无法约束自己过度情感的人物上，奥

---

① Letter to Cassandra Austen, 11-12 October 1813.

② 文中所有英文译文均出自本文作者之手。

③ （a）"She [Mrs Dashwood] now found that she had erred in relying on Elinor's representation of herself; and
justly concluded that everything had been expressly softened at the time, *to spare her from an increase of
unhappiness* […] She feared that […] *she had been unjust, inattentive, nay, almost unkind, to her Elinor.*"
（Austen, *Sense and Sensibility*, 331. Italics added.）

（b）埃莉诺向玛丽安坦白，在过去的四个月里，爱德华和露西订婚的消息让她独自承受着痛苦；玛丽安
哭着自责道："you [Elinor] have made me *hate* myself for ever. – How *barbarous* have I been to you!"（Austen,
Sense and Sensibility, 247. Italics added.）

斯汀也比她同时代的保守派作家［如简·韦斯特（Jane West）和汉娜·莫尔（Hannah Moore）］更为仁慈。玛丽安·达什伍德（Marianne Dashwood）通过过往的经历取得了进步，并最终收获幸福，因为她意识到自己毫无约束的情感是自私的；而简·韦斯特的《一个道听途说的故事，一个传奇的故事》（*A Gossip's Story, and A Legendary Tale*）中同样热情和真诚的玛丽安·达德利（Marianne Dudley）则因放纵她的柔情和感性而最终陷入悲伤和衰落。奥斯汀的作品并没有以牺牲"或然性"的代价来进行"说教"；相反，这些作品在刻画日常生活和人情世故时呈现了前所未有的真实性。同时，奥斯汀对"自制力"在小说传统中的复杂化处理也体现了她的作品在所属时代背景中的对话性。尽管以往的奥斯汀研究在小说自我与社会的关系上开展了许多启发性的讨论，但自制力在这个关系中所发挥的意义和作用还有待系统地探讨。①本文旨在探索奥斯汀如何以微妙和独特的方式处理自制力，一个在奥斯汀同时期英国小说中熟悉的主题，以及这些处理方式与奥斯汀写作原则的相互关联。它将自制力这一主题置于英国18世纪末至19世纪初的社会、文化和政治背景中，分析奥斯汀笔下的人物控制自身情感的方式，以及这种控制如何表征作者对人物经历的描绘，说明自制力在奥斯汀作品发展中的影响和意义。

1　语境中的自我约束

尽管奥斯汀直到1811年才正式出版了她的第一部小说，但早在18世纪90年代，奥斯汀就已经开始积极写作了，包括构思和撰写《理智与情感》、《诺桑觉寺》（*Northanger Abbey*）和《傲慢与偏见》（*Pride and Prejudice*）。②在18世纪90年代，欧洲发生了现代历史上的一次浩大的政治和思想革命。著名政治辩论家玛丽·沃斯通克拉夫特（Mary Wollstonecraft）在法国大革命中看到了对正义和自由的共和理想的希望，而忠实于国家既定秩序的保守派作家汉娜·莫尔（Hannah Moore）则

① 在以往关于奥斯汀作品的相关研究中，克劳迪娅·约翰逊（Claudia Johnson）和莎拉·莫里森（Sarah Morrison）尤其关注家庭生活与公共生活的对立关系（Johnson, 1988; Morrison, 1994）。托尼·坦纳和凯瑟琳·萨瑟兰针对社会风尚与个人自由的冲突展开讨论，见本文参考文献（Tanner, 1986; Sutherland, 2004）。玛丽莲·巴特勒和克里斯托弗·内格尔强调理性与感性的相互作用，见本文参考文献（Butler, 1975; Nagle, 2007）。

② 《理智与情感》于1811年由托马斯·埃格顿（Thomas Egerton）首次出版，这开启了简·奥斯汀短暂的出版生涯。《埃莉诺和玛丽安》（*Elinor and Marianne*）是《理智与情感》的早期版本，大约在1795年创作，并由奥斯汀向她的家族成员朗读过。《苏珊》（*Susan*）创作于1798—1799年，于1803年首次卖给本杰明·克罗斯比父子（Benjamin Crosby & Son），但没有出版；该手稿于1816年被奥斯汀的哥哥亨利买回，并于1817年在奥斯汀去世后以《诺桑觉寺》的书名出版。《傲慢与偏见》（*Pride and Prejudice*）的早期版本《第一印象》（*First Impressions*）于1797年完成，但是被出版商托马斯·卡德尔（Thomas Cadell）拒绝，他没有要求看手稿。

对革命实践中的过度行为感到恐惧。然而，随着法国大革命演变为纯粹的暴力和血腥，即使是最初支持自由主义事业的激进思想家也清楚地认识到，这场革命已经误入歧途。在《法国大革命起源和进程的历史观和道德观》（*An Historical and Moral View of the Origin and Progress of the French Revolution*）一书中，沃斯通克拉夫特批判了法国革命者的自我放纵情绪，指责他们未能遵守革命所建立的正义原则。自我克制和情感放纵之间的张力既通过政治环境现实地表现出来，也通过文学在不同风格的作家作品中表现出来。

在沃斯通克拉夫特的其他著作中，"情感"仍然是讨论的中心话题，并且经常与社会改革联系起来。在《女人的错误：或者，玛丽亚》（*The Wrongs of Woman: or, Maria*）中，沃斯通克拉夫特刻画了一个性情温柔和心智进步的女主人公，并通过她来控诉："生来就是女人——生来就受苦，在努力压抑自己的情绪时，我觉得更严重的是，我的性别注定要承受各种弊病。"（Wollstonecraft，2004：133）女主人公玛丽亚不得不压抑的情绪是双重的，即她对一个不是自己丈夫的男子的爱情（即便她的丈夫是一个卑劣小人），以及她在一个无视她追求自由的社会中感到的不公。在她的整个写作生涯中，沃斯通克拉夫特一直对"感性"持批评态度，并在政治性作品中将它视为软弱的表现；即便有时她允许小说中的女主人公通过超脱的感性来发泄情绪，但她仍然忠于她公开的政治情绪，这对她来说代表纯粹的理性。[①]然而，沃斯通克拉夫特的自由主义理想，如她对女权事业的热情和她对共和美德的主张，都源于她强烈的感受力。事实上，在《现代女性教育制度的批评》（*Strictures on the Modern System of Female Education*）一书中，汉娜·莫尔批判了沃斯通克拉夫特等人，谴责他们放纵了激进的情绪："这个现代腐败者中最具破坏性的一类人，他们触发了激愤这一最让人绝望的情绪。"（More，1996：40）因此，"感性"不能被定义为一个统一的概念，就像"感觉"可以有多种形式一样。温柔的感情和理性的理解也不能被认为是完全不可调和的，正如沃斯通克拉夫特自己对两者关系的矛盾态度也表明了这一点。

在一封书信中，简·奥斯汀向她的侄女安娜·奥斯汀（Anna Austen）提出了安娜在小说创作上的观点；奥斯汀认为，在塑造一个角色时，把感情和理性分开是不自然的："起初，她（安娜塑造的女主人公）的内心似乎充满了依恋和感情，后来却一点儿也没有了；她在舞会上非常沉着……她似乎改变了她的性格。"（Austen，1995a：275）对奥斯汀来说，需要作者去限制和约束的，是人物的感受方式，而不是他们的感受能力。简·奥斯汀在其作品中融入了各种形式的自我约束，这也使她在同时代的小说家中脱颖而出。

[①]　"[...] the soft phrases, susceptibility of heart, delicacy of sentiment, and refinement of taste, are almost synonymous with epithets of weakness." (Wollstonecraft, 1999：73.)

简·韦斯特的小说《一个道听途说的故事》和奥斯汀的小说《理智与情感》在人物特征、场景、事件等多个方面都非常的相似。在小说中，韦斯特从一开始就明确了作品的说教意图。在序言中，韦斯特说明她的作品的目的是"阐明如稳重、坚韧这样的优点……并揭露和讽刺任性、敏感做作（affected sensibility）和闲散又挑剔的幽默（an idle censorious humour）"（West，1799）。这样的表述强调了秩序和自制力的重要性，与过度和不当行为形成鲜明对比。小说的故事情节强化了作者在道德维度的构造，用幸福的生活奖励理性的姐姐，用悲伤的生活惩罚纵容自己情感的妹妹。

尽管与保守的韦斯特持相反的政治观点，玛丽·海斯（Mary Hays）和伊丽莎白·英奇博尔德（Elizabeth Inchbald）在直接地表达作者意图这一点上与韦斯特的处理方式却是相似的。海斯在《艾玛·考特尼回忆录》（*Memoirs of Emma Courtney*）的序言中，通过女主人公对爱情和幸福生活的炙热追求，描绘了女性强烈的欲望和潜力。海斯指出，"自由思考和自由言论是具有美德和理性的人的特征"（Hays，2009：3-4）；海斯将她的女主人公艾玛（Emma）描述为一个"热爱美德，却被激情所奴役"的人，并表示艾玛的故事是"警告，而不是榜样"（Hays，2009）。我们可以合理地将作者的这些描述归结为这部作品的核心，鉴于女主人公的情感和渴望没有得到满足，而她也被迫屈从于社会现实的限制。英奇博尔德的戏剧《情人的誓言》（*Lover's Vows*）被《曼斯菲尔德庄园》（*Mansfield Park*）中的"演员们"不幸选中，而她的小说《一个简单的故事》（*A Simple Story*）也表达了女性欲望及其禁忌的主题。在这部作品的序言中，英奇博尔德通过对自己生活经历的简短描述，微妙地反思了女性的社会局限这一话题（Inchbald，1988：1-2）；小说在随后的正文中，也通过主人公被压抑的情感揭示了对女性进行理性教育的必要性。

除了以亨利·奥斯汀（Henry Austen）的《作者简传》（"Biographical Notice of the Author"）为序的《诺桑觉寺》与《劝导》（*Persuasion*）外（这两部小说是在作者去世后，于1818年合在一起出版的），奥斯汀的其他小说在出版时都没有序言；奥斯汀的六部主要小说均开门见山地直接进入故事的情节。从这些细节来看，奥斯汀似乎有意避免对读者的理解进行干预，以便让读者自由地判断故事中的寓意。"我的书不写给这么迟钝的精灵。"（"I do not write for such dull elves."）（Austen，1995a：202）她在给姐姐卡桑德拉（Cassandra）的信中如此写道。《诺桑觉寺》的结尾这样写道："不管这部作品的倾向是提倡父母的暴政（parental tyranny），还是奖励子女的不服从（filial disobedience），我留给他人决定。"（Austen，2000：165）奥斯汀貌似调皮地拒绝直接回答有关道德的议题，也因为这样，她的读者可以通过独立思考来阅读这本书。

无论是从保守派还是从激进派的角度来分析，奥斯汀对说教的抵制表明了她作为作者所持有的自制力。在评论奥斯汀的小说时，沃特利大主教（Bishop Whately）

称赞了奥斯汀拒绝说教的姿态："在这位女士的小说中，道德教训虽然传达得清晰而令人印象深刻，但并没有以冒犯性的形式呈现出来……它们没有被强加给读者。"（Whately，1821：5）对沃特利而言，奥斯汀远离道德说教的这一选择为她的叙述提供了更大的空间（Waldron，2005）。奥斯汀小说可以从不同的甚至相对立的方向来解读，其原因之一就是作者十分关注小说人物"不确定"的品质：就像现实生活中经常发生的那样，人物的内心都有着很多的斗争和冲突，这些不同的状态被奥斯汀忠实地、大胆地描绘出来。在范妮·普莱斯（Fanny Price）的平静外表之下，读者可以观察到她深刻的情感，还有她的痛苦和激情。尽管范妮克制了对玛丽·克劳福德（Mary Crawford）品行上的批评，但读者也可以时刻了解到范妮的思绪。例如，当爱德蒙·贝特伦（Edmund Bertram）多次向范妮谈起他对玛丽的爱慕时，小说的叙述通过自由间接话语方式呈现了范妮沉默背后的隐藏的态度："但他（爱德蒙）被她（玛丽）欺骗了；他给她赋予了她并没有的品质。"（Austen，2007：212）奥斯汀最后一部完成的小说《劝导》几乎是完全通过女主人公安妮·艾略特（Anne Elliot）的意识来叙述，以揭示安妮的紧张心理，虽然这种紧张的感觉往往会被安妮强大的自制力所掩盖。

的确，奥斯汀并不是她那个时代唯一一位允许虚构人物拥有内心世界的作家，但她的原创性在于她强调个人与自我的斗争，并认为这种斗争是自然和有意义的（尽管时常被社会规范认为是不理想的）。对于18世纪90年代的保守派作家来说，"内心世界"本身是一个非常危险的话题，在他们的作品中难以深入探讨，因为他们的作品往往被当作年轻读者的行为指南。在《一个道听途说的故事》中，理性善良、自控力极强的女主人公路易莎·达德利（Louisa Dudley）即使在私底下也无法沉溺在焦虑之中。在这部小说中，路易莎情绪动荡的主要原因是她对佩勒姆先生（Mr Pelham，她妹妹的前追求者）的暗恋。在第24章的一个插曲中，露易莎独自一人悲伤地回忆着她在佩勒姆陪伴下度过的时光，但不久之后被她父亲的脚步声打断，她的父亲也正沉浸在破产的痛苦中。这个时候，小说的叙述者以赞许的口吻描述道："这位可爱的女儿立即从她的思绪中驱走了悲伤，将她美丽的眼睛抬起来望向了天堂，温顺地恳求仁慈的上帝帮助她，使她最敬仰的父亲重获平静和满足。"（West，1799：161）

在韦斯特的另一部小说《教育的好处》（*The Advantages of Education*）中，年轻的女主人公被她的母亲教导，要习惯性地"将她的精神之眼转向缓解性的事物上"（West，1793：48），从而避免沉溺于痛苦。这样一来，虽然韦斯特笔下具有美德的人物也经历着各种各样的内心斗争，但读者极少能够深入了解他们的内心冲突。韦斯特有意避免描述人物的复杂的情感体验，似乎认为这是对她作品所推崇的道德信念的一种破坏。韦斯特试图呈现她认为人们应该成为的样子，而奥斯汀则选择描绘她看到的人们真正的样子。在自我克制这一话题上，奥斯汀呈现了她的人物在努力保持对自己情感的控制中所牺牲掉的东西，并指出这些牺牲虽然并不具有示范性，但并非没有价值。

与同时代的保守派女性作家相比，奥斯汀时代的激进派女性作家常常直言不讳地讲述她们笔下虚构人物（通常是女主人公）的痛苦，并经常将她们的内心斗争描述为不公正的社会制度的产物。沃斯通克拉夫特笔下的玛丽亚［《女人的错误》（*Maria*）中的女主人公］公开否认通奸的指控，并在法庭上抗议社会对女性自由的不公正和限制；海斯笔下的艾玛·考特尼［《艾玛·考特尼回忆录》（*Emma Courtney*）的女主人公］直接写信给她所爱的男人，并向他详细讲述了她的情感起伏。奥斯汀对她的主人公内心的描述方式也不同于这些激进的作家，因为她没有定义人物内心斗争的性质，只是用笔来描绘了他们。玛丽莲·巴特勒（Marilyn Butler）认为小说可以非常有力地勾勒出生活的真实模样："小说家的职责不是寻找解决方案或提出哲学思想，而是勾勒生活。"（Butler，1975：298）在评论奥斯汀的小说设计时，凯瑟琳·萨瑟兰（Kathryn Sutherland）指出："（在奥斯汀的小说中）意义从未被最终确定，而是在一系列或然性中发挥作用。"（Sutherland，2004：258）奥斯汀的作品是开放的，并忠实于生活。

针对霍金斯夫人（Mrs Hawkins）的小说《罗珊娜》（*Rosanne*），奥斯汀在书信中批评小说人物的塑造，称其为"非常单调和不自然"（Austen，1995a：289）。奥斯汀的《小说计划》（*Plan of a Novel*）是一部滑稽讽刺作品（burlesque），其中描绘了"最优质"和"没有缺陷"的人物，以及"完美无缺"的场景（Austen，1954）。这些特质显然是奥斯汀厌恶的，正如她在写给侄女的信中抱怨道："如你所知，完美的描绘让我感到恶心和厌烦。"（Austen，1995a：335）由于奥斯汀重在书写真实生活中的人物和事件，因此对于她笔下人物最重要的是面对社会环境保持警惕，并对自己的行为负责。自制力，以及这种控制力在一个人的头脑中形成（或被剥夺）的方式，成为探索奥斯汀小说写作原则的重要因素。

2 强烈情绪的控制

自制力这一概念与情感密不可分，因为自我控制的必要性只适用于那些有能力感受的人。在《理智与情感》中，奥斯汀通过反讽的方式，对芬妮·达什伍德（Fanny Dashwood）、露西·斯蒂尔（Lucy Steele）和费拉斯夫人（Mrs Ferrars）这些没有真正感受的人物的做作行为进行了精妙的批评；这突出了女主人公们的真实情感和感受能力。奥斯汀笔下的人物出于各种原因都有控制自己情感的方式，自制力在多大程度上抑制或给予了作者情感表达的空间，是一个值得探究的议题。自我控制和情感强度之间的相互作用为奥斯汀处理男性和女性经历提供了支持，因为人物对自己欲望的反应有助于阐明他们的道德品质和思想。

巴特勒将奥斯汀最后一部完成的小说《劝导》描述为"最优雅的求爱小说"（"the most elegant of courtship novels"）（Butler，2010）。莎拉·伍顿（Sarah Wootton）在一篇关于奥斯汀作品中的拜伦式风格（the Byronic）的研究中称这部小说为"奥斯汀最知名的浪漫小说"（Wootton，2007：34）。"优雅"这个词不仅表达优美和雅致，而且还带有一种谨慎和克制的感觉。奥斯汀在安妮·艾略特（Anne Elliot）和弗雷德里克·温特沃斯（Frederick Wentworth）的沉默中，以其他方式暗示了他们的思想活动，成功地描述了这对恋人间强烈的感情，例如描述他们的肢体语言，采用自由间接话语，以及呈现叙述者的声音。在讨论奥斯汀对情感的处理时，克里斯托弗·内格尔（Christopher C. Nagle）强调了《劝导》中的肢体语言所承载的小说叙事的情感力量（Nagle，2007：102）。温特沃斯上校坚决将顽皮的孩子沃尔特（安妮的侄子）从安妮的背上抱走的场景发生在沉默之中，因为温特沃斯的好意让安妮"无言以对"（"perfectly speechless"）（Austen，1995b）；而温特沃斯也有意地避免谈话，"刻意避免听到她（安妮）的感谢"（Austen，1995b：54）。根据叙述者的描述，温特沃斯在把男孩抱走之前，先要把孩子结实的手从安妮的脖子上松开，这意味着温特沃斯触摸了安妮；尽管小说中没有使用"触摸"这一表达，但这肯定是安妮后来变得紧张的部分原因。奥斯汀同时代的女作家玛丽亚·埃奇沃思（Maria Edgeworth）在1811年写给朋友的书信中评论了这一场景："你没看到——或者更确切地说，从安妮的角度感受到——温特沃斯上校把那个吵闹的孩子从她背上带走了吗？"（Edgeworth，1818：278）仅从作者对动作的细微描写，读者就可以在恋人的位置（尤其是女主人公的位置）感受到触摸带来的情思和沉默的力量。在这部小说接下来的一章中，叙述者描述了一个类似的场景：温特沃斯感觉到安妮在长途跋涉中疲惫不堪，没有等待她的许可，就把安妮扶上了正巧路过的克罗夫茨夫妇（the Crofts）的马车。再一次，安妮和温特沃斯没有说话。然而，当安妮和克罗夫茨夫妇坐在马车上时，叙述者对安妮的心理描述折射出了安妮内心深处的情感。安妮首先想到的是她被她所爱的男人感动了。她提醒自己："他把她放在那里，他的意愿和双手都做到了。"（Austen，1995b）然后，安妮试图从温特沃斯的角度来思考这件事，并得出了这样的理解："他不能原谅她……但他仍然不能看到她遭受痛苦。"（Austen，1995b：61）安妮最终被"快乐和痛苦的交织"（Austen，1995b：61）所淹没，这也反映了她矛盾的情绪。后来，也是通过小说叙述者对温特沃斯内心的描述，读者才意识到他丰富的内心世界，比如温特沃斯对莱姆（Lyme）事件的理解，让他"学会了区分原则上的坚定和自我欲望的顽固"（Austen，1995b：161），并纠正了他对安妮的带有埋怨的偏见。

奥斯汀巧妙地运用不同的写作手法来填补男女主人公沉默的空白，以表现他们稳步增进的相互理解和逐渐重燃的激情。例如，小说在直接引语（对话）和自由间接引语之间的平衡表明了人物的各种情感状态。随着安妮和温特沃斯的关系从初次重聚到和解，小说的叙述风格逐渐从自由间接话语转变为直接话语，这表示情感的表达更加开放。自从八年半前他们分手以来安妮再一次见到温特沃斯，她的情绪波动通过自由间接话语表现出来："她见到了他。他们见过面了。他们又在同一个房间里了！"（Austen，1995b：40）在这个时刻，叙述者不可能把安妮的感情直接表达出来，因为安妮没有人可以倾诉，而且她还不能确定温特沃斯上校仍然爱她。在小说第二十章音乐会的插曲中，安妮从与温特沃斯的简短谈话中确信他仍然爱她，并在他因嫉妒威廉·艾略特先生（William Elliot）而突然准备离开音乐会时要求他留下来听下一首情歌。同样，在小说的末尾，温特沃斯在写给安妮的信中直接表露了他对她的爱慕；写信可以被视为是一种直接的话语方式，因为信中所表达的情感并不像在自由间接话语中经常发生的那样被内化。安妮和温特沃斯和解后，叙述者呈现了两个人物在小说中最长的一次对话：所有的误解都得到了纠正，他们对彼此的爱也直接地表达了出来。

然而，尽管奥斯汀通过在叙述中融入不同的写作策略表现出了人物压抑但强烈的情感，但是她经常有意地抑制以激烈的方式来表达情感。《劝导》在创作中的原始结局与修订后的结局（即小说在出版时使用的结局）形成了鲜明的对比，主要的原因是作者呈现恋人间强烈情感的方式非常不同。在最终版本的结局中，温特沃斯无意中听到了安妮和哈维尔上校（Captain Harville）关于恋爱中男性和女性的忠诚程度的对话，之后他给安妮写了一封深情而深刻的告白信，表达了他的爱恋，使得这对昔日的恋人重归于好。原始的结局在情感的表达上更为直接和开放。温特沃斯对爱的告白不仅表现得更加热情，甚至有点唐突。在得知安妮和艾略特先生没有订婚时，温特沃斯握住安妮的手说："安妮，我亲爱的安妮"（Austen，1995b：171）。小说原始结局的设计表明，奥斯汀能够以一种比她大多数作品中所反映的更直接、更激情的方式来表达人物的强烈情感。在评论这部小说的结尾时，内格尔指出，对初稿的替换说明了作者在"奋力应对"的事情（Nagle，2007：109）。奥斯汀并不是在努力抵制强烈情感的存在，而是在努力尝试如何将渴望推向更深的层次。

在给 W. S. 威廉斯（W. S. Williams）的一封信中，夏洛特·勃朗特（Charlotte Brontë）批评了奥斯汀小说对情感的非自然克制，"她（奥斯汀）完全不知道什么是激情……那尽管隐藏着却仍在快速和剧烈地跳动着的（情感），那让血液奔涌的（情感）……奥斯汀小姐忽略了"（McNees，1996：428-429）。尽管勃朗特在这里针对的是奥斯汀对女性情感的描述，但她的评论也暗示了奥斯汀在两性关系和情感呈现上的疏离。然而，安妮的"激动、痛苦、快乐，一种介于喜悦和痛苦之间的东西"（Austen，1995b：116），以及温特沃斯的"半痛苦、半希望"（Austen，1995b：158）的被穿透的内心，都是奥斯汀作品中呈现激情和欲望的例子；这些瞬间被勃朗特忽视了。仅仅因为作者没有从字面意义上描述心脏的跳动和血液的奔腾，并不意味着激情的主题完全被遗漏了。通过压抑情感所必需的力量，这种力量通过沉默、不可表达性和私密性而体现在叙述中，读者可以更加意识到情感的强度。

安妮和温特沃斯不仅拥有深刻而强烈的感知能力，同时具备坚强的意志力。通过安妮这个人物，奥斯汀呈现了一个充满感情的女人；尽管她的内心深处也会焦虑和充满思绪，但是安妮仍然在积极和负责地安慰和帮助他人。尽管安妮在父亲和姐姐面前被视为"无名之辈"（nobody），但在小说的开头，艾略特一家搬出凯林奇公馆（Kellynch Hall）时，安妮全权负责最后的家政安排（Austen，1995b：5）。在厄珀克罗斯（Uppercross），安妮比她那苛求的妹妹玛丽更受大家的欢迎，也在查尔斯和玛丽的孩子受伤后日夜悉心看护。在莱姆，安妮设法让抑郁和不善交际的本威克上校（Captain Benwick）参与到舒缓的谈话之中，并冷静和有效地缓解了路易莎摔落后周围人们的恐慌。也是在莱姆，温特沃斯完全意识到安妮的温柔和刚毅，并承认自己之前对她的看法是不公正的。爱德蒙·伯克（Edmund Burke）将女性最高形式的美形容为"几乎总是伴随着软弱和不完美"（Burke，1757），他认为"痛苦中的美是最令人感动的美"（Burke，1757）。哭泣、身体不适和食欲不振是伯克理想的女主人公的特征，而她的脆弱性有助于增加她的吸引力和美丽。奥斯汀似乎在有意识地抵制伯克式的自我沉浸的情感表现，并将安妮丰富的（有时是自相矛盾的）内心世界与她的健康而充实的公共生活并置在一起，而这种状态正是通过安妮积极的自制力来实现的。

温特沃斯的感性并没有与他的行动不相容；通过塑造这个男主人公，奥斯汀驳斥了感性传统中堕落的"感性男人"（man of feelings）形象。温特沃斯不仅是一名实干的海员，而且是一名在海军中获得晋升的自力更生之人。同时，他也在积极地帮助他人。例如，他帮助史密斯夫人（安妮的老校友）在西印度群岛找回她已故丈夫的财产，"以一个无畏的男人和一个坚定的朋友的积极和努力，为她写信，为她行事，并帮助她处理此过程中的所有小困难"（Austen，1995b：167）。安妮和温特沃斯是一对堪称模范的恋人（和夫妇）。他们都适当地抑制了自己的欲望，阻止其发展成为以自我为中心的激情。在情感上有共鸣的同时，他们也尽力对社会负责。

然而，在一个人对自己情感的控制能力上，自我约束并不总是被视为一种积极的品质。在《理智与情感》中，约翰·威洛比（John Willoughby）的情感是矛盾的，因为他在对浪漫的渴望和对贫穷的恐惧之间挣扎。在他被富有的姑姑剥夺继承权后，他刻意抑制自己的浪漫情绪，卑鄙地拒绝了玛丽安的真情，并与一个他不爱的富有女人结婚，最终无法抵挡金钱和地位的诱惑。然而，奥斯汀并没有把威洛比描绘成一个彻头彻尾的恶棍。她向读者清楚地表明，在无法（或几乎无法）抑制自己对玛丽安的感情时，这个男人也会感觉到自己为了物质追求所做的牺牲。读者很难忽视这样的一些时刻：一个真正焦虑的威洛比——尽管此时已结婚——冲向克利夫兰（Cleveland）询问重病的玛丽安的状况，或是他向埃莉诺坦白自己的痛苦和悔恨，以及他在造访结束时"几乎是跑出了房间"（Austen，1995c：310）。尽管威洛比所说的话是否真的真心实意还值得商榷（他仍然可能只是为了减少些内疚感而做了这些事情），但作者对埃莉诺在这次会面后的矛盾心情的描述，她感到"他对她情绪的影响因不应该有分量的原因而增强了"（Austen，1995c：311），至少强调了这个男人内心强烈挣扎的或然性，以及他在一个需要很多妥协的社会中对"幸福"的有限追求。

同样，奥斯汀笔下的充满野心的女性人物，例如《曼斯菲尔德庄园》中的玛丽·克劳福德和玛丽亚·贝特伦（Maria Bertram），也被允许（即使只是暂时的）走出她们那唯利是图的生活状态。尽管玛丽被爱德蒙·贝特伦所吸引，但她不得不压抑自己的爱。这不是出于矜持，而是因为她担心爱德蒙作为次子的"尴尬"处境以及他成为牧师的计划无法满足她的世俗野心。然而，玛丽在离开曼斯菲尔德之前与范妮的最后一次会面中，不仅沉浸在她与爱德蒙彩排表演的快乐记忆中，还含蓄地向范妮坦白了自己对他的爱，她"以范妮之前从未见过的一种温柔和状态"对范妮说："我相信我现在爱你们所有人。"（Austen，2007：286）小说随后对玛丽"转身离开片刻以恢复自己"的描述进一步证明了这样一个事实（Austen，2007：286）：在这一刻，她的感受比以往更加真诚。托尼·坦纳（Tony Tanner）指出"玛丽·克劳福德以失去灵魂的过高代价赢得了世界"（Tanner，1986：158）。也许坦纳有意夸大了玛丽头脑和心灵之间的"分歧"，以突出她极其不明智地放弃了本质上比金钱更有价值的东西；然而，坦纳的评论忽略了玛丽的挣扎和它的意义，尽管这种挣扎有时是无意识的，但是它为奥斯汀小说中的自我克制提供了不同的形式。

玛丽亚和玛丽一样过分看重财富，但她没有像玛丽对待爱德蒙那样"恰当"地控制她对亨利的感情。萨瑟兰认为导致玛丽亚堕落的是她和她的家人对她"本人情绪强度"的疏忽（Sutherland，2004：252）。事实上，尽管她父亲提出帮她解除婚约，玛丽亚仍然决意嫁给拉什沃斯先生（Mr Rushworth）。这是因为她冲动地想报复亨利对她失去兴趣的行为，这也又一次例证了她未能控制住自己的强烈情绪。奥斯汀特意选择了那部在小说中引起诸多麻烦的戏剧《情人的誓言》（Lovers' Vows），它为无法言喻的欲望提供了一个出口，让玛丽（饰演阿米莉亚）有机会表达她对爱德蒙（饰演安哈尔特）的激情，也让玛丽亚（饰演阿加莎）和亨利（饰演弗雷德里克）有机会在舞台上拥抱。（Austen，2007a：382）通过呈现玛丽亚的"自我报复"（最终导致了她的自我毁灭）（Austen，2007：160），作者强化了这位年轻女士在爱情和野心之间的"挣扎"，而不是她在其中的"选择"。

相反，范妮在这部小说中经常被描绘成一个自律的女主人公，行动理性，思考公正。然而，我们也有理由认为范妮的自我约束并不完全是由她的美德和善良所驱动的。范妮在姨妈和姨夫的豪宅中长大，远离清贫的原生家庭；由于缺乏关注（除了埃德蒙对她的极大善意），她自然地变得被动和压抑。在她的表姐玛丽亚和朱莉娅在任何场合都优先于她时（例如，在她不得不待在家里的情况下，表姐们可以去参加舞会），我们看到她本人似乎并不感到不舒服，这可能是由于她被动地放弃了自己的选择，而不是由于她在主动地控制自己。A. S. 拜亚特（A. S. Byatt）和伊格内斯·索德雷（Ignes Sodre）在称赞范妮作为女主人公的美德和体贴的同时，注意到她也是一个"非常神经质的女主人公"，并将她的温柔描述为不健康和"心理软弱的表现"（Byatt et al.，1995：8）。同样，约翰·威尔特希尔（John Wiltshire）认为范妮这一人物的塑造是"对极度不安全和受创伤人格的举止和态度进行的一项有趣的心理学研究"（Wiltshire，1997：60）；芭芭拉·西伯（Barbara Seeber）称范妮是一个"生活在恐惧中"的女主人公（Seeber，2000：16）。当范妮坚定地拒绝在戏剧中扮演一个角色（小说中少数几个表现她主张自己的想法的例子之一）之后，她通过默默问自己"是不是害怕暴露自己"（Austen，2007：123），来怀疑自己拒绝演出的正义性。这个问题在叙述中没有得到回答，也许叙述者在通过范妮拒绝在一部道德层面有缺陷的戏剧中扮演角色来表明她的良好判断力和坚定性，同时也暗示范妮可能会因为天生的胆怯而觉得不演出更自在。也许就连范妮的自制力，这使她成为一个模范女主人公的关键因素也包含了不同的层面。它将主动和有意识的努力，被动的压抑，以及人物自身的胆怯性格结合在了一起。

3 结语：自我约束的意义

本文开篇即提出了这样一个问题：自我克制往往是一种内在独立的表现形式，但奥斯汀并不总是把它看作是一种令人钦佩的积极品质。通过研究奥斯汀作品与18世纪末和19世纪初的政治、社会和文化背景的联结，本文表明，尽管奥斯汀与她的同时代女性玛丽·沃尔斯通克拉夫特、玛丽·海斯、伊丽莎白·英克博尔德、简·韦斯特和玛丽·布伦顿都对过度的情感表示担忧，但是奥斯汀抵制了作者角度的说教，关注人物与他们自我的斗争，试图将现实生活描绘成她所看到的样子。所有这些特征都强化了奥斯汀人物所需要表现出的警惕性的自制力。另外，针对奥斯汀对人物情感的处理，我们看到她的叙述技巧让她既能表现出人物抑制情感的能力，又能增强读者对这些情感力量的感受。作者对她笔下人物控制自己情绪的积极和消极原因的描述，也为他们的心理和道德思考提供了铺垫。

简·奥斯汀对自制力的关注与她的小说观密切相关，这包括她对人物塑造、叙述策略以及作者与文本之间关系的思考。从她的少年时代的作品到她去世前尚未完成的小说《桑迪顿》，奥斯汀在不同时期对"自我克制"的处理方式，促进了她对各种写作模式的尝试。① 读者在奥斯汀少年作品中发现的狂野感觉和克制程度的缺乏

---

① 奥斯汀的家人给这部未命名且未完成的手稿取名为《桑迪顿》。根据家族记录，奥斯汀打算为这部小说取名为《兄弟》（The Brothers）。奥斯汀于1817年1月17日开始写这部小说，于同年3月18日因病放弃这项写作（Southam，1989：363）。

（这些作品通常采用滑稽的写作形式），在作者的成熟小说中往往会逐渐淡出背景——但探索这些特征持续存在的方式是很有趣的。例如，《桑迪顿》中的鲁莽和怪异之处在于这部作品对小人物异想天开的行为的关注，而这与奥斯汀探索性的少年作品的关注点很相似；《爱情与友谊》（*Love and Friendship*）中的劳拉和索菲亚，她们表现得如此自私，呈现如此不受约束的"感性"；或者是詹宁斯夫人（Mrs Jennings）、帕尔默夫人（Mrs Palmer）、莉迪亚·班纳特（Lydia Bennett）或约翰·索普（John Thorpe）这样的人物，他们缺乏自制力的表现方式各不相同，但显然让简·奥斯汀着迷，并通过她的讽刺手法加以说明。

奥斯汀笔下人物的克制，不仅表明了他们的个性特征，也有助于奥斯汀的人物塑造，并且也说明了自我与社会之间的复杂关系。人物以各种方式对自己的社会存在做出反应。奥斯汀作品中对"自制力"这一主题的构建也有助于我们探索作者自己对她的写作的看法，以及她对她身处的社会的态度——这两点都能有力地促进我们对一位被非常广泛阅读和研究的文学家的持续性探讨。

参考文献

Austen J, 1995a. Jane Austen's letters[M]. Ed. D. Le Faye. Oxford: Oxford UP.

Austen J, 2007a. Mansfield park[M]. Ed. I. Littlewood. Hertfordshire: Wordsworth.

Austen J, 2000. Northanger abbey[M]. Ed. D. Blair. Hertfordshire: Wordsworth.

Austen J, 1995b. Persuasion[M]. Ed. P. M. Spacks. New York: W. W. Norton.

Austen J, 1954. Plan of a Novel[M]//The Oxford illustrated Jane Austen: Minor works. Ed. R. W. Chapman. Oxford: Oxford UP: 429-430.

Austen J, 2007b. Pride and prejudice[M]. Ed. I. Littlewood. Hertfordshire: Wordsworth.

Austen J, 1995c. Sense and sensibility[M]. Ed. R. Ballaster. London: Penguin.

Burke E, 2014. A philosophical inquiry into the origin of our ideas of the sublime and beautiful [EB/OL]. (2014-10) [2023-09-20]. https://doi.org/10.1017/CBO9781107360495.

Butler M, 1975. Jane Austen and the war of ideas[M]. Oxford: Clarendon.

Butler M, 2010. Jane Austen[DB/OL]. (2004-09-23) [2023-09-20]. https://doi.org/10.1093/ref:odnb/904.

Byatt A S, Sodre I, 1995. Jane Austen: *Mansfield Park*[C]//Imagining characters: six conversations about women writers. Ed. Rebecca Swift. London: Chatto & Windus.

Chapman R W, ed., 1989. The Oxford illustrated Jane Austen: minor works. Oxford: Oxford UP.

Edgeworth M, 1818. Maria Edgeworth to Mrs. Ruxton, 21 Feb. 1818[C]//Memoir of Maria Edgeworth, priv. printed, 1867. ii. 6. Cited in Butler (1975). Jane Austen and the war of ideas[M]. Oxford: Oxford UP.

Hays M, 2009. Memoirs of Emma Courtney[M]. Ed. E. Ty. Oxford: Oxford UP.

Inchbald E, 1988. A simple story [M]. Ed. J. M. S. Tompkins. Oxford: Oxford UP.

Johnson C, 1988. Jane Austen: women, politics and the novel[M]. Chicago: U of Chicago P.

McNees E, ed., 1996. The Brontë sisters: critical assessments (Vol.1) [M]. Mountfield: Helm.

More H, 1996. Strictures on the modern system of female education (selections)[M]//Selected writings of Hannah More. Ed. H. Robert. London: Pickering.

Morrison S, 1994. Of women borne: male experience and feminine truth in Jane Austen's novels[J]. Studies in the novel, 26(4): 337-350.

Nagle C, 2007. The social work of Persuasion: Austen and the new sensorium[C]//Sexuality and the culture of sensibility in the British Romantic era. New York: Palgrave Macmillan.

Seeber B K, 2000. Introduction: "Directly opposite notions": critical disputes[C]//General consent in Jane Austen: A study of dialogism. Montreal: McGill-Queen's UP.

Southam B C, 1989. Introduction to *Sanditon*[M].

Sutherland K, 2004. Jane Austen and the invention of the serious modern novel[C]//The Cambridge companion to English literature, 1740-1830. Ed. T. Keymer and J. Mee. Cambridge: Cambridge UP.

Tanner T, 1986. Jane Austen [M]. Cambridge, Mass: Harvard UP.

Waldron M, 2005. Critical responses, early[C]//Jane Austen in context. Ed. J. Todd. Cambridge: Cambridge UP.

West J, 1793. The advantages of education[M/OL]. [2023-09-20]. London: W. Lane. Eighteenth century collections online.

West J, 1799. A gossip's story, and a legendary tale[M/OL]. [2023-09-20]. Cork: M. Harris and J. Connor. Eighteenth century collections online: Preface.

Whately R, 1821. *Northanger Abbey* and *Persuasion*[J]//Quarterly review 24: 352-376. Cited in M. Waldron. Jane Austen and the fiction of her time[M]. Cambridge: Cambridge UP.

Wiltshire J, 1997. *Mansfield Park, Emma, Persuasion*[C]//The Cambridge companion to Jane Austen. Ed. E. Copeland and J. McMaster. Cambridge: Cambridge UP.

Wollstonecraft M, 1999. A vindication of the rights of woman; a vindication of the rights of men[M]. Ed. J. Todd. New York: Oxford UP.

Wollstonecraft M, 2004. Maria: or, the wrongs of woman[M]. Ed. J. Todd. London: Penguin.

Wootton S, 2007. The Byronic in Jane Austen's *Persuasion* and *Pride and Prejudice*[J]. Modern language review, 102(1).

作者简介

闫梦梦，北京大学外国语学院助理教授。主要研究领域：18世纪英国文学、比较文学和翻译。电子邮箱：yanmengmeng@pku.edu.cn。

（责任编辑：张欢）

夏洛特·勃朗特《简·爱》中的
死亡叙事和非人类叙事[*]

赵胜杰

摘　要：夏洛特·勃朗特在《简·爱》中对死亡展开文学思考，将死亡叙事设置为与显性情节并行的一股叙事暗流。在死亡叙事中，作者阐明只有扫除诸如维多利亚男权的囚禁、"家中的天使"、男性的女性代理人、男权社会、"肉体中的恶魔"等障碍，凡间女性简才能实现彻底的解放和自我成长。同时，夏洛特·勃朗特还在故事层中融入了幽灵、鬼魂、仙女和超自然声音在内的非人类叙事。通过超自然的非人类叙事，作者帮助简逃离了维多利亚社会男权和神权对女性的禁锢和异化。因此，有关死亡的隐性叙事进程和显性叙事进程中的非人类叙事不仅阐明维多利亚女性自我成长和社会流动的先决条件，而且还反映了在男权和神权至上的维多利亚社会中作者对女性追求自由平等和跨越阶层的隐忧。

关键词：《简·爱》；死亡叙事；非人类叙事；隐性进程；女性解放

Death Narrative and Non-Human Narrative in
Charlotte Brontë's *Jane Eyre*

Shengjie Zhao

Abstract: In *Jane Eyre*, Charlotte Brontë expresses her literary reflection on death, and makes the death narrative an undercurrent beneath the overt plot. In the death narrative, the author shows that only by removing such obstacles as Victorian patriarchal imprisonment, "angel in the house", female agents for men, patriarchal society and the "devil in the flesh", can plain Jane realize thorough liberation and full self-growth. Meanwhile, Charlotte Brontë incorporates non-human narratives such as spirit, ghost, fairy and supernatural voice into the story level. Via such super-natural non-human narratives, the

---

* 本文系作者主持的国家社科青年项目 "朱利安·巴恩斯小说的人文主义思想研究"（项目编号：19CWW013）的阶段性研究成果。

author helps Jane escape the imprisonment and alienation inflicted upon women by the Victorian patriarchy and theocracy. Therefore, the covert progression of death narrative and the marginalized non-human narratives in the overt plot not only elaborate the prerequisites for Victorian women's self-growth and social mobility, but also reflects Charlotte Brontë's secret worry about women's pursuit of freedom and equality and about women moving up the social ladder in the patriarchal and theocratic Victorian era.

Keywords: *Jane Eyre*; death narrative; non-human narrative; covert progression; women's liberation

在维多利亚时代，妇女远远没有获得与男性平等的权利，妇女没有支配财产的权利，理想化的女性形象是弗吉尼亚·伍尔夫（Virginia Woolf）提出的"家中的天使"；由于女性经济地位低下，婚姻成为"绝大多数女性流动的主要方式"（Miles，1999：174）。在《简·爱》（*Jane Eyre*）这一19世纪"典型的女性成长小说"（female Bildungsroman）中，夏洛特·勃朗特（Charlotte Brontë）打破这一女性刻板印象，塑造了一个独立自主、敢爱敢恨、追求自由和平等且敢于反抗维多利亚时期男权压迫的女性形象简·爱（Gilbert et al.，2020：339）。因此，女主人公简便成了超越维多利亚时代的新女性形象，该小说被贴上了"抗议小说"（protest novel）的标签（Shapiro，1968：683），作家夏洛特·勃朗特也成为"当之无愧的女权主义先驱作家"（李维屏 等，2011：400）。从女性主义视角切入研究其中的女性形象，将之与其他文本进行对比研究以及互文性研究成为学界主流，而且评论家还对《简·爱》的婚姻、宗教、经典化过程、女性社会流动的幻景、维多利亚时代"健康的身体"以及哥特小说风格等展开研究。但是，截至目前，研究作家夏洛特在小说中对死亡所展开的文学思考的成果仍显不足。

根据伊丽莎白·盖斯凯尔（Elizabeth Gaskell）的《夏洛特·勃朗特传》（*The Life of Charlotte Brontë*），我们知道，夏洛特出生于英国北部约克郡豪渥斯的一个乡村牧师家庭，她的母亲于1821年早逝，夏洛特当时年仅5岁。死亡的阴影在年幼的夏洛特的心灵中深深地埋下了种子。1825年，夏洛特的两个姐姐玛利亚（Maria）和伊丽莎白（Elizabeth）在就读的宗教寄宿学校感染肺结核去世；1848年，她的弟弟布兰维尔（Branwell）和妹妹艾米莉（Emily）相继离世；1849年她的妹妹安妮（Anne）去世。在《夏洛特·勃朗特传》中，盖斯凯尔评论道，"在即将进入的坟墓中，她拥有的亲友要比活着的多"（Gaskell，1997：428）。可以看出，夏洛特的一生都笼罩在死亡的阴影之下。在《简·爱》发表的1847年之前，夏洛特经历了母亲和两位姐姐这三位重要家庭成员的相继离世，这无疑对不足10岁的夏洛特而言是个致命的打击。夏洛特童年时期与死神如此近距离的接触在她的自传性色彩很强的小说《简·爱》中得到了充分体现，如简·爱父母的早逝、舅舅的去世、好朋友海伦·彭斯（Helen Burns）的死亡、罗切斯特（Mr Rochester）的疯妻子伯莎·梅森（Bertha Mason）的死亡、表兄约翰·里德（John Reed）的死亡以及里德夫人（Mrs Reed）的去世等。可以说，死亡成为《简·爱》这部经典文学作品中非常重要的一大主题。但是，对此，学界却没有给予应有的核心关注。这无疑为本研究提供了一个很好的研究契机。

进入21世纪以来，"非人类转向"（non-human turn）备受学界关注。这一转向在叙事学界也得到了专家学者们的积极回应，非人类叙事应运而生。在《非人类叙事：概念、类型与功能》一文中，尚必武将非自然叙事定义为："非人类实体参与的事件被组织进一个文本中。"（尚必武，2021：124）根据该文，非自然叙事类型可划分为四种：自然之物的叙事、超自然之物的叙事、人造物的叙事和人造人的叙事。小说中，夏洛特将幽灵、鬼魂、仙女和超自然声音这些超自然之物融入这一现实主义文本之中，赋予这一文本以非人类叙事的特征。本文将聚焦《简·爱》中的死亡叙事和非人类叙事，剖析两者蕴藏的主题内涵，进而揭示夏洛特的艺术创作思想。

1 作为隐性进程的死亡叙事

在《简·爱》中，有关女主人公简的成长叙事构成了小说的显性情节，但是，在显性情节背后存在一股与之并行的文本叙事动力。小说中，死亡（death）一词一共出现58次，从第一章贯穿至最后一章。可以说，死亡成为与简的独立女性成长主题并行的一大显题。如果说后者是小说显性情节聚焦的重点，那么，前者则是小说隐性进程试图探讨的主题。关于隐性进程，2019年，申丹发表了《西方文论关键词：隐性进程》一文，她明确指出："隐性进程"指涉"一股自始至终在情节发展背后运行的强有力的叙事暗流"（申丹，2019：82）。作为一种独立的叙事运动，隐性进程与情节发展存在多种互动关系："或者在相互对照中互为补充，或者截然对立、互为颠覆。"（申丹，2019：82）由此可见，隐性进程对于全面剖析人物塑造、主题意义和叙事美学至关重要。在《简·爱》中，与女主人公的成长主题并行展开的死亡主题，按照简成长的五个阶段，主要集中于盖茨海德府（Gateshead Hall）中的简在红房子里的精神和肉体的象征性死亡、寄宿学校好朋友海伦的早逝、舅妈里德太太的离世、伯莎的去世以及叔叔爱先生（Mr Eyre）的去世。

在这部堪称女主人公简的自传式成长小说中，死亡一直与她如影随形。简的父母在她出生后不久便在一个月内相继离世，使她成为一名孤儿。简由舅舅里德先生带回盖茨海德府家中抚养，舅舅对她倍加疼爱，疼爱的程度甚至超过了自己的孩子，这引起了舅妈里德太太的极大不满和嫉妒。可是，好景不长，舅舅里德先生在简不足一岁的时候便去世了。至亲的——离去让简在盖茨海德府中经历了常人难以想象的地狱般的童年生活。简遭受来自里德太太、她的孩子们以及仆人们的各种辱骂和虐待，尤其是她的表兄约翰·里德。约翰虐待简不是"一周两三次"，也不是"一天一两回"，而是"连续不断"（Brontë，2007：9）。简"身上的每根神经都怕他，只要他一走近我，我骨头上的每一块肌肉都会吓得直抽搐"，以至于简习惯性地顺从于约翰（Brontë，2007：9）。最后，愤怒的简因反抗约翰被舅妈无情地关进红房子里。在舅妈里德太太眼中，简就是一个不折不扣的"疯女人"，那个"红房子""阁楼"就是一种惩罚。我们知道，简的舅舅里德先生就是在红房子里去世的，他的灵堂也设在红房子，"殡仪馆的人就是从这儿抬走他的棺材的"（Brontë，2007：15）。当她被关进红房子接受惩罚时，简甚至有了想死的念头。请看如下引文：

> 红房子里的光线开始渐渐变暗，已经过四点了，阴沉的下午正逐渐变为凄凉的黄昏。只听得雨点仍在不断地敲打着楼梯间的窗户，风还在宅子后面的林子里呼啸。我渐渐地变得像块石头一般冰凉，我的勇气也随之消失了。我惯常的那种自卑、缺乏自信、灰心沮丧的情绪，像冰水一样浇在我那行将熄灭的怒火上。人人都说我坏，也许我真的很坏。刚才我想起了什么念头呀，竟想要让我自己饿死？这当然是个罪过。而且，我是真的想死吗？难道盖茨海德教堂圣坛下的墓穴真的那么诱人？听说里德先生就葬在那样的墓穴里。这一念头又引得我想起他来，我越想越害怕。（Brontë，2007：18）

由引文可见，对简而言，红房子的遭遇是一种身心上的摧残和折磨。勇气的消失、自卑、缺乏自信和灰心沮丧的情绪无疑体现了简在精神上的象征性死亡；不仅如此，她甚至还想要通过饿死来结束自己的生命。红房子里的遭遇让简在精神和肉体上近距离接触死神。但是，对死亡的害怕——"这一念头又引得我想起他来，我越想越害怕"——又使她有了求生的欲望。可是，她的挣扎换来的是仆人的厉声斥责，甚至连她精神上的彻底屈服——"舅妈，可怜可怜我，饶了我吧！我受不了啦——用别的办法惩罚我吧！这会要了我的命的"——也无济于事，得到的只是舅妈的冷漠和无情（Brontë，2007：18, 20）。这幕剧以简失去知觉而终结。在1977年发表的《她们自己的文学》（*A Literature of Their Own*）中，伊莱恩·肖瓦尔特（Elaine Showalter）评论道："勃朗特最大的创新是将维多利亚女性心理分为两极：精神和肉体，两者具体体现为两个人物——海伦·彭斯和伯莎·梅森。"（Showalter，1999：113）换言之，海伦和伯莎分别代表简的精神和肉体，是简的两个不同的自我。红房子里，简精神上的屈服意味着简精神上的彻底死亡，而她最终失去知觉无异于象征着其肉体之死，这预示着在下文的情节发展中代表简精神的海伦之死和代表简肉体的伯莎之死。可见，在红房子里，作者已经预设了简的自我成长必须要克服精神和肉体两极之间的矛盾，而矛盾的解决是以死亡的形式实现两者的融合，即简最后的完美蜕变。这里，死亡帮助简摆脱了象征男权社会的红房子对女性的囚禁。

在洛伍德学校，简遇到了自己人生中的第二次精神上的折磨，也是第二个必须迈过去的坎。简被布罗克赫斯特先生（Mr Brocklehurst）当众谴责是说谎者并被惩罚站在教室中央的凳子上。简感到的是莫大的耻辱，她难以用语言来形容自己心中的感受。但是她的好朋友海伦的眼神和微笑给予简勇气和力量。海伦安慰简说：

> 布罗克赫斯特先生又不是上帝，他甚至也不是个受人尊敬的大人物。这儿的人并不喜欢他，他也从来没有做点什么来让人喜欢。要是他把你当作一个特殊的宠儿，那你倒会发现在你周围全是或明或暗的敌人了。事实上，大部分人只要有胆量，都会对你表示同情的。在一两天里，老师和同学们也许会用冷淡的眼光看你，其实她们心里却暗暗怀着对你友好的感情。而且，只要你不屈不挠，继续好好努力，用不了多久，这种暂时压抑住的感情，会更加明显地表露出来的。（Brontë，2007：91）

海伦让简第一次感受到了来自他人的关爱，第一次感受到了友情的美好，海伦的鼓励和安慰也让简内心释怀并勇敢地面对生活。在简的心中，海伦就是天使。在海伦奄奄一息的时候，简偷偷溜出宿舍去看她："我必须给她最后的吻，跟她说上最后一句话。"（Brontë，2007：107）在与海伦最后的聊天中，为了消除简对死亡的恐惧，海伦告诉简死亡可以让自己回到最后的家：天堂。她们互相亲吻后，很快都睡着了。但是，第二天，当简被发现时，她的脸"紧贴着海伦·彭斯的肩头，双臂搂着她的脖子，我睡着了，而海伦却——死了"（Brontë，2007：110）。海伦虽然死了，但简却复活了。一方面，好朋友海伦的离去让简不得不独自面对在寄宿学校的生活，迫使简逐渐踏上以获精神独立的自我成长之旅。另一方面，作为"家中的天使"的海伦，她的死喻指维多利亚时代社会规则的死亡。通过设置海伦去世，作者暗示简的自我成长之旅离不开扼杀"家中的天使"形象，只有扼杀"家中的天使"，简才能彻底地获得精神上的解放，所以，某种程度上，海伦的死亡代表着简的复活，正如海伦墓碑上的"复活"两字所表明的那样（Brontë，2007：110）。

在桑菲尔德府（Thornfield Hall），除了经历与白马王子罗切斯特先生跌宕起伏的爱情故事外，简还经历了一件不容忽视的事情，那便是，舅妈里德太太的离世。离开盖茨海德府时，简发誓："只要我活着，我不会再喊你舅妈。我长大以后也绝不会回来看你。"（Brontë，2007：45）但是，当里德太太的车夫利文（Leaven）告诉她里德太太病危并想要见她时，简毫不犹豫地答应要请假回去，"我想我应该回去"（Brontë，2007：301）。病床上，里德太太向简忏悔了两件让她备受折磨的事情，其中一件便是简的叔叔爱先生三年前写信询问简的近况，并让简读了那封信。信中，叔叔爱先生因"独身无嗣，希望有生之年能将她收为养女，日后去世，愿将生平所有悉数遗赠给她"（Brontë，2007：323）。对于舅妈的隐瞒，简并没有生气，甚至还用仁慈和宽容的心情对待她。可见，里德太太的死亡不仅让简获悉叔叔爱先生的情况，还让简放下了对舅妈的仇恨，彻底原谅了她，并渴望与她和解。如果里德太太没有病危，简很可能永远不会知道有关叔叔的消息，永远不会与舅妈和解。因此，舅妈的死亡就像一束向善之光，指引着舅妈去忏悔并向简透露叔叔爱先生的真实情况，让简成长为一名有仁慈和宽容之心的女性典范。与此同时，舅妈里德太太作为小说中"男性的代理人"之一，她的死亡也喻指维多利亚时代社会规则的消亡，这无疑是作者夏洛特间接地在向男权社会发起抗议（Gilbert et al., 2020：351）。

得知罗切斯特先生是有妇之夫后，在维多利亚时代伦理道德的规约之下，简的"人性因子"战胜了"兽性因子"，下定决心离开桑菲尔德府（聂珍钊，2020：74）。离开桑菲尔德府之后，简来到了沼泽山庄（Moor House），并在那里遇到了圣约翰（St. John）、玛丽（Mary）和戴安娜（Diana）兄妹三人。圣约翰在收到爱先生的律师布里格斯先生的来信后，告诉简有关她的叔叔爱先生去世的消息，而且还告诉简，爱先生将财产全部留给她。身为孤儿，简最渴望的是亲情。当得知有一个哥哥和两个姐姐时，简欣喜若狂。"这真是一笔财富！——一笔心灵的财富！——一个纯洁、温暖的爱的宝藏。"（Brontë，2007：522）与这笔心灵的财富相比，简从叔叔爱先生那里继承的遗产都显得黯然失色，她没有因这笔意外之财而迷失自我，而是决定在四人之间平分遗产。在简眼中，心灵的财富远远胜过物质上的财富，这让读者再次感受到简崇高的人格魅力。由上可见，通过设置叔叔爱先生的离世，作者不仅让简获得财富，还让简收获了与圣约翰、戴安娜和玛丽之间的亲情，让简成长为经得起物质诱惑且珍视亲情的独立女性。试想一下，如果没有爱先生去世这一情节设置，简或许永远不知道自己与圣约翰三兄妹之间的血亲关系，而且简也永远无法跨越到财富阶层。这种阶层的流动为简最后毅然决定留在罗切斯特先生身边埋下伏笔。

离开沼泽山庄后，简开启了自我成长的回归之旅。简重返桑菲尔德府，询问罗切斯特先生的情况。看到断壁残垣的桑菲尔德府后，简尤为担心罗切斯特的安危。打探消息时，简获悉桑菲尔德府在去年秋天经历了一场可怕的火灾。火灾中，罗切斯特先生甚至冲入大火之中营救他的疯妻子伯莎。当罗切斯特朝她走过去时，伯莎"大叫一声，纵身跳了下来，刹那间就摔在了铺石路上，血肉模糊"（Brontë，2007：582）。如前所述，伯莎代表简性格中的另一极端，是简肉体的表征，喻指简"肉体中的恶魔"（Showalter，1999：113）。作者借伯莎之死说明简的独立女性成长之路必须要扼杀表征为伯莎这一"肉体中的恶魔"，即简被囚禁的"饥饿、反抗和愤怒"（Gilbert et al., 2020：339）。不容否定的是，伯莎在火海中自杀也为简重新回到罗切斯特身边铺平了道路。通过这一情节设置，作者扫除了简与罗切斯特结为合法夫妻的障碍，使简避免成为有违伦理道德破坏别人婚姻的第三者形象。

综上所述，死亡贯穿简成长的五个阶段，成为不容忽视的重要主题。作者夏洛特主要设置了简精神和肉体的象征性死亡、好朋友海伦的早逝、舅妈里德太太的离世、叔叔爱先生的去世以及伯莎的自杀，这些人的死亡分别对应于简自我成长中的五个阶段。在盖茨海德府，简在红房子经历的精神和肉体上的象征性死亡帮助简逃离来自男权社会的囚禁和压迫，预示了代表简精神的海伦之死和代表简肉体的伯莎之死。在洛伍德寄宿学校，作为"家中的天使"的海伦，她的离去喻指维多利亚时代有关女性的传统社会规约的消亡，说明简的自我成长首先要杀死维多利亚时期"家中的天使"这一女性形象；只有这样，简才能在精神上获得彻底的解放。因此，海伦之死意味着简精神上的复活。在桑菲尔德府，作者通过设置舅妈里德太太的死亡，让简获悉有关叔叔爱先生的消息，也让简成长为有仁慈和包容之心的女性典范；同时，作为男性代理人的里德太太，她的死亡喻指简的自我成长路上还要扫除作为男权代理人的女性形象。在沼泽山庄，叔叔爱先生的去世，一方面，让简不仅收获物质上的财富，同时还收获精神上的财富，让简彰显出崇高的人格魅力；另一方面，叔叔爱先生的死亡喻指维多利亚男权的消亡。最后，作者通过伯莎自杀这一情节设置，为简回到罗切斯特身边扫除了障碍；身为简肉体的具象化人物表征，伯莎之死除意味着要杀死"肉体中的恶魔"之外，还意味着简最终实现了肉体与精神的完美融合。不难发现，死亡叙事成为贯穿简自我成长这一显性情节背后的一股不容忽视的叙事暗流，即隐性进程。在这一隐性进程中，我们看到，夏洛特向男权社会发起反抗，并瓦解了维多利亚男权社会。

2　推动显性情节的非人类叙事

根据结构主义叙事学，叙事可以分为故事层和话语层，因此非人类叙事也分为故事层的非人类叙事和话语层的非人类叙事（尚必武，2021：124）。我们知道，《简·爱》这部经典现实主义文学作品是以第一人称"简"的视角叙述的自传式小说，因此，关于该小说的非人类叙事表现为故事层的非人类叙事，而非话语层的非人类叙事。如前所述，非人类叙事分为四种类型，其中第二类超自然之物的叙事指的是"譬如以神话、传说、史诗中的鬼神、怪兽，以及科幻文学中的外星人为主体的叙事等"（尚必武，2021：124）。《简·爱》中，夏洛特主要对三种非人类叙事展开书写：红房子里有关幽灵和鬼魂的想象叙事、帮助简找工作的仙女叙事和帮助简挣脱以圣约翰为代表的男权和神恩的超自然声音叙事。

幼年时期，简因反抗表兄约翰被舅妈关进红房子。可以说，简对幽灵和鬼魂的超自然想象直接导致了简"发疯"和最后的逃离。换言之，简是被有关幽灵和鬼魂的想象吓晕过去的。当贝茜和恶毒的阿博特小姐离开之后，简看到镜子中"陌生而令人恐慌"的"自己的镜像"时，被镜子中自己的目光所吸引（Gilbert et al.，2020：340）。"里面那个瞪眼盯着我的古怪的小家伙，在昏暗朦胧中露出苍白的脸庞和胳臂，在一片死寂中，只有那对惊慌发亮的眼睛在不停地转动，看上去真像个幽灵。"（Brontë，2007：15）这是简在红房子里第一次对幽灵这一超自然之物的想象。这个苍白的"幽灵"是简被囚禁的自我，令人无比恐惧。但此时的简还没有完全被这种迷信的东西击垮。接下来，简对已故舅舅的鬼魂展开想象。当简再次看着那隐隐发亮的镜子时，她想到，"里德先生的灵魂一定在为他外甥女受到虐待而恼火，说不定会离开他的住处——不管是在教堂的墓穴里，还是在不可知的阴曹地府——来到这屋子里，突然出现在我的面前。"（Brontë，2007：18-19）一想到自己的哭泣会招致来自亡舅的"超自然声音"，"或者从昏暗中引出一张光晕环绕的脸，带着怪异的怜悯表情俯视着我"，简强忍哭泣，感到非常害怕。她竭力用自己的理智打消这一闪现在脑海中的念头，保持镇静。但是，当她看到墙上的一道亮光时，简"满脑子想的全是吓人的事，神经已经极度紧张，竟以为这道迅速跳动的亮光，是从阴间来的鬼魂要出现的先兆"（Brontë，2007：19）。最后，有关鬼魂这一非人类叙事成为压倒简的最后一根稻草："我感到压抑，感到透不过气来，我再也受不了啦。"（Brontë，2007：19）简拼命挣扎，想要出去，抓住贝茜的手说："我看到一道亮光，我知道鬼就要来了。"（Brontë，2007：20）出于对鬼魂的恐惧，简甚至哀求舅妈里德太太："我受不了啦——用别的办法惩罚我吧！这会要了我的命。"（Brontë，2007：20）简的恐惧、害怕、神经极度紧张、压抑和挣扎等都是她精神失常的表现，是简"发疯"的表征；简在红房子失去知觉是其发疯的一种极端夸张表现形式。正是简的发疯使其逃离了红房子的囚禁，使其最终有机会逃离盖茨海德府，在洛伍德寄宿学校获得重生。可见，作者夏洛特为简构想出的有关超自然之物"幽灵"和"鬼魂"的叙事帮助简"以发疯的形式实现逃离"，这种非人类叙事成为简开启自我成长之旅这一显性情节中必不可少的重要叙事成分（Gilbert et al.，2020：341）。

在谭波儿小姐（Miss Temple）嫁人离开洛伍德学校后，简渴望找到自由和一份新的工作。但是，不管简怎么努力，都想不出找工作的办法。"于是我强令我的脑子找出一个答案来，而且要快。我苦思冥想，脑子越转越快。我感到头上和太阳穴上的筋脉怦怦直跳。可是，想了将近一个小时，脑子里依然乱糟糟的，还是没有想出个结果来。"（Brontë，2007：115-116）我们知道，八年来，简在寄宿学校的生活"一成不变"，从第一次来到洛伍德学校起，她就从未离开过，舅妈里德太太从来没有派人来接简去过盖茨海德府（Brontë，2007：112）。"我和外面的世界没有任何书信往来，也从来不通信息。学校的规章，学校的职责，学校的习惯和观念，以及它的各种声音、面孔、用语、服饰、偏爱、恶感，这些就是我所知道的生活。"（Brontë，2007：114）据此可见，简过着与世隔绝的生活，对于外面的世界一无所知，这是她渴望外面世界的原因，也是她不管怎么努力都想不出找工作办法的原因。

当简重新爬上床的时候，叙述者这样描述道："准是有位好心的仙女，趁我不在床上，把我急需的好主意放在了我的枕头上。因为我刚一躺下，这主意就悄无声息地、自然而然地来到了我的脑海里：'那些求职的人总是登广告的，你得——'。"（Brontë，2007：116）这里，作者通过超自然的"仙女"（fairy）的声音，告诉无依无靠的简可以登广告来找工作。谭波儿小姐不仅让简获得了知识，还让简遇事能够做到处变不惊和镇定自若，而不再是那个疯狂的小女孩。在维多利亚男权社会，与舅妈里德太太一样，谭波儿小姐也是男权社会的代理人，准确地讲，她是寄宿学校校长布罗克赫斯特先生的代理人，所以，谭波儿小姐的存在代表着维多利亚男权社会的规约，而且她就像超我一样制约着简的本我和自我。因此，当谭波儿小姐离开后，简的本我和自我便不再受这一超我的约束。很自然，简内心对自由的渴望再次引领她迫切地想要逃离洛伍德寄宿学校的囚禁。但是，对于无依无靠、与世隔绝的孤儿简而言，逃离似乎成了天方夜谭。可以说，简逃离的困境也成了维多利亚时期每一位女性面临的困境，而当时，这一问题的答案是无解的。对此，夏洛特发挥想象力，以超自然的"仙女"这一非人类叙事元素介入，化解了这一难题，帮助简实现逃离。

离开桑菲尔德府之后，简在荒野流浪了四天。最后，在一个狂风暴雨夜，她筋疲力尽，湿漉漉地倒在一户人家门口的台阶上，被圣约翰收留。圣约翰不仅救了简的命，而且还帮助简在莫尔顿村找了一份教师的工作。因此，简对圣约翰充满了感激之情。与此同时，身为孤儿的简特别渴望亲情，亲情对简而言尤为珍贵。当圣约翰要求简做他的妻子陪同他到印度传教时，简不忍拒绝圣约翰。简深知圣约翰并不爱她，圣约翰也不会是一个好丈夫，但她不想失去圣约翰这个表兄。正当她要屈从圣约翰的意志时，简听到了一个超自然声音，"简！简！简！"（Brontë，2007：570）对于这一声音，简的反应如下：

> 我本来还可以问："它在哪儿？"因为它不像在房间里，不像在屋子里，也不像在花园里；它不是来自空中，不是来自地下，也不是来自头顶。我听见了它——它究竟在哪儿，从哪儿来，就永远也没法知道了！但这是人的声音——一个熟悉的、亲爱的、铭记在心的声音——是爱德华·费尔法克斯·罗切斯特的声音；这是从痛苦和悲哀中狂野、凄惨而急迫地喊出的声音。（Brontë，2007：570）

对于这一超自然声音，简不知道它究竟来自哪里，但是可以确定的是，这是来自她的爱人罗切斯特的声音。听到这一声音后，简断然决定离开圣约翰，回到罗切斯特的身边。在维多利亚时期，人们严格遵守宗教道德规约，因此，对于圣约翰所代表的神恩，凡人简难以抗拒。作者夏洛特不得不通过设置这样一个超越凡人的力量来对抗神的力量，否则，简就沦为圣约翰男权意志的奴隶，沦为神恩的牺牲品。换言之，如果没有超自然声音这一非人类叙事介入，简的自我成长就会止步于此。无疑，这种非人类叙事在推动情节发展的同时，还有助于凡人简抵制以圣约翰为代表的维多利亚社会男权和宗教对自我的异化。

从以上分析，我们可以看出在《简·爱》中，作者夏洛特在故事层主要采用了幽灵、鬼魂、仙女和超自然声音展开非人类叙事。红房子里，年幼的简对"幽灵"和"鬼魂"这种超自然之物的丰富想象使其陷入一系列发疯的状态，如恐惧、惊慌、神经极度紧张、挣扎和失去知觉等，帮助简最终以发疯的形式实现逃离。在有关仙女的非人类叙事中，作者以超凡的想象力，凭借超自然的"仙女"的声音，帮助简逃离维多利亚男权社会规约对女性的约束，让简重新踏上追求独立和自由的成长之路。在有关具象化为罗切斯特的超自然声音的叙事中，夏洛特借助超自然的力量帮助简摆脱、逃离了以圣约翰为代表的维多利亚社会男权和神恩的控制，让简避免自我异化，从而成功地完成自我成长。试想，如果没有幽灵、鬼魂、仙女和超自然声音的帮助，简独立女性的成长之旅必然无法开启，更不会完成，简也就不会成长为历代读者心目中追求独立、自由和平等并超越时代的新女性典范。显然，这三种非人类叙事都是作者想象出来的帮助简实现逃离和自我成长的创新叙事策略，左右着显性情节发展，成为作者对抗维多利亚男权社会囚禁女性和女性自我异化的有力手段。与此同时，这些有关超自然之物的非人类叙事表明，在男权和宗教至上的维多利亚社会，简成长为一名自立自强、勇于反抗、追求自由和平等的新女性所面临的困境，间接地反映出作者对维多利亚时期女性实现社会流动的怀疑，即"《简·爱》最终所实现的女性社会流动，在维多利亚的现实语境中并无兑现的可能"（林瑛，2022：336）。

3 结语

《简·爱》作者夏洛特由于生活中的亲人相继离世而对死亡有了更多的思考，并且还将这种思考融入文学创作之中。她的经典文学作品便很好地体现了她对死亡的多重思考。简在红房子精神和肉体的象征性死亡帮助简摆脱男权社会的囚禁，预设了代表简精神的海伦之死和代表简肉体的伯莎之死；海伦之死喻指维多利亚时代有关"家中的天使"的传统社会规约的消亡，意味着简精神上的复活。舅妈里德太太的死亡喻指维多利亚社会男权代理人的死亡；叔叔爱先生的死亡喻指维多利亚社会男权的消亡；伯莎之死喻指"肉体中的恶魔"之死。贯穿作品始终的死亡叙事是一个不容忽视的隐性叙事进程，它与显性情节（女性成长叙事）并行不悖。作为维多利亚每一位普通女性的缩影，简的自我成长必须要扫除诸如男权社会的囚禁、"家中的天使"、男性的女性代理人、维多利亚男权、"肉体中的恶魔"这样的障碍；只有这样，女性自己才能实现彻底的解放和完美的蜕变。死亡叙事的隐性进程与这一显性情节构成了相互补充的关系。

与此同时，夏洛特还在故事层融入有关幽灵、鬼魂、仙女和超自然声音的非人类叙事。在红房子，"幽灵"和"鬼魂"让简陷入一系列发疯的状态，帮助简从象征维多利亚男权社会的红房子的囚禁中逃离；通过超自然之物"仙女"的声音，作者帮助简逃离了维多利亚男权社会规约对女性的约束；凭借具象化为罗切斯特的超自然声音，夏洛特帮助简摆脱、逃离了以圣约翰为代表的维多利亚社会男权和神恩的左右。可见，这种非人类叙事在直接推进显性情节发展的同时，还成为作者抵制维多利亚男权社会对凡人简囚禁和异化的有效叙事策略，暗示维多利亚时期女性实现自我成长和社会流动之难。显而易见，有关死亡叙事的隐性进程和显性情节中边缘化的非人类叙事两者异途同归，一方面，阐明维多利亚女性自我成长和社会流动实现的先决条件；另一方面，反映了作者对在男权和神权至上的维多利亚社会女性追求自由平等和跨越阶层的隐忧。前者体现出夏洛特在艺术领域对现实的瓦解；而后者则体现出她对现实的无奈，这或许就是以理查德·蔡斯（Richard Chase）为首的评论家指责"夏洛特·勃朗特懦弱"的原因之一（Shapiro，1968：682）。的确，夏洛特是"悬挂在艺术和生活两大领域之间，而不是处在一种安宁的状态中"，在这两大领域之间的撕扯或许解释了为什么她成为"伟大作家当中最扑朔迷离而难以判断的作家之一"（杨静远，1983：368）。

参考文献

李维屏，张定铨，等，2011. 英国文学思想史[M]. 上海：上海外语教育出版社.

林瑛，2022. 女性社会流动的幻景：《简·爱》与出版市场[J]. 英美文学研究论丛（36）：327-338.

聂珍钊，2020. 文学伦理学批评的价值选择与理论建构[J]. 中国社会科学（10）：71-92.

尚必武，2021. 非人类叙事：概念、类型与功能[J]. 中国文学批评（4）：121-131.

申丹，2019. 西方文论关键词 隐性进程[J]. 外国文学（1）：81-96.

杨静远（编），1983. 勃朗特姐妹研究[M]. 北京：中国社会科学出版社.

Brontë C, 2007. Jane Eyre[M]. Beijing: Foreign Languages Press.

Gaskell E, 1997. The life of Charlotte Brontë[M]. London: Penguin Books.

Gilbert S, Gubar S, 2020. The madwoman in the attic: the woman writer and the nineteenth-century literary imagination[M]. New York: Yale UP.

Miles, A, 1999. Social mobility in nineteenth-and early twentieth-century England[M]. New York: St. Martin's Press.

Shapiro A, 1968. In defense of Jane Eyre[J]. Studies in English Literature, 1500-1900, 8(4).

Showalter E, 1999. A literature of their own[M]. Beijing: Foreign Language Teaching and Research Press.

作者简介

赵胜杰，博士，山西大学外国语学院副教授，硕士生导师。主要研究领域：英美小说和叙事学。电子邮箱：zhaoshengjie@sxu.edu.cn。

（责任编辑：张欢）

雷蒙·威廉斯"威尔士三部曲"中的底层"共同体"书写[*]

雷蒙·威廉斯"威尔士三部曲"中的底层"共同体"书写[*]

李超

摘　要：对雷蒙·威廉斯而言，理论研究和小说创作同等重要，两种写作的相得益彰提升他思想的高度与深度。他描写20世纪威尔士边村共同体的"威尔士三部曲"正是他的理论研究的有力补充。威廉斯打破从概念出发的做法，结合自己经历对威尔士边村共同体进行文化和历史性思考。他既注重探寻威尔士边村共同体的优良的传统价值，也注重呈现这种共同体在面对20世纪资本主义制度时所出现的危机。其中既有一代人内部的冲突，也有代与代之间的冲突。威廉斯的书写也对边村共同体的未来展开探寻，尽管这种探寻流露出一种绝望式的反抗。

关键词：雷蒙·威廉斯；威尔士三部曲；共同体；劳动阶层；团结

Labour Community Narrative in Raymond Williams's "Welsh Trilogy"

Chao Li

Abstract: For Raymond Williams, theory construction and novel writing have the same importance. The correlation of the two kinds of writing enhances the depth and height of his thought. His "Welsh trilogy" novels, which depict the Welsh Border Country Community in the 20th century, is a strong addition to his theoretical thinking. In the specific writing process, Williams broke away from the method of starting a novel from concepts, and combined his own experience to think culturally and historically about the Border Country Community. He not only explored the excellent traditional values of the Border Country Community, but also exposed the many problems that this community faced in the 20th century capitalism. There are both inter-generational and intra-generational conflicts, in solving working class's problems. The future of the Border Country

* 本文系河北省社科基金青年项目"雷蒙·威廉斯小说中的'共同体'问题研究"（项目编号：HB21ZW018）的阶段性研究成果。

Community is also explored, although with a desperate resistance.

Keywords: Raymond Williams; the Welsh trilogy; community; working class; solidarity

1 引言

雷蒙·威廉斯（Raymond Williams）一生致力于文化理论研究和小说创作，为英国文化研究的奠基与发展作出巨大贡献。然而较于他理论著作的极高关注度和深入影响，对他小说的关注与研究则相对较少。但对威廉斯而言，这两种写作一直同等重要。正是这两种写作的相得益彰提升他思想的高度与深度。雷蒙·威廉斯的一生主要创作完成了六部小说：《边村》（*Border Country*）、《第二代》（*Second Generation*）、《为马诺德而战》（*The Fight for Manod*）、《志愿者》（*The Volunteers*）、《忠诚》（*Loyalties*）、《布莱克山区的人们（一、二部）》（*People of the Black Mountains Volume 1 and 2*）。其中《边村》《第二代》《为马诺德而战》被称为"威尔士三部曲"（the Wales trilogy）。在国内外对威廉斯小说的研究历史中，人们主要以边界（border）、威尔士性（Welshness）、感觉结构（structure of feeling）、空间生产（the production of space）等概念为切入点。其中有零星文章也从"共同体"（community）角度来对其小说展开思考。如汤友云、季水河《雷蒙·威廉斯小说〈为马诺德而战〉中的共同体意识》一文，借用斐迪南·滕尼斯（Ferdinand Tönnies）共同体理论，"从个体、家庭、社会和民族-国家等层面深入剖析威尔士地区和人民所面临的共同体困境"（汤友云 等，2018：127）。格温妮斯·罗伯茨（Gwyneth Roberts）则借用威廉斯"可认知共同体"（knowable community）这一概念来思考其小说中"作为移民分子的主人翁与原有的'可认知共同体'之间关联与困境"（Roberts，1992：2）。

本文尝试从威廉斯自身的"共同体"理论出发来对其"威尔士三部曲"展开历史化地思考，而在对"威尔士三部曲"中共同体意识的分析中，也进一步丰富其共同体思想。相较于威廉斯1969年提出的"可认知共同体"概念更多是用于对19世纪英国现实主义文学的思考，强调文学中人物之间"完全可知的社会结构"（Williams，1970：15），威廉斯在1977发表的《共同体的重要性》（"The Importance of Community"）一文中，用"共同体"概念取代"可认知共同体"概念，来对共同体问题展开更为复杂化的思考。他在该文中提出过这样一个疑问：共同体的过去是老式的乡村共同体和具有战斗精神的工人阶级共同体，但是现在是与什么相对的呢？威廉斯在理论上的回答是"现代共同体不可能按照这些比较简单、比较早期的生活模式来建构起来"（威廉斯，2014：129），但也不能将早期的彻底否定，而是应该与各种过去的共同体形态进行交锋，创造出新的积极因素。

威廉斯的"威尔士三部曲"，作为其理论的经验性表达，也深化着他自己的理论思考，形象生动又富有思辨地书写自己所处时代共同体的危机与可能。在谈到小说创作的形式时，威廉斯认为对工人阶级的书写既不同于19世纪的小说形式对工人阶级共同体的远距离观察，也不同于两次世界大战之间出现的一些作家，将工人阶级共同体变成一种地域性的形式。他尝试寻找一种小说形式，"既允许描写内在可见的工人阶级共同体，又允许描写人们在仍然感受到他们的家庭联系和政治联系的情况下迁移出这一共同体的运动"（威廉斯，2010：271），"注重对工人阶级共同体流动性的观察和在两种生活之间流动的不确定性"（威廉斯，2010：273），以应对20世纪工业资本主义不断发展的复杂背景。具体到"威尔士三部曲"的创作，虽然小说重点是对工人阶级共同体进行书写，但小说中的工人阶级共同体既不是一种单纯的工人阶级共同体，也不是一种乡村共同体，而是一种混杂着阶级意识和传统价值的共同体，甚至可以说工人阶级共同体是以乡村共同体为基础。工人阶级共同体中工人阶级的身份也具有混杂性。为了谋生，他们既是在工厂打工或者从事雇工劳动的工人，又是从事农业活动的农民。因此，这种边村共同体是一种工人与农民相联合的共同体。威廉斯所创作的"《边村》《第二代》和《为马诺德而战》分别属于不同的时态结构：过去时态、现在时态和将来时态"（Milner，1994：117）。威廉斯在《边村》中主要对这种威尔士边村共同体的历史展开书写，《第二代》则主要聚焦于威尔士边村共同体当下所存在的种种危机。面对威尔士边村共同体的历史与现状，威廉斯尝试在《为马诺德而战》中对威尔士边村共同体的未来进行艰难地探索。本文认为"威尔士三部曲"通过对作为阶级与民族相混合的威尔士边村共同体的危机书写，既揭露作为一个民族存在的威尔士在以英格兰为中心的统治之下所遭遇的危机，也呈现威尔士工人阶级在资本主义生产方式压榨之下所遭遇的困境，在深入细致对上述危机进行刻画的同时，也进一步书写重建威尔士边村共同体的意义和在重建过程中所遭遇的种种困境。

2 威尔士边村共同体的价值

威廉斯所描写的威尔士边村共同体通常存在于威尔士与英格兰的边界地带。这个边界地带虽然地处威尔士，但它与英格兰之间有着密切的联系。根据对威廉斯所出身威尔士边界的蒙茅斯郡（Monmouth）的调查：1931年有6.0%的人说威尔士语，到1951年只有3.5%的人说威尔士语。因此，从语言的角度来说这是一个已经被英语化的地区。从地理位置上看，由于威尔士的边界地带离英格兰很近，而威尔士又从来没有作为民族存在，这里的人产生了一种奇怪的感受，他们不管谈"威尔士人还是英格兰人，都是把他们当作外地人，而不是'我们'"（威廉斯，2010：7），与此同时，这一地带在"几世纪里一直是战火争夺的地方"（威廉斯，2010：7）。威廉斯所创作的"威尔士三部曲"可以说从社会历史的角度对威尔士边村共同体进行复杂的书写。

关于威尔士边村共同体传统价值的挖掘，主要体现在其第一部小说《边村》中。这部小说具有浓厚的自传色彩，背景设定在他出生的潘迪和阿伯加文尼地区，但使用了虚构的地名格林马尔（Glynmawr）。在这部小说中，威廉斯对以哈瑞·普瑞斯（Harry Price）、摩根·罗瑟（Morgan Rosser）为首的20世纪之初的威尔士边村共同体进行了正面描写。在《边村》中，威廉斯并未将大量的篇幅用于描写1926年的大罢工，而是将更多的笔墨用来讲述大罢工后方的故事，威尔士边村共同体的团结一致、互帮互助。罢工开始之后，格林马尔铁路工人的一切行动都来源于遥远的伦敦的全国总工会的指示，但伦敦突然传来复工的消息，使工人们不知所措。当铁路公司惩戒工人并将一部分员工调离岗位或停职时，愤怒的铁路工人想要继续斗争下去。格林马尔的铁路工人也支持着距离他们十英里的煤矿工人。当煤矿工人失去生活来源，摩根便对村子里的农产品进行了集中收购，运送给煤矿山谷那边的工人，以解决他们的吃饭问题。与此同时，在罢工期间，"铁路工人就失去了工资，仅有每星期24先令的补助，但这时村子里的其他村民对处于困顿之中的哈瑞等人给予了力所能及的帮助；保龄球场的经理同意给哈瑞预支五月的薪水，看在他是为了一个高尚的事业的份上；房东太太尽管不理解也不赞成铁路工人的罢工行为，但她拒绝收取哈瑞的租金"（陈湘静，2022：28）。

当马修·普莱斯（Mattew Price）接到父亲哈瑞在威尔士格林马尔家中中风生病的电话时，他打算乘坐火车返回家中探望。火车到达格温顿之后，他不得不步行五英里才能返回自己在格林马尔的家中。然而当他沿着车站走出去时，一辆汽车向他驶来，原来是摩根来接他。摩根说："你妈妈给我打了个电话，她说海伯特（Hybart）太太五点一刻给你打电话，你会乘坐第一列火车。"（Williams，2006：11）在此，威廉斯有句独白："就这样，这个乡村；你一踏进去，它就会接管你。"（Williams，2006：11）其中摩根早期是马修父亲的工友，1926年大罢工失败之后成为一名工厂主，而海伯特则是他们的房东。虽然他们身份各异，从中我们也能感受到乡村共同体内部的友善互助、和睦共处。而在小说的结尾，在对哈瑞去世事件的描写上，我们同样可以看到威尔士边村共同体中所存在的相似的精神特质。对于最初警察前往马修家中告知他的父亲在医院去世的消息，威廉斯是这样描述的："警察移动了一下，犹豫了一下。马修现在可以看到他的脸了。他是村里的新人，是一个陌生人。他很年轻，却僵硬地抱着自己。"（Williams，2006：399）虽然这名警察是村中的新人，但他已经紧紧将村中他人的命运与自己的命运紧密地联系起来，这突出表现出村中人与人之间的密切关联。

而在之后哈瑞的丧事的操办上，我们更能感受出边村共同体中的温情与援助。正如威廉斯在小说中所描写的哈瑞死亡的消息很快传到了整个村庄，海巴特太太、惠斯坦斯（Whistance）太太、摩根等人都来了。他们有的过来安慰艾伦（Allen）

和马修，有的则帮忙联系殡仪馆老板、订花圈和教堂，同时去给哈瑞家庭成员打电话。就像小说中所言：

> 摩根似乎比马修自己更了解这些细节：知道哈瑞的兄弟们在哪里，也知道如何才能找到他们……从周日下午早些时候开始，房子里就挤满了人；哈瑞的弟弟刘易斯（Lewis）来了，他坐在艾伦对面哈瑞的椅子上；邻居们和亲戚们挤进了客厅和前厅，直到每把椅子都坐满了，一些年轻人都坐在地板上；谈话响亮而热烈。到了晚上，年轻的妇女们喝完茶后，气氛更热烈了。（Williams，2006：418）

由此可见，在边村共同体内部，葬礼从来不是一个家庭的事，而与整个乡村有关。哈瑞葬礼的整个过程，就是在亲朋好友互帮互助之下得以顺利地完成，边村共同体中年长的成员也在交换过去的故事中寻找着对现实的安慰。

通过上述描写，我们可以看到边村共同体在一定程度上实现了残余文化（residual culture）与新兴文化（emergent culture）的有效融合，是一种乡村共同体和工人阶级共同体的有效接续。[1]在边村共同体中，他一方面继承了作为残余文化的乡村共同体"与邻为善"的价值传统，因此在《边村》这部小说中，我们始终能够看到村民遇到困难时，村民世代之间传承下来的互帮互助精神帮助他们抵御各种危机。而在农业社会向工业社会转型的过程中，面对资本主义生产方式的步步紧逼，这样一种"与邻为善"的价值传统又进一步转化为一种新兴文化，即工人阶级"团结"的阶级意识。这种阶级意识在《边村》中则成为工人阶级反抗资本主义生产方式的一种工具。

3　威尔士边村共同体的危机

在20世纪初期，威尔士边村共同体依托"邻里友善""团结"等价值观抵御着内部的分裂和外部侵袭。然而随着英格兰的资本主义生产方式对威尔士边村渗透的加剧，一方面造成农业土地的流失，农村人口的减少，另一方面则造成了罢工的失败和社会主义革命的低谷。20世纪30年代之后威尔士边村共同体逐渐产生裂痕。威廉斯根据自身的经验意识到"阶级情感是一种模式，不是所有个体都一致拥有阶级情感，每个单独的个体对于阶级情感有着不同的理解。"（Smith，2008：419）在小说《第二代》中，威廉斯通过思考工人阶级之间的冲突来思考威尔士边村共同体

---

[1] 残余文化（residual culture）、新兴文化（emergent culture）这两个概念是威廉斯在1977年出版的著作《马克思主义与文学》（*Marxism and Literature*）首次提出。在那里，残余文化指有效地形成于过去，但却一直活跃在文化过程中的事物；而新兴文化则强调新的意义和价值、新的实践、新的关系，并且总是与某一新兴阶级形成、新阶级意识的出现紧密相关。同时，两者都与主导文化（dominant culture）存在一种收编与反收编的对抗关系。

的危机。这种危机既体现在第一代工人阶级内部，也体现在第一代工人阶级与第二代工人阶级知识分子之间。前者具体体现在哈罗德（Harold）和妻子凯特（Kate）、哥哥格温（Gwyn）之间的冲突。后者则具体体现在哈罗德、格温与彼得·欧文（Peter Owen）之间的冲突。

如果威尔士边村共同体的危机首先体现在第一代工人阶级的内部，那么在《第二代》中，则更多体现在第一代工人阶级与第一代工人阶级知识分子之间。哈罗德和妻子凯特关于工人阶级斗争的路线存在着不同的看法。正如威廉斯所言："在工党内部存在着某种非常典型的'左派'人物，他们是智力上的活跃分子，代表了与富有战斗性的工人阶级无关的某种政治联系，在客观上他们当时实际上正在利用和背叛工人阶级。"（威廉斯，2010：290）而在小说中凯特通过与亚瑟发生性关系来象征性地对工人阶级进行背叛。在具体的革命活动中，面对资方裁员和延长工作时间的要求，哈罗德从工人阶级的基本生存权出发，主张与资方进行谈判，要求他们减少或者推迟裁员人数，缩减工作时间；而在凯特看来这样的反抗是一种懦弱的表现，根本无法改变工人阶级的现状。资本主义对工人阶级的控制是系统性的，我们应该从总体出发对资本主义进行彻底的反抗。在托尼·平克尼（Tony Pinkney）看来，他们两人的冲突代表着两条路线之争，即"究竟围绕当地的争端来组织抵抗，还是必须根据空间，围绕整个国家经济框架来组织抵抗，而在这一冲突的背后也反映了地方的生活强度与空洞的理性主义之间的紧张关系"（Pinkney，1991：107）。哈罗德与哥哥格温之间的冲突则在某种程度上复制了威廉斯在《边村》中使用的技巧，即两个角色被用来探索威廉斯认为难以在单一性格中处理的冲突。这两人之间的冲突也反映了工人阶级经验内部存在另一种典型的或者必然的紧张状态，即关于家庭和工人阶级共同体关系的张力。哈罗德虽然遭遇了家庭危机，但对工人阶级共同体的危机感，促使他积极地走向抗争，为工人阶级的前途开展社会主义运动。如《边村》中的哈瑞一样，格温退回到家庭，安于现状，除了在共同的危急时刻之外，其他时间都拒绝参与具有更广泛意义的活动。格温和他的妻子迈拉显然把所有的精力都投入到了他们的家庭中，他们拥有一个舒适、温暖的房子和和谐的家庭，而当他和迈拉有机会回到威尔士经营的属于迈拉叔叔的汽车修理厂时，他认为这不仅是一个商业机会，而且是将他生活的两个方面结合在一起的机会。哈罗德的回答通常是谨慎的："你经营的是一个汽车修理厂，而不是一个果园。"（Williams，2013：50）但格温保留着梦想的能力："只要有足够的空间，你就能够做很多事情。就像这些家伙种了一棵苹果树，给它取了名字一样，在他们之后，它依然存在。而这一切则取决于迈拉。"（Williams，2013：50）格温似乎分享了哈瑞务实的生活方式。他在城市环境中建立自己的定居点，主要是建立他的花园，但他的态度也延伸到了他的工作中。在工厂里，他对他所操作的巨大而强大的机器保持着"敬畏的尊重"。显然，他没有感到疏远反而在工作中得到极大满足。

威尔士边村共同体传统的裂痕也体现在第二代工人阶级知识分子与第一代工人阶级的冲突之中。具体到小说《第二代》中，则表现在彼得与父母、叔父之间。作为一名牛津大学博士研究生的彼得，他不赞同他的父亲哈罗德所从事的社会主义运动。与他母亲的态度一样，他认为父亲所从事的社会主义运动只不过是资本主义生产机制中的一环，并不能彻底改变工人阶级的生产生活状况。他也不赞同他的叔父所坚持的家庭转向，在彼得看来，如果叔父格温白天在汽车修理厂工作，晚上回家种种花草，是一种工人阶级正确生活方式，那么"大学生也可以在汽车线上工作，他的双手可以忙于这个赚钱过程，而他的头脑则可以在单调的工作中自由思考"（Williams，2013：99）。而彼得与这两种工人阶级文化的不相容，也彻底地剥夺了他与工人阶级共同体建立联系的可能。与此同时，当彼得研究工人阶级共同体模式变化的愿望受阻之后，他的论文指导老师罗伯特·莱恩（Robert Lane）为他提供了一条舒适的逃离困境的途径，即专注于对社会学研究的方法和技术进行理论分析，但彼得拒绝这样一种智力游戏，并且继续尝试建立与工人阶级共同体传统的联系。在小说的最后，彼得原本希望通过进入汽车生产工厂工作来重新探索与工人阶级共同体之间的联系，但也遭到了他父亲的拒绝。他认为彼得只是众多社会研究人员中的一个："他们走过来调查我们，我们如何投票，我们买什么东西，我们为什么罢工，如果有人监视我们，我们的工作速度有多快。"（Williams，2013：420）哈罗德拒绝承认彼得有任何不同，并嘲笑他在流水线上工作会带来任何新见解的想法，"因为有一件事，你总是可以走出去。无论你做什么，你都会看到不同，因为这是无法改变的"（Williams，2013：421）。

通过对威尔士边村共同体危机的归类和梳理，我们看到，共同体裂痕从空间的角度来看是全方位的，随着共同体在资本主义洪流中的流动，共同体的危机既存在于威尔士的乡村空间之中，也存在英格兰的城市空间之中。从时间的角度来看，共同体的危机可谓是日渐加深，随着时代的更迭，它既体现于第一代工人阶级共同体的内部，也存在第一代工人阶级与第二代工人阶级之间。在"威尔士三部曲"创作期间，威廉斯也经历了英国新左派运动和工党政治的由盛转衰，正是在这种幻灭感日渐增长的情境之下，他也通过小说中的人物艰难地探寻着威尔士边村共同体的未来。

4 威尔士边村共同体的探寻

面对边村共同体内外部的危机，威廉斯"威尔士三部曲"中的主人公尝试通过不同的方式来弥补两代之间乃至共同体内部的裂痕。在《边村》中，作为从威尔士边村共同体中成长起来的奖学金男孩马修，长大后成为一名研究代际迁移对威尔士农村社会影响的学者和经济史学家。在小说中，马修以父亲生病为契机返乡，对威尔士的历史、变迁和阶级差异的形成进行探究。这种探究不是对父辈过去的消极否定，而是尝试在与过去的交汇中发现一些积极的因素。"互联、社群、情谊、邻里、聚落和威尔士性这些体现共同体传统的价值观念可以说都是马修在格林马尔遗风余韵中重新发现的。"（米家路，2016：119）在《第二代》中，作为牛津大学社会学方向的博士研究生彼得，原本也尝试通过研究工人阶级共同体的模式变化来寻求解决流动中工人阶级共同体所遭遇的困难。然而不同于《边村》中的马修从童年的威尔士经历中获得一种对共同体进行改造的经验基础，《第二代》中的彼得表现出更多的幻灭感。在牛津出生的他，对阶级、共同体和家庭的认识都是建立在他父母的政治和家庭幻灭经历的基础之上。因此，在《第二代》中，彼得对共同体的探求更多地呈现出一种政治和智力上的信念，而不是个人经验的问题，并表现为一种积极的虚无主义。在小说的最后，他通过与贝丝（Beth）结婚来使自己与他所出生的共同体维持最微弱的联系。关于边村共同体的探求，威廉斯在"威尔士三部曲"中的最后一部《为马诺德而战》中讨论最多。他让马修和彼得为了地处威尔士中部的马诺德而走到了一起，共同探寻改造共同体的可能。

正如马修在与莱恩的交谈中所言：

> 这是一个因长期人口减少而枯竭的乡村，不远处的山谷间是一片饱受蹂躏、萧条的老工业区。如果可以清楚地看到这些新的方式，将两个需求放在一起，一个不同的未来将成为可能，一个让人们安居乐业的未来，一个给他们提供工作、让他们回家的未来。（Williams，2014：238）

在政府原初计划中，希望将马诺德建成一个城市的乡村或者乡村的城市，将乡村与城市有机地联系起来。

> 这一城市将以最初分散的定居点为基础，不是试图创造一个统一和密集定居的地方，而是一系列有机联系的地方中心。每个中心将达到一万人。如你所见，两个中心之间至少有四五英里的开阔地，这些开阔地将被继续耕种。所以，作为一个整体，你得到的不是一个有一百万左右人口的城市，而是一个小城镇的城市，一个几乎是村庄的城市。一个定居在乡村的城市。（Williams，2014：238）

与此同时，通过引进运输和通信领域的前沿技术，它将是世界上最早从一开始就以后工业术语和后电子技术构想出来的人类定居点之一。这一方案通过充分的就业、充分的交通和文化设施，对解决威尔士边村共同体内部的危机提供一个乌托邦式的远景。

然而在威廉斯看来，共同体的建设不仅是个技术问题，更是一个经济问题，也是文化问题，同样也是一个政治问题。于是，马修和彼得前往马诺德，准备对详细的土地需求进行研究。在进行调查的过程中，他们发现在农民和一小群商人之间存在着一个日益增长的土地交易网络。农民虽然从中短期获益，但从土地的主人变成了雇佣劳动者。这一现象的出现是一种文化问题,亦即对整体生活方式的不同理解,当地人仍然想要的,并不是一种超越地理空间的共同体,而是小型的地方发展项目,改善但不改变他们已经习惯的地方。而这一文化问题的背后,马修和彼得又发现政府在其中所扮演的重要角色。两人决定用他们的情报来面对政府,但他们的反应是不同的,彼得对这样的剥削性系统感到愤怒,他认为马诺德是一个不可能的项目,除非权力关系从根本上"改变"。于是,他决定辞职,建议立即向媒体公布发现的事实。而马修试图通过在部长级会议上与政府官僚进行对话,仍然希望以人道的方式实现马诺德。正如威廉斯在1977年《共同体的重要性》一文中所指出:"真正使人与人的关系变成物与物之间的关系或者概念与概念之间的关系的,是一种思想模式,不管这种模式贴着什么政治标签。然而,要使政治的概念重新回到人与人之间的关系上来,就要重新建立共同体政治的思考。"(威廉斯,2014:130)威廉斯受自己这一思想的影响,他笔下的马修为反驳官员进行了大量乌托邦式描述,在他看来共同体的关键因素在于你必须真正理解这一点:"是人民变成为什么样的人,一个不同的未来成为可能,是一个让人们安定下来,给他们工作,带他们回家的未来。"(Williams,2014:238)。与此同时,政府官员对马诺德所进行的富有科技感的描述,在马修看来,"正是因为它们在技术上的不同,才有一个独特的机会来探索新的社会模式,新的实际社会关系"(Williams,2014:238),但技术归根结底只是一种手段,最主要的问题在于技术掌握在谁的手里。只有它真正属于土地上的人民,才是一种正确的方式。然而在现实层面,技术和土地却掌握在跨国公司的手里。这样一场争论最终也以马修的心脏病复发而结束。

在小说的结尾,面对马诺德村民的送别,马修夫妇在他们脸上看到洋溢着积极乐观的情绪以及跨国公司的进入对他们生活质量的极大改善。马修对关于马诺德项目相关文件欲烧又止的行为也充分说明了他内心的矛盾心情。就像莱恩对马修的评价:"嗯,我突然觉得这是一种英雄般的荒谬;当然是英雄,因为在任何时候,任何地方,你都在说同样的话,而且是正确的。但也是荒谬的,因为它的疯狂不协调。"(Williams,2014:249)然而即使面对这样的窘境,马修也从未放弃,他希望继续在其中寻找一种可能性,直到这种可能性最终消失。正如托尼·平克尼而言:"《为马诺德而战》是一部关于世界末日、死亡或最后几天的小说,整个社会的丧钟在它的最后一页敲响。"(Pinkney,1991:76)马修在最后也流露出悲观的色彩,他发现将被过去深刻影响的现在与未来的时刻相联系的共同体很难被建立,甚至连这种共同体的影子也难被探寻到。

威廉斯在创作《为马诺德而战》中所流露出来的悲观也与他当时的社会和个人处境有关。回溯这部小说创作的时代背景,在20世纪60年代,工党重新执掌政权,他原本对威尔逊政府寄予厚望,对技术革命的白热化产生共鸣,然而工党的官僚式的组织结构使得有关社会主义的争论局限在议会范畴,他们对工人阶级的保护也只进行了有限的保护性与福利性的立法。进入70年代末，随着撒切尔夫人的上台，威廉斯对政治腐败的情绪继续蔓延。可以说，这些事件都在这部小说之中得到了细致的描述与深刻的反思。在这一时期，威廉斯自身也陷入了一种困境，不管是在身体上还是精神上都是如此。在1978年，"那是在耶稣学院的宴会上，他在身体上经历着在他的脖子和肩膀上升的沉重脉搏……长时间的呼吸收缩，他脸色苍白，喘不过气来，站着，僵硬地走着，略微站住了"（Inglis，1995：250）。在精神上，这一时期威廉斯凭借他的思想成就引起了诸多人追捧，然而面对现实的政治窘境，他却无能为力，所有这些都在他自己的心里留下了创伤。这一创伤在小说中则象征性地表现为他在小说中对马修疾病的描写。

5　结语

在《马克思主义与文学》中，威廉斯认为文化的复杂性"体现在那些业已发生或将会发生历史变化的诸因素之间的动态关系中"（威廉斯，2008：129），即在一定的历史阶段主导文化、新兴文化、残余文化之间的相互运动。威廉斯对文化复杂性的思考也可以促使我们反思他在"威尔士三部曲"中对流动中的威尔士边村共同体的书写。威廉斯对威尔士边村共同体的历史化书写有其特定的目的，即为英国工人阶级和农民创造一种新兴的共同体和新兴的共同文化。然而在对这一难题的思考中，必然涉及怎么处理新兴的共同体与残余的共同体（共同体传统）、主导文化（对个体生命价值的推崇）之间的关系。在"威尔士三部曲"跨越接近整个20世纪的书写中，威廉斯作为一名第二代工人阶级知识分子，在书写的过程中对作为一种失败经验的威尔士边村共同体传统呈现一种矛盾的态度。他一方面尝试对传统的共同体价值观进行探寻与继承，另一方面在探寻的过程中又发现共同体传统与当代价值的格格不入。这在小说中集中体现在第一代工人阶级与第二代工人阶级在"感觉结构"上的冲突，最终导致威廉斯在"威尔士三部曲"中，在对新兴共同体的设想上始终是被动性的，并未给出一个积极的解决方案。

参考文献

陈湘静，2022. 边境乡村、社会主义与感觉结构：论雷蒙·威廉斯《边境乡村》中的文化政治想象[J]. 文艺理论与批评（4）：22-34.

米家路，2016. 撕裂的边界：论雷蒙·威廉斯《边乡》中的双重视境和菌毒跨越[J]. 国外文学（4）：117-126.

汤友云，季水河，2018. 雷蒙·威廉斯小说《为马诺德而战》中的共同体意识[J]. 湘潭大学学报（哲学社会科学版）（4）：127-131.

威廉斯，2008. 马克思主义与文学[M]. 王尔勃，周莉，译. 开封：河南大学出版社.

威廉斯，2010. 政治与文学[M]. 樊柯，王卫芬，译. 开封：河南大学出版社.

威廉斯，2014. 希望的源泉：文化、民主、社会主义[M]. 祁阿红，吴晓妹，译. 南京：译林出版社.

Inglis F, 1995. Raymond Williams[M]. London: Routledge.

Milner A, ed., 2010. Tenses of imagination: Raymond Williams on science fiction, Utopia and Dystopia [M]. Oxford: Peter Lang.

Pinkney T, 1991. Raymond Williams[M]. Wales: Seren Books.

Roberts G, 1992. The cost of community: the novels of Raymond Williams[D]. The University College of Wales.

Smith D, 2008. Raymond Williams: a warrior's tale[M]. Cardigan: Parthian.

Williams R, 1970. The English novel from Dickens to Lawrence[M]. London: The Hogarth Press.

Williams R, 2006. Border country[M]. Cardigan: Parthian.

Williams R, 2013. Second generation[M]. London: Vintage Digital.

Williams R, 2014. The fight for Manod[M]. London: Vintage Digital.

作者简介

李超，文学博士，河北师范大学文学院讲师。主要研究领域：英国马克思主义文论与英国文学。电子邮箱：lichaoshanxi@126.com

（责任编辑：张欢）

石黑一雄《克拉拉与太阳》中后人类时代的伦理困境*

李毅峰

摘　要： 石黑一雄的第八部小说《克拉拉与太阳》通过人工智能机器人克拉拉这个"天真的叙述者"讲述了一个看似简单的故事，但故事却远非看起来那样简单。石黑一雄将故事设定在距离当代不算遥远的后人类时代，彼时基因编辑及人工智能等高科技得到广泛应用，却存在着诸多伦理困境，包括是否要发展人工智能？如何应对大力发展人工智能而造成的大面积失业问题？人工智能是否具有主体性？人类增强技术是对是错？人类将面临怎样的伦理选择困境？通过小说，石黑一雄表达了他对后人类时代这些伦理困境的忧思。

关键词： 石黑一雄；后人类时代；伦理困境；人工智能

Kazuo Ishiguro's *Klara and the Sun* and Ethical Dilemmas in the Posthuman Age

Yifeng Li

Abstract: Kazuo Ishiguro's 8th novel *Klara and the Sun* seems to tell a very simple story, with a simple plot and a "naive narrator", an AI robot named Klara. However, the story is everything but simple. Ishiguro sets the story against the background of a near posthuman future, when high technologies such as gene editing and artificial intelligence have been applied widely, but the age will face a lot of ethical dilemmas, including whether AI should be developed? If AI is developed vigorously, how to tackle the resultant large rate of unemployment? Does AI have subjectivity? Is human enhancement technology right or wrong? What ethical dilemmas will humans be confronted with? Through the novel, Ishiguro expresses his concerns about the predicaments of the posthuman age.

Keywords: Kazuo Ishiguro; posthuman age; ethical dilemmas; artificial intelligence

---

* 本文系国家社会科学基金项目"欧美后现代历史诗学批评研究"（项目编号：20BWW006）的阶段性研究成果。

英国诺贝尔文学奖获得者石黑一雄的第八部小说《克拉拉与太阳》于2021年3月出版。小说通过人工智能机器人克拉拉（Klara）的视角，讲述了她自己作为人造朋友（artificial friend，缩写为AF）陪伴人类好友乔西（Josie）的经历。小说的背景设定在距离当下不算遥远的未来，彼时科技高度发展，人工智能技术已经相当成熟，人工智能机器人不仅拥有了极高的智商，甚至拥有了学习人类情感的能力。

克拉拉与乔西可谓"一见钟情"，经过一番波折后，克拉拉终于进入乔西的家，成为她的成长伙伴。克拉拉具有高度的智能，她有超越同类的观察能力和学习能力，并且极为单纯和善良。她进入乔西的家之后，才发现乔西身患绝症，已经被医生宣判死刑，她的全家都生活在这个阴影之下。作为乔西忠诚的伙伴，克拉拉将治愈乔西视为自己的终极使命。作为一个从未出门接触过人类社会的机器人，克拉拉唯一能够想到的治愈乔西的办法就是求助于太阳。对她而言，太阳拥有起死回生的力量，她认为如果祈求太阳向乔西施展"神力"，乔西就一定能痊愈。小说末尾，乔西果然痊愈，而讲述故事的克拉拉，却是在机器人垃圾场里，回顾这段经历。

《克拉拉与太阳》是一部反乌托邦小说。小说情节看似简单，如石黑一雄自述，脱胎于他写给女儿的童话。叙述者克拉拉是一个典型的"天真的叙述者"（naive narrator），由于经历和设置所限，她的行事方式让人觉得幼稚可笑，她的叙事口吻也如孩童一样幼稚。然而，这部小说在看似"幼稚"的情节和叙事背后，却隐藏着一个很多人未能读出的巨大秘密。很多学者（刀喊英，2022；刘可，2022；尚必武，2022；白丽云，2023；陈婷婷，2023）认为，在克拉拉的虔诚祈祷下，太阳果然施展了神力，治愈了乔西。然而，这怎么可能？乔西已经病入膏肓。这些解读忽略了小说设置的时代背景，也忽略了克拉拉叙事的不可靠性。小说设置在未来的后人类社会的背景之下，人类科技取得巨大进步，人工智能取得突破性发展，是否有可能真正的乔西已经被人工智能的乔西所替代了呢？小说中，乔西的母亲早就开始暗自为她制作机器躯壳，而且她处心积虑为乔西选择了善于模仿的克拉拉作为陪伴机器人，是因为她早已对用机器人"延续"乔西生命有预谋。克拉拉在叙述中，之所以没有叙述出乔西被替代的复杂过程，不仅是因为她认知能力不足，而且她此前为了毁坏遮挡太阳的库廷斯机器，从自己身体里取出一些溶液。此后，她的认知能力更差了，因此她的叙述变得完全不可靠。这正是石黑一雄的高明之处，他利用不可靠叙述者来讲述一个看似平淡却又幼稚的事件，却在平淡背后暗藏了汹涌的暗流，骗过了诸多读者，使得故事有多种解读。

小说除了展示出石黑一雄高明的叙事技巧之外，也表现出了他对于后人类社会伦理问题的深刻思考。乔西是一个接受了基因编辑的孩子，她的绝症正是基因编辑的后果，而她的姐姐萨尔也死于基因编辑引起的疾病。乔西的父亲是一个颇具才华的工程师，却被人工智能替代而失业。乔西的家人将克拉拉看作一个工具，利用她之后，就将她抛弃。是否要发展人工智能？人工智能是否具有主体性？人类增强技术是对是错？后人类时代人类将面临怎样的伦理选择困境？这些都是石黑一雄通过小说所表达的他对后人类时代伦理困境的忧思。

1　后人类时代的人工智能问题

美国南加州大学哲学教授麦克斯·摩尔（Max More）将"后人类"定义为：在未来，人这个物种的能力已经有了极大的拓展和提升，"不再遭受疾病、年老和不可避免的死亡的困扰；将会拥有更强大的身体机能和形态自由；有更强大的认知能力和更完善的情感"（More，2013：4），以至于用现在生物学意义上的人类标准来衡量，已经很难被算作人类了，因而称之为后人类。

由于对后人类时代到来的预期，后人类主义（posthumanism）思潮从20世纪中后期开始，就席卷了西方学术界。关于这个术语，有不同的提法，显示出不同的内涵。有人将其称为"后人类主义"，显示出其与现代社会人类的亲缘性及异质性。它主张通过科技手段对人类进行改造和增强，突破人的生理限制，提升人体的各种能力，从而从人类"升级"为后人类。有人也将其称为"超人类主义"（transhumanism），表征其超越人类主义的特征。

这个术语的另一种理解是"后人文主义"。从其理解，人们可以看出其与西方传统人文主义的关系。它起源于西方学术界对于传统人文主义的反思和批判。传统人文主义缘起于文艺复兴，勃兴于启蒙运动，主张以人为本，宣扬个性解放，主张自由平等，崇尚理性。后人文主义者及反人文主义者认为传统人文主义几百年来曾经起到了积极的作用，但是也体现出弊端：人类越来越盲目自大，过于强调人类中心，对于其他物种，乃至整个地球生态系统，都造成了伤害。因而，后人文主义的出现，是对人类中心主义的反拨。其在本质上是后现代思想的一部分。可以看出，虽然用了同一个术语，posthumanism却是一个同形异义词，它的两种含义有着本质的不同。后人类主义/超人类主义本质上是人本主义/人文主义，是"超级"人本主义，归根结底，一方面，后人类主义/超人类主义推崇的是科学、理性、个人主义、以人为本等人文主义思想，它依然是一种人类中心主义思想。正如主张超人类主义的学者詹姆斯·休斯（James Hughes）所说："超人类主义者们表明其与启蒙运动是一脉相承的。"（Hughes，2004：178）它关注的是身体、生理等物理层面的改变。另一方面，后人文主义在本质上是反人文主义。

后人文主义的代表人物有唐娜·哈拉维（Donna Haraway）、凯瑟琳·海勒（Katherine Hayles）及罗西·布拉伊多蒂（Rosi Braidotti）等人。哈拉维将人类升级为"赛博格"，"一种机器与有机体的混合体，它既是现实存在的生物，也是科幻小说中的生物"（Haraway，2016：5）。在她那里，赛博格成为消解二元对立的隐喻，书写了一个关于政治身份的神话。海勒在《我们何以成为后人类》(*How We Became Posthuman: Virtual Bodies in Cybernetics, Literature and Informatics*)中将身体还原为具身经验,身体成为"一组相互交织缠绕在一起的想法和运动"(海勒,2017:272),打破了自笛卡尔以降的身心二元论和超人类主义者将心灵和身体分离的信息一元论。布拉伊多蒂在《后人类》(*The Posthuman*)中推翻了过去推崇的人类中心主义的"特殊生命力",建构了"普遍生命力"学说,"通过对人与动物之间深厚的普遍生命力平等主义的认识来取代根深蒂固的二元论"(布拉伊多蒂,2015:105),突破了人与动物及非人的界限。总而言之,以他们为代表的后人文主义者支持后人类的降临,批判并且颠覆了人类中心主义,解构了人文主义传统中的心灵/身体、人/非人、主体/他者、理性/情感、有机体/机器、男性/女性等等二元对立关系,倡导人与人、人与动植物、人与后人类、人与生态系统中的所有个体的平等。

后人类主义/超人类主义和后人文主义虽然本质不同,一个是传统人文主义的延续和继承,一个是对传统人文主义的批判和反拨,但它们也有一个共通之处,那就是它们都期待后人类的降临。前者从人类中心主义的立场出发希望人类能够借助高科技得以增强,"升级"为后人类;后者从反人类中心主义的立场出发欢迎后人类的降临,因为后人类是他们所期待的解构二元对立的终极模板。从这个方面来说,两者是"友军"。以上两种观点是posthumanism理论的一种含义,即建构性观点。但作为理论,它还有另外一种含义,即以尤尔根·哈贝马斯(Jürgen Habermas)和弗朗西斯·福山(Francis Fukuyama)等思想家为代表的批评性观点,他们对后人类时代的到来不无担忧。哈贝马斯反对以基因工程为代表的人类增强技术,认为这是一种"异化决定"(alien determination)(Habermas,2003:79),是对个人意志的不可挽回的侵犯。福山认为,"生物技术会让人类失去人性……但我们却丝毫没有意识到我们失去了多么有价值的东西……我们却没意识到(人类与后人类历史这一巨大的)分水岭业已形成,因为我们再也看不见人性中最为根本的部分"(福山,2016:101,11,217),而"人性的保留是一个有深远意义的概念",经过生物技术改造的后人类,即使"每个人都健康愉悦地生活,但完全忘记了希望、恐惧与挣扎的意义"。他们被超人类主义者称为"生物保守主义者"。

石黑一雄将《克拉拉与太阳》的背景设置在不久的未来,那时后人类社会已经到来,科技发达,人工智能机器人进入家庭,为人类服务;基因编辑,甚至其他更为先进的人类增强技术已经得到广泛的应用,人类成为麦克斯·摩尔所谓的"后人类",那个时代亦即"后人类时代"。

要不要发展人工智能?学界对此问题一直争论不休。反对者例如史蒂芬·霍金(Stephen Hawking),他在2017年4月全球移动互联网大会(GMIC)北京站开幕式上发表了题为《让人工智能造福人类及其赖以生存的家园》的主题演讲,他认为:

"人工智能一旦脱离束缚，以不断加速的状态重新设计自身，人类由于受到漫长的生物进化的限制，无法与之竞争，将被取代"（霍金，2017）；美国前国务卿亨利·基辛格（Henry A. Kissinger）在《大西洋月刊》（*The Atlantic*）2018 年 6 月号上撰文《启蒙运动是怎样结束的？》（"How the Enlightenment Ends?"）呼吁美国政府尽快成立一个委员会来管理人工智能的发展，他认为："如果我们再不开始，就太晚了。"（Kissinger，2018）国内一些学者也持有相似的观点，上海交通大学江晓原认为，人工智能有失控和反叛的危险，即使它很驯顺，也有可能导致人类生存意义的消解，从而"无论反叛也好，乖顺也好，都将毁灭人类"（江晓原，2017：21）。然而，像谷歌公司技术总监雷·库兹韦尔（Ray Kurzweil）这样的科技乐观主义者，则大力推崇人工智能的发展。他在 2005 年出版的未来学名著《奇点临近》（*The Singularity Is Near*）中预言了 2045 年"奇点"的到来，也就是人脑智能与电脑智能获得兼容的时刻，届时人工智能将是今天所有人类智慧的 10 亿倍之多（库兹韦尔，2005）。以色列历史学者尤瓦尔·赫拉利（Yuval Harari）在他的《未来简史》（*Homo Deus: A Brief History of Tomorrow*）中宣称，人类通过"生物工程、半机器人工程和非有机生物工程"（赫拉利，2017：38），可以升级为"智神"（Homo Deus）。后人文主义者对于人工智能的发展也抱欢迎的态度，因为人工智能是他们所推崇的反人类中心主义，打破心灵/身体、主体/客体、人/非人、有机体/无机体、人/机器等二元对立的最佳模板。

2　人工智能的职业替代与主体性

在石黑一雄的小说中，后人类时代已经来临，人工智能的高度发展已是既成事实。对于不可避免的人工智能时代，小说想要探讨的是两个问题：如果人工智能得到大力发展，最终人类的职业被人工智能所取代，人类将如何生存？人工智能是否应该作为主体而享有与人平等的权利？

《纽约客》杂志 2017 年 10 月 23 日刊的封面所表达的担忧与小说的发问不无相似：那就是关于人类的饭碗。那张振聋发聩的图片让素来以中心自居的人类倒吸一口冷气。在那张图片里，未来的人类坐地行乞，而路过的机器人则是施予者，它们往人类行乞的罐子里投入螺丝钉货币作为施舍。现实生活中，人工智能发展越来越快，它们不仅能代替人类做一些低端的工作，甚至还具有超越人类的推理能力和解决问题能力。可怕的是，在某些需要高度创造性的领域，如文学和艺术，人工智能也开始崭露头角。人类不禁对自己的未来深感忧虑。德国哲学家京特·安德斯（Gunther Anders）在他的《过时的人》（*Die Antiquiertheit des Menschen*）中用"普罗米修斯的羞愧"来形容"在自己制造的产品的质量面前感到一种自叹不如的羞愧"（安德斯，2010：3）。人类在自己创造出来的人工智能面前，也有这种羞愧和被取代的恐惧。牛津大学的卡尔·弗雷（Carl Frey）及迈克尔·奥斯朋（Michael Osborne）在《劳动力的未来：工作受电脑化影响有多大?》（"The Future of Employment: How Are Jobs Susceptible to Computerisation?"）一文中，对现代社会的 702 种工作进行研究后发现：美国大约有 47% 的工种处于被电脑替代的高风险中，它们在未来 10 到 20 年就会被电脑替代；工种的薪资及所受教育水平与被替代的可能性成反比（Frey et al.，2016）。而根据普林斯顿大学爱德华·费尔滕（Edward Felten）2018 年提出的"职业 AI 暴露指数"（AIOE）观察，2023 年大型语言模型进入实际应用后，20 种 AIOE 最高的职业，除第一名是电话销售员外，其他 19 名均为高等教育各专业教师及社会学家和政治学家等高级知识分子、脑力劳动者（Felten et al.，2023）。

在《克拉拉与太阳》中，学界的担忧成为现实。克拉拉的父亲原先是一家化工厂的工程师、技术精英，但是却被机器人替代，之后他的生活发生了巨大变化，与妻子的婚姻破裂，离开家庭，与其他失业人群聚居在一起。他告诉前妻："就在我现在住的地方，我遇到了许多和我想法一模一样的体面人。他们全都走过了和我一样的路，一些人的事业远比我的要辉煌。"（石黑一雄，2021：240）从他的话里可以看出：大量劳动者，包括很多像他一样曾经的社会精英被机器人替代。正如江晓原所预言，人类被机器取代是发展人工智能带来的近期威胁之一。人工智能在工业上的大规模使用，不只让社会迎来一大批失业人群。"若财富分化悬殊，小部分工作者所得财富远高于多数失业者，必将导致失业群体的不满，激化社会矛盾。"（江晓原，2017：18）小说中描述了社会矛盾激化的情况，失业人群根据肤色或者曾经的阶级而分成不同的团体，乔西的父亲"生活在一个满是黑帮满是枪的地方"（石黑一雄，2021：292），他们这些曾经的职业精英，不得不武装起来保护自己，社会中原本就存在的种族和阶级问题更加严重，暴力事件频发。石黑一雄在此展现出他诸多的忧虑：大量劳动力被机器替代，造成的失业问题该如何应对？曾经的精英阶层被替代造成的阶级落差如何应对？由于大量失业造成的贫困、暴力事件、阶级问题，甚至是种族问题，如何解决？这些都是后人类社会应该警惕和担忧的问题。

人类被替代带来的不仅有人与人的关系问题，还有人机关系问题。人类面对"夺去"自己工作机会的机器人，该如何自处？从乔西的父亲起初对克拉拉的冷漠态度可以窥得一二，从剧院经理的话语中更加清晰："它们先是抢走了我们的工作。接着它们还要抢走剧院里的座位？"（石黑一雄，2021：305）失业的人类和被人类仇视的机器人，究竟孰对孰错？在石黑一雄的笔下，他们都是技术发展的受害者。这又涉及石黑一雄关心的另一个问题：如果未来人工智能得到大力发展，它们是否具有主体性？它们应该被当作主体还是工具来对待？他在小说中埋藏了一个巨大秘密来展现他对人工智能主体性的态度。

超人类主义者热衷于探讨一个话题，即"心灵上载术"（mind uploading），这

是一种正处于设想和研发中的技术，是指

> 通过扫描大脑的神经结构特征来获取人的精神状态，包括自我意识和长期记忆等，然后对相关内容进行编码储存。……在另一台电脑上对这些心灵内容复制和运行，其实就是对大脑的再造和重塑。如果运行了相关程序的计算机能植入一个仿真机器人的外壳或是替换成为另一个人的大脑，那么，在某种程度上这就是生命的重生和延续。（计海庆，2021：152）

库兹韦尔在《奇点临近》中曾论述过这样的设想。小说中，乔西的母亲想必正是要通过类似"心灵上载术"的方法来延续乔西的生命。她重塑乔西的路径可能是：邀请科学家卡帕尔迪制造出外表与乔西相似的机器躯壳；扫描乔西的大脑，将信息编码储存；要求克拉拉这个善于观察模仿、聪慧异常的人工智能机器人模仿乔西的行为，甚至是思想，并且将其储存到她的"芯"里；通过整合乔西大脑信息及克拉拉芯片的信息，将其安装到"乔西机器人"的躯壳里，从而实现乔西生命的延续，这也就是乔西母亲所谓的让克拉拉"占据乔西"（石黑一雄，2021：263）。

克拉拉一直幼稚地认为太阳光可以治好乔西的疾病，因为对于"她"，一个靠太阳能充电的机器人来说，每次照射到阳光就相当于生命复活一次，而她并不明白，阳光是无法治愈人类绝症的。如前所述，由于认知能力的缺陷，她的叙述完全不可靠，她略过了重要的信息，即她的"芯"已经给了乔西，乔西已经成为机器人，而她却成为废品，最终被丢弃在机器人垃圾场，而她的这一切叙述，都是她在机器人垃圾场的回忆。由此，我们也不难理解，乔西病愈后，为何性情大变，与经过"提升"的孩子们越走越近，与自己青梅竹马的男友里克（Rick）分手告终。

像克拉拉这样的机器人是否拥有主体性，是否拥有权利？人类应当如何对待机器人？对于此话题，后人文主义者的观点很鲜明，无论是赛博格那样的有机与无机混合体，还是纯机器人，都是与人平等的，都应该被当作主体来对待，而非人类的工具。中国工程院院士封锡盛也认为："智能机器人为了有效地服务社会和便于公众接受，应当拥有相应的权利保障，机器人要遵纪守法，也要有权利。"（封锡盛，2015：7）杜严勇在《人工智能伦理引论》中认为，机器人应该享有道德权利与法律权利。（杜严勇，2020：28）睿根在论述动物权利时指出：道德权利中，"尊重是基本的主题"（睿根，2005：65），机器人同理。杜严勇认为："由尊重权利至少可以得出以下几点推论：第一，不可以奴役机器人；第二，不可以虐待机器人；第三，不可以滥用机器人，比如让机器人去偷窃、破坏他人财产，窃取他人隐私等等。机器人应该得到尊重的道德权利是消极的道德权利，也就是不被伤害或错误利用的权利。"（杜严勇，2020：28）小说中，类似于克拉拉这样的人工智能被制造出来的目的就是陪伴功能，厂家只给他们输入遵从命令的程序，因此他们从不会拒绝人类的要求。然而，克拉拉虽然是机器人，她也是拥有主体性的，如前所述，她也同样享有道德权利，拥有一定的法律权利。她应该得到人类的尊重，不被奴役、虐待和滥用。而在小说中，人类为了达到自己的目的，完全不顾及她的主体性和拥有的权利，只将她看作一个工具，开始是陪伴工具，后来变成了延续其他个体生命的工具，从这种意义上说，她遭到了人类的虐待和滥用。

3 后人类时代的人类增强技术

在我们所处的时代，人类增强技术已经开始得到初步的应用。人类增强指的是

> 在医疗实践中，不以疾病和受伤条件下恢复原状为目的的，提高或增强了一种或多种人体素质或能力，或者发展出新的人体功能或能力的干预措施。……人类增强可以分为三大类，即作用于身体和物理层面的增强技术，如脑机接口和芯片植入技术；作用于人体生理层面的神经增强药物，以及作用于人类遗传物质层面的基因增强技术。（计海庆，2021：20）

人类增强是"超人类主义者"极力推崇的未来人类技术，却又是"生物保守主义者"极力反对的"邪恶"技术。对于人类增强技术的伦理争议主要集中于：增强与治疗的区分；增强与自主；增强与平等；增强与本真；增强与人性（计海庆，2021：47-114）。石黑一雄在小说中呈现了两种人类增强的方式，一种是基因编辑，另一种是前面提到的"心灵上载术"这样的物理层面的增强，并且表达了他对于人类增强的态度及其所涉及的平等、自主及人性等伦理问题的思考。

基因编辑包括生殖细胞编辑和体细胞编辑，小说中，乔西的母亲选择在乔西和其姐姐出生后对她们进行基因编辑，属于体细胞基因编辑。对于这种基因编辑方式的伦理争议是：这究竟是以疾病治疗为目的还是以增强为目的？如前面对于人类增强的定义，增强"不以疾病和受伤条件下恢复原状为目的"，是不以追求健康为目的的人体干预措施。乔西的母亲选择对孩子进行基因编辑，显然是以增强为目的而非以追求健康为目的。这不仅会对像乔西及其姐姐一样的个体带来危险，也会为社会甚至整个人类带来危险。正如弗朗西斯·福山指出，人类虽有肤色、美丑甚至是智商的差别，但却拥有共同的本质，从而也拥有共同的内在价值。而基因技术是从生物医学的层面对人的本质进行改变，后果无法预测（Fukuyama，2004）。根据个人意愿，随意改变人类基因，这样不加控制地发展下去，人类将会成为什么样子？基因编辑是一个潘多拉的盒子，一旦打开，甚至会为整个人类带来难以预测的后果。石黑一雄与福山持有相同的观点，他并不愿意看到基因技术可能为人类社会带来的危害。他在小说中设想了一旦该技术成为现实，人类将面临平等、自主及人类本质改变的问题。

石黑一雄在小说中展现出他对于人类增强技术可能带来的不平等问题的忧虑。美国分子生物学家李·希尔弗（Lee Silver）早在20世纪90年代就对基因编辑技术应用的后果进行了分析。他认为在基因编辑还处于稀缺状态时，富人有可能优先利

用，从而获取更高的智商、更高的认知能力、更好的身体素质及更完美的外貌，从而使得他们获取更多的资源，巩固自己的优势地位，而穷人则反之。因此，贫富差距已经不仅局限于经济领域，而是变成了生物学上的差距，这样的情况如果极端地发展下去的话，穷人和富人之间的差距就不仅局限于阶层，而成了有如人类与大猩猩的区别一样的物种差距（Silver，1998：277-279）。作为生物保守主义者的福山对生物技术的发展也充满焦虑，他认为"政治平等完全取决于自然中人人平等的经验事实"（福山，2016：13），而生物技术的发展则违反了"人人生而平等"理念，从而导致政治不平等。在小说所处的后人类时代，人类增强技术已经得到较为普遍的应用。乔西是一个经过基因编辑而得到"提升"[①]（也即"增强"）的孩子，"提升"已经成了后人类时代精英阶层的普遍选择，而那些因为贫穷而没有机会接受"提升"的孩子，却被剥夺了接受高等教育的权利，就如小说中乔西的邻居和男友里克。他虽然很聪明，对于无人机制造技术无师自通，连曾为顶尖工程师的乔西的父亲都大为赞叹，然而却没有大学肯向他敞开大门。小说开始，乔西家举行的聚会就像一个阶级差别的展示现场，没有接受基因编辑的里克是一众接受了基因编辑的精英家庭孩子的歧视和嘲讽对象，里克自己也深知自己并不属于这个群体。

关于人类增强/基因编辑的另一个伦理争议是自主问题，即基因编辑是否是接受编辑的个体的自由选择问题。哈贝马斯在《人类本质的未来》（*The Future of Human Nature*）一书中表达了这样的观点：个体是自己人生计划的唯一作者，而接受基因编辑的个体失去了决定自己人生的权利。这种遗传物质层面的干预不可逆转，只能被动接受。他将此称为"异化决定"。他认为这是对个人自主权不可挽回的侵犯，个体不得不被动承担责任和后果（Habermas，2003：79-81）。小说中，乔西的母亲选择对两个女儿进行基因编辑，以确保她们未来能够有更多的机会，但是却将女儿们推上了死路。正如哈贝马斯所说，女儿们被迫承担了"异化决定"的后果，而母亲为此深感痛苦和自责。与乔西的母亲同样自责的是里克的母亲，即使已经目睹乔西家基因编辑带来的悲剧，她依然自责没有能力选择为孩子做基因编辑，从而影响了孩子的前途。两位母亲的初衷都是想给孩子最好的东西，然而她们都忽略的一个问题是，孩子是独立的个体，他们有自主选择人生权，而不是让父母来代替他们选择人生。

石黑一雄在小说中还思考了人类增强与人性这样一个伦理争议问题。小说快要结局之处，乔西已经不再是原来的乔西，而是成了机器人。乔西机器人也是人类增强技术的"产物"。那么，经过了增强的乔西，是否还具有"人性"？福山认为生物技术会让人类失去人性。他用奥尔德斯·赫胥黎（Aldous Huxley）《美丽新世界》（*Brave New World*）中所描述的后人类世界论证他的观点。在那个后人类世界里，

---

① 小说原文中，将基因编辑称为 lift，译文将其译为"提升"，即科学界所说的"增强"。

人类不再拥有七情六欲；不再有喜怒哀乐，所有的悲伤、痛苦、愤怒等情绪都能很快被一粒小小的药片"唆麻"转换成快乐；不再有家庭，人类都来自工厂式的量产产品；没有人读书，更没有人能写诗。福山认为这样的世界，已然不再是人类世界，因为他们的灵魂已经死去，他们已经失去了人之为人的根本，也即人性，包括情感、信仰（福山，2016：9-11）。同样的担忧也适用于其他的人类增强技术。小说中乔西的父母之所以再三向克拉拉确认，是否明白一种叫作"人心"的东西，是否知道"每个人的内核中都藏着某种无法触及的东西，某种独一无二、无法转移的东西"（石黑一雄，2021：264），是因为他们深知，"人心"是机器人无法模仿和学习的。乔西机器人，无论外表、大脑、"芯"有多么像乔西，也只是由数据和外壳堆砌起来的。可以看出，对于乔西"升级"为乔西机器人后，是否还具有人性这样的问题，石黑一雄与福山持同样的立场。他认为人心是人成其为人的必要条件，而乔西"增强"为机器人之后却早已丢失了人性。因此"痊愈"后的乔西才性情大变，与自己最好的朋友克拉拉和男友里克分道扬镳。而已经"增强"为机器人的乔西，是否还是父母的孩子？这也有待商榷。

在现代社会，基因编辑及人机结合等人类增强技术已经初步成为现实，在小说中的后人类时代已经得到广泛应用。人类增强技术是一把双刃剑，在实现人体功能增强的同时，也为人类社会带来了诸多的隐患，例如像小说中提到的基因缺陷、技术的滥用、不平等问题、自主选择权缺失、人性缺失等。石黑一雄对于人类增强技术是充满忧虑的。究竟是否应该进行人类增强？这将是后人类社会普遍面临的伦理困境。

4 后人类时代的伦理选择困境

石黑一雄在小说的扉页题词："纪念我的母亲石黑静子（1926—2019）"。从题词来看，他是以小说致敬母爱，可见他对小说中乔西母亲的母爱并无疑义，乔西母亲决定为两个女儿作基因编辑，完全是出于母亲对孩子深切的爱。母爱无错，但是基因编辑出了错。小说中基因编辑的悲剧性结果预言了后人类社会中，人类选择基因编辑所要面对的伦理困境。基因编辑结果或好或坏，无法预测，究竟做与不做？这恐怕将是后人类社会无法回避的伦理选择困境。当出于母爱的伦理选择最终证明是悲剧后，乔西母亲又要面对另外一个伦理选择困境。

"人心"是这部小说最重要的主题。通过小说，石黑一雄显然想展现人心的复杂，如乔西的父亲跟克拉拉所说：人心，让每个人成为独特个体。要学习乔西，绝不仅仅限于模仿她的举手投足，而是深藏在她内心里的那些东西，而这是一件难事。不谙人世的克拉拉幼稚地认为，人心是一栋有着许多房间的房子，一个忠诚的机器人朋友总会走遍每一个房间，一个接一个用心研究它们。而乔西的父亲却道出了一个事实：无论克拉拉走过多少房间，总会发现还有没走入过的房间。即便如此，克拉拉依然认为，对于人心的学习，是终有尽头的。克拉拉实在是太低估了人心的复杂，对于她这样一个只懂得善而完全没有恶的概念的机器人来说，她怎能知道人心有多么深不可测。

小说中所谓的"人心"，大概包含三部分：作为个体的个性特征；快乐、痛苦、恐惧、愤怒、悲伤等等情感；人类生而固有的普遍本性，即人性。每个人生而为人，都有自己独特的性格特征，这是别人无论如何都无法效仿的。人类的情感，是人类特有的，即使是克拉拉这样高智能的机器人也不可能完全习得。而人性，则更加深不可测。因此，克拉拉怎么能够了解人心？伦理学将人性定义为人的伦理行为事实如何之本性（王海明，2018：70）。伦理学认为最深刻的人性是爱和恨，包括爱人之心（同情心与报恩心）、恨人之心（嫉妒心与复仇心）、自爱心（求生欲与自尊心）、自恨心（内疚感、罪恶感与自卑心）。其中爱人之心的同情心包括父母对孩子的爱，报恩心则包括孩子对父母之爱的反哺。而自爱心中，当然也包括自私。当然，在后人类时代，由于生命形式的多样化，传统伦理学的爱人和恨人之心，也应拓展为爱"他"①和恨"他"之心。小说中充满了对人心和人性的深刻剖析和挖掘。

评论界为何众口一词地认为这是一部反乌托邦小说？是因为它波澜不惊的外表之下隐藏了诸多的人性黑暗。当乔西的母亲告诉克拉拉事实的真相，并且让克拉拉"延续"乔西的时候，读者才恍然大悟，原来她在商店里选择克拉拉的时候内心里就早已有了让克拉拉延续乔西的计划，她之所以选中克拉拉来做女儿的陪伴机器人，是因为她有出众的观察力和学习能力。她问克拉拉的那个奇怪的问题："能不能请你为我重现乔西的步态？"（石黑一雄，2021：55）原来是在为她的计划做打算。当她哀求克拉拉："萨尔那一回我挺过来了，但没法儿再挺一回了。我请求你，请你为了我尽你的全力。"（石黑一雄，2021：267）单纯的克拉拉，如何能识别隐藏在那些看似不经意的问题背后的陷阱。乔西的母亲因为错误的选择而导致无法挽回的后果，她想通过"延续"乔西来弥补她犯下的错误，而这样的"弥补"要以牺牲另一个生命为代价。这种行为的动机是所谓的母爱，但却是对另一个生命体的扼杀，是以爱为名的自私。在选择爱"他"（爱克拉拉）还是自爱（自私）的伦理困境中，乔西母亲选择了自爱。在后人类社会中，人类还将面临许多类似的伦理选择困境：例如，机器终究是为人服务的，还是应该被视为独立的个体？牺牲机器，造福人类，究竟对不对？克隆人是否应该在人类需要时捐献出自己的器官？（这有一点像石黑一雄在另一部小说《别让我走》中讨论过的问题。）

乔西的父亲，在小说中显然站在母亲的对立面，他不赞成给女儿们进行基因编

---

① 之所以将爱人及恨人之心拓展为爱"他"及恨"他"之心，是因为后人类社会中，机器人及赛博格等生命形式也将是社会的一个重要组成部分，而他们并非传统意义上的"人"，这里称其为"他"。

辑，也不赞成母亲延续乔西生命的计划。但是，他做了什么呢？当克拉拉问他是否有办法能够毁掉阻挡阳光的库廷斯机器的时候，他告诉克拉拉，她的体内有一种溶液，取出一小部分倒入机器，就可以毁掉机器。作为技术精英，他难道不知道取出一些液体，对克拉拉意味着什么吗？他的行为加速了克拉拉的毁灭，在延续女儿生命还是尊重克拉拉这个"生命"的伦理困境中，他选择了女儿，打着帮助克拉拉实现心愿的旗号却加速了她的毁灭。

人心复杂多变，也体现在乔西的身上。她起初对于克拉拉不离不弃的"海誓山盟"，终究难敌过商店经理总结出来的人类行为规律："孩子们总是在许诺。他们许诺会回来，他们求你不要让别人把你领走。但十有八九，那个孩子永远也不会回来。或者，更糟糕的是，那个孩子回来了，却看也不看一直在等他的那个 AF，反而转身选了另一个。"（石黑一雄，2021：42）为何克拉拉最后在机器人垃圾场遇到了经理？因为她深谙机器人的宿命，知道垃圾场是所有机器人的最终归宿。乔西在选择机器人朋友还是人类朋友的伦理困境中，选择了后者。当然，克拉拉被弃的原因不仅是乔西多变，还因为乔西已经不再是原来的乔西，而成了一个机器人，失去了"人心"。这也体现出石黑一雄对于后人类时代人性改变的担忧。

5 结语

当代社会，人类在享受科学技术带来的便捷生活时，也充满着忧虑和恐惧。数字技术的发展让人们的隐私无所遁形；智能技术的发展让人们忧虑会被智能机器超越甚至毁灭；人类增强技术让人们担心是否还能被称为传统意义上的人。人类满怀人类世式微的危机感，因此，"对未来文明的思虑和预期已成当务之急"（孙周兴，2020：287）。对于即将到来的后人类时代，以哈贝马斯和福山为代表的保守主义者和马克思·摩尔、哈拉维等人为代表的后人类主义者和后人文主义者分别持否定和肯定的态度。石黑一雄通过《克拉拉与太阳》，表达了他对后人类时代的种种忧虑。在这一点上，他与哈贝马斯和福山拥有相同的立场，与他们一样，他也是一个人文主义者，他关怀人性，害怕人性的丢失，对于后人类时代人类的处境和人类增强技术，他并不抱乐观的态度。对于人工智能的广泛应用，他觉得是不可避免的，当那个时代到来的时候，人类不应该只将智能机器看作工具，不应该忽略他们的主体性。在这一点上，他又与后人文主义者的立场相似。

参考文献

安德斯，2010. 过时的人：论第二次工业革命时期人的灵魂（第一卷）[M]. 范捷平，译. 上海：上海译文出版社.

白丽云，2023. "人"与"太阳"的隐喻：论石黑一雄的《克拉拉与太阳》[J]. 西安外国语大学学报（4）：118-122.

布拉伊多蒂，2015. 后人类[M]. 宋根成，译. 郑州：河南大学出版社.

陈婷婷，2023. 生命技术化、身体客体化与共情危机：石黑一雄《克拉拉与太阳》的医学人文隐喻[J]. 外国文学（1）：159-170.

刀喊英，2022. 孤独、希望与爱：《克拉拉与太阳》的情感书写[J]. 当代外国文学（1）：112-119.

杜严勇，2020. 人工智能伦理引论[M]. 上海：上海交通大学出版社.

封锡盛，2015. 机器人不是人，是机器，但须当人看[J]. 科学与社会（2）：1-9.

福山，2016. 我们的后人类未来：生物技术革命的后果[M]. 黄立志，译. 桂林：广西师范大学出版社.

海勒，2017. 我们何以成为后人类：文学、信息科学和控制论中的虚拟身体[M]. 刘宇清，译. 北京：北京大学出版社.

赫拉利，2017. 未来简史[M]. 林俊宏，译. 北京：中信出版社.

霍金，2017. 让人工智能造福人类及其赖以生存的家园[J]. 周翔，译. 科技中国（6）：85-89.

计海庆，2021. 增强、人性与"后人类"未来[M]. 上海：上海社会科学院出版社.

江晓原，2017. 人工智能：威胁人类文明的科技之火[J]. 探索与争鸣（10）：18-21.

库兹韦尔，2011. 奇点临近：2045年，当计算机超越人类[M]. 李庆城，董振华，田源，译. 北京：机械工业出版社.

刘可，2022. 加速、失控和共鸣：《克拉拉与太阳》中的技术理性批判[J]. 外国文学动态研究（3）：5-14.

睿根，2005. 打开牢笼：面对动物权利的挑战[M]. 莽萍，马天杰，译. 北京：中国政法大学出版社.

尚必武，2022. 机器能否替代人类？——《克拉拉与太阳》中的机器人叙事与伦理选择[J]. 外国文学研究（1）：28-45.

石黑一雄，2021. 克拉拉与太阳[M]. 宋佥，译. 上海：上海译文出版社.

孙周兴，2020. 人类世的哲学[M]. 北京：商务印书馆.

王海明，2018. 伦理学导论[M]. 上海：复旦大学出版社.

Felten E, Raj M, Seamans R, 2023. How will language modelers like ChatGPT affect occupations and industries?[EB/OL]. (2023-03-18)[2024-03-12]. https://ssrn.com/abstract=4375268.

Frey C, Osborne M, 2016. The future of employment: How are jobs susceptible to computerisation?[EB/OL]. Technological forecasting and social change. (2016-08-19) [2022-03-05]. https://oms-www.files.svdcdn.com/production/downloads/academic/The_Future_of_Employment.pdf.

Fukuyama F, 2004. Transhumanism[J]. Foreign policy, (144): 42-43.

Habermas J, 2003. The future of human nature[M]. Trans. Hella Beister and William Rehg. Cambridge: Polity.

Haraway D, 2016. Manifestly Haraway[M]. Minneapolis: U of Minnesota P.

Hughes J, 2004. Citizen cyborg: why democratic societies must respond to the redesigned human of the future[M]. Boulder: Westview.

Kissinger H, 2018. How the Enlightenment ends?[EB/OL]. (2018-06)[2024-10-08]. https://www.theatlantic.com/magazine/archive/2018/06/henry-kissinger-ai-could-mean-the-end-of-human-history/559124/.

More M, 2013. The philosophy of transhumanism[M]//The transhumanist reader: classical and contemporary essays on the science, technology, and philosophy of the human future. Eds. Max More & Natasha Vita-More. Oxford: Wiley-Blackwell.

Silver L, 1998. Remaking Eden: cloning and beyond in a brave new world[M]. New York: Avon.

作者简介

李毅峰，天津商业大学外国语学院副教授，北京外国语大学博士，美国康奈尔大学访问学者，硕士生导师。主要研究领域：英美文学。电子邮箱：liyifeng@bfsu. edu.cn。

（责任编辑：陈丽）

安娜·伯恩斯《送奶工》中的
社区规训和自我规训

王伟均　刘格菲

摘　要：安娜·伯恩斯的2018年布克奖获奖小说《送奶工》通过女主人公第一人称口述，讲述了其在极度压抑的政治氛围下应对男性权威的性骚扰以及社群的流言蜚语等的成长困境。小说展现了一张横纵交织的社区规训网络，在纵向层面，通过政府的拍照记录、家庭的裁决和惩罚、送奶工对她的反复检查，形成从上至下的"全景敞视式"层级监视网络；在横向层面，通过社群谣言和人际关系的相互作用，形成了"全民围观式"平行监视网络。在横纵交织的社区规训网络中，"我"从语言沉默发展成思想沉默，最终成为主体沉默，自我规训为沉默的个体。在此之外，主人公在母亲和女舞者身上，看到了两种不同的人生选择和可能。她鼓足勇气直面自己的生活和情感，勇敢地表达思想和追求爱情，最终实现自我价值，甚至成为他人仰慕的精神力量。

关键词：《送奶工》；监视；规训网络；全景敞式

Community Discipline and Self-Discipline in
Anna Burns's *Milkman*

Weijun Wang, Gefei Liu

Abstract: Anna Burns's *Milkman*, the 2018 Booker Prize-winning novel, tells the story of a girl growing up in an extremely oppressive political atmosphere, having to face sexual harassment and social gossip from the community. The novel presents a horizontally and vertically interwoven community disciplining network, a "panoramic" network of monitoring from top to bottom made up of government's surveillance camera, family's judgment and punishment, and Milkman's repeated inspection on her. Horizontally, the interaction of social rumors and interpersonal relationships has formed a "citizen spectator" network of parallel surveillance. In the community disciplining network, "I" develops from language silence to thought silence, and finally self-disciplines into a silent individual. On another level, "I" finds two different life choices and possibilities in her mother and in the female dancer. She confronts her own life and emotions, bravely expresses her thoughts and pursues her love, and finally realizes her self-worth and even becomes an exemplary spiritual strength for others.

Keywords: *Milkman*; surveillance; discipline network; panopticism

2018年，北爱尔兰女作家安娜·伯恩斯（Anna Burns）的第三部作品《送奶工》（*Milkman*）获得当年的布克奖，成为第一位获此奖项的北爱尔兰作家。《送奶工》主要讲述了十八岁的女主人公"我"在压抑封闭的社区规训网络中，渴望拥有自己的独立空间，选择采取以语言沉默为主的一系列行为，反抗社区监视系统的围捕和社群谣言的围剿，试图保持个体独立和自我价值的故事。

小说的故事以北爱尔兰的天主教社区为背景，在20世纪70年代，这是北爱尔兰派系冲突最严重的时期。街区是北爱尔兰共和军控制的一个据点，时有共和派、统一派和英国军队发生暴力冲突，社区居民被卷入其中，处于政治军事高压之下，形成了极权、封闭的社会环境。"小说以高超的技巧，描述了流言蜚语和社会压力在一个封闭的社群中所呈现出的力量，展现了谣言与政治效忠在一场针对个人的持续性性骚扰的介入状况。"（Doyle，2018）在政治极权的社会环境下，社区掌权者通过对社区群众进行监视，建造出金字塔式权力结构，形成了"全景敞视式"（Panoramic）规训网络。"全景敞视式"规训网络确立了其霸权机制，"提供了掌权者完全控制被观察对象的图景"（Latour，2005：188）。其中，金字塔式权力结构能够"实现横向的不可见性与纵向的可见性的双重功能。这样，被监视者之间相互隔绝、音信不通的状况有利于秩序的维持"（张艳 等，2004：131）。受到纵向网络监视的群众变得隔膜冷漠，人人自危，为保护自己，选择隐瞒真情实感，成为集体谣言的传播者，进而形成了横向的谣言舆论网络。社群谣言将明显的、赤裸裸的权力与控制体系以更加隐蔽而富有迷惑性的方式渗入社区当中，用无形却又无所不在的舆论监控，再次加固了传统的规训网络，最后形成了横纵交织的全方位包围。关于《送奶工》，伯恩斯曾特别强调，它所反映的议题并非仅仅关乎特定历史时期的北爱尔兰，"它存在于类似压迫条件下的任何一种极权、封闭的社会"（Allardice，2018）。

本文尝试分析《送奶工》中以监视为主的纵向层级规训网络和以谣言为主的横向扁平规训网络如何诞生与构成，以及在两大网络交织形成的密不透风的社区规训网络中，年轻女主人公从语言沉默到思想沉默，最后走向主体沉默这一自我规训机制形成的过程。

1 社区监视与"全景敞视式"网络的诞生

"全景敞视主义"（Panopticism）由米歇尔·福柯（Michel Foucault）在杰里米·边沁（Jeremy Bentham）的"圆形监狱"建筑学形象的基础上提出，其核心思想即现代社会就是一个监视社会，如同一座在规训权力控制下的大型监狱。"这个社会监视的手段，就是建造密闭的空间，在这个空间内监视，让这个空间展现自身的规训权力，这个空间自身埋伏着自动而匿名的权力，权力在这个空间内流动、通过这个空间达到改造和生产个体的效应。"（汪民安，2015：105）这种规训权力体现在处于社会监狱中的人彻底被观看，但不能观看监视者；在权力监视中心，"人能观看一切，但不会被观看到"（福柯，2019：217）。因此，在"全景敞视式"社会中，以监视为主的规训网络呈现纵向的层级分布，由每一个上层的端点向下发散，形成由中心向四周发散的目光监视。

《送奶工》中的天主教街区就是这样一个"全景敞视式"社会。整个社区处在政府权力机构的监视之下，政府通过追踪、拍照记录、汇编和保存先前观察和检查结果为每个人建立起一大批的详细档案。"根据这些资料的记载，监视者可以分别对规训对象施以训练、教养、惩罚、排斥等处理。"（张艳 等，2004：132）在这样一种纵向层级网络中，"每个人都被镶嵌在一个固定的位置，任何微小的活动都受到监视，任何情况都被记录下来，权力根据一种连续的等级体制统一地运作着，每个人都被不断地探找、检查和分类，划入活人、病人或死人的范畴。所有这一切构成了规训机制的一种微缩模式"（福柯，2019：212）。因此，无论社区监视者是否在场，社区都能有效控制和规训社区成员的行为，使他们在"仍然被监视"的恐慌中不敢轻举妄动。整个社区内部，"权力的客体散布于各处，被一种扩散的权力富有虐待性的注视所穿透"（杰伊，2002：110）。社区成员如姐夫、送奶工和朋友虽然意识到政府监视的目光，却习惯了照相机的咔嚓声，对政府的监视和记录习以为常。但是主人公"我"对政府的监视很敏感，对于照相机的"咔嚓"声和闪光很抵触，"我"厌恶自己落入了政府监视的中央网络，被视为疾病、反政府派、传染病患者的感觉。这种不寻常的反应导致"我"进一步被置于社区边缘的"囚室"，在社区权力空间中处于"劣势空间"的底端，被"优势空间"里的政府、家庭以及送奶工从上至下实施完全彻底地监视。

在社区当中，权力话语是无处不在、无孔不入的。正如福柯所说，权力的规训"使权力的效应能够抵达最细小、最偏僻的因素。它确保了权力关系细致入微的散布"（福柯，2019：233）。家庭关系作为最基本的人际关系和权力模式，直接对个人发生作用，构成对个人最彻底的监视，使得每一个身居其中的人都不能幸免。在《送奶工》中母女关系是家庭关系的代表，母亲不在乎"我"的个体感受，一味要求"我"服从生命历程的发展顺序，在恰当的年龄阶段，像其他人一样行动起来，做符合年纪的事情，约会、结婚、生孩子。"个人的生命历程被主要看成是更大的社会力量和社会结构的产物"（李强 等，1999：1）。因此，年龄及其所承载的个体生命意义在生命历程中是由社会设置与建构出来的，"嵌入于它的社会结构、人口和文化所构成的历史情境之中"（埃尔德，2002：469）。正如在社区内，结婚生子是女性命中注定的安排。"它是天赐的判决、集体的任务，以及职责。它是指做符合你年纪的事情，生几个有正确信仰的孩子，以及义务、界限、限制和阻碍。"（伯恩斯，2020：55）符合年纪的结婚生子，表达了一种受社会历史力量和同龄群体效应影响的社会期望。母亲作为跟"我"最亲密的人，内化了这种普遍的社会期望，用社区惯习的眼光要求"我"服从社会规范，履行结婚的义务，对"我"形成了最直接和最彻底的权力监视。

面对母亲的直接控制，"我"选择以沉默进行反抗，不肯接受母亲的监视规范，而母亲选择再也不信任"我"，剥夺"我"解释的权力，指责"我"的坦白是说谎。在福柯的理论中，监狱社会里的规训系统都有一个微型的惩戒机制。这个惩戒机制是一种纪律体现和"内部惩罚"，依照规范化的社会标准，强制性的道德体系和价值标准，进行精神性的惩罚。母亲为了惩罚"我"，不仅不再信任"我"，还选择用轻蔑的话伤害"我"的感情，凌辱"我"的精神，给"我"贴上送奶工情妇的标签，批评"我"是一个无法沟通、游离于社会、自由散漫的女人，自甘堕落"想成为'靠别人养活的东西'，甚至堕入骨肉皮的等级体系"（伯恩斯，2020：134）。最后，母亲将这些谣言再加工并进一步传播，给"我"造成更大范围的伤害和惩罚，压抑"我"的生命和个性。

对于母亲作为家庭代表对"我"的"内部惩罚"，"我"尚能用言语或沉默进行直接对抗，但是面对送奶工无休止的跟踪，不定时的检查，"我"变得束手无策，因为这种检查选用友好热心的方式，带有隐蔽的侵蚀性，是一种隐性剥夺。与藏在暗处的政府监视不同，送奶工是以一种显现的权力介入而出现。送奶工作为年长的男性，在传言中是最高反政府派的情报收集人员，不论在年龄上、性别上还是政治地位上，送奶工相对18岁的"我"来说都处于绝对优势地位。因此，送奶工能够用一种居高临下的目光监视和检查着"我"。

送奶工掌握了"我"生活中的一切，包括"我"的家庭情况、恋爱对象和工作并且对"我"的生活习性和行踪了如指掌，无论"我"在哪里、做些什么、持续几个小时、安排在哪几天，甚至连"我"每天都坐着去镇上上班的那辆公共汽车，"我"跑步之外的每一次步行都知道得一清二楚。同时，送奶工的权力话语以隐性，甚至带有"善意"的方式干预、规训和控制"我"的生活习惯和精神追求，批评"我"的跑步运动习惯，"我"在水库公园跑步时总会突然出现；"我"走在交界路上读书时，非要载我一程；并热心地要求开车送"我"通勤，不让"我"乘坐公共交通，要求"我"穿上有女人味的、性感的、优雅漂亮的连衣裙，不要再去上法语课。这种如影随形的检查，"把层级监视的技术与规范化裁决的技术结合起来。它是一种追求规范化的目光，一种能够导致定性、分类和惩罚的监视"（福柯，2019：199）。"我"因为害怕送奶工的检查与监视，不得不放弃走路看书，不再按时跑步。送奶工不仅打乱了"我"的日常生活节奏，还进一步干预"我"的情感精神世界，故意提到姐姐爱人被谋杀，又将准男友与汽车爆炸联系起来，在"我"心底埋下恐惧的种子。送奶工的监视是长久的、缓慢的凝视，"是一种与眼睛、视觉关联的权力运作方式。……其目的是探寻与控制"（Cavallaro，2001：131）。因此，其不仅体现了福柯理论中所蕴含的权力支配关系，而且赋予了送奶工对"我"长期且深入的支配与统治的权力。送奶工"以他那种友好热心的方式，通过拿掉我的走路、拿掉我的跑步、拿掉我的准男友，为我提供帮助，让我走出困境"（伯恩斯，2020：148）。他没有明显的违背道德的迹象，而是用碾压式的目光包裹着反复的检查，居高临下地否定"我"的个体价值和情感态度，让"我"失去独立的生活空间和精神世界。尽管最终送奶工死去，然而这并不意味着"我"所受骚扰的终结。于"我"而言，送奶工已然成为一种混乱的社会之下对女性长期的政治和性别压迫的隐喻，一种没有直接攻击，但创伤绵延不绝的监视控制和流言骚扰。

2 社群谣言与"全民围观式"网络的形成

《送奶工》中的"全景敞视式"纵向层级规训网络，迫使社区成员时刻牢记自己正在遭受规训权力的观看与监视，自觉地、本能地做出符合社区期待的行为。这促使社区进入了"一个被迫害妄想症的时代，一个前途未卜的时代、原始本能的时代。你怀疑我，我怀疑你"（伯恩斯，2020：30-31）。社区成员之间互不信任，彼此无法进行正常真诚的沟通交流，无法建立充满理解信任的人际关系。为保护自己，他们往往屈从于社区的集体意志与行为，选择性地隐瞒真实想法和独特个性，以集体的话语进行沟通交流。"谣言、闲话、宣传和公众舆论都是人们共享信息和思想的方式。它们自身可以被看作是集体行为的不同表现形式。"（波普诺，2007：659）而在这样的社区环境中，人们共享信息和思想的方式异化成了非正常的集体行为。尤其是谣言，通常被认为是群体属性叠加的集体行动，极容易异化成非正常的压迫行为，作为社会监视规训的产物，传播谣言能够隐藏个人思考与个性，以全面隐蔽的方式扩大规训话语的传播。而且，根据克罗斯（A. Chorus）的谣言流通公式"R = IA ÷ C（谣言流通量 = 事件的重要性 × 事件的模糊性 ÷ 受众批判能力）"（Chorus，1953：313-314），随着社会受众批判能力降低，谣言的传播范围和影响力会无限扩大。此外，谣言作为一种集体行为，满足三个绕开冲突性紧张的条件："攻击弱者""一群高度团结的暴力行动者从彼此身上获得社会支持""观众围观"（柯林斯，2016：序4）。绕开冲突性紧张这一障碍是暴力发生的先决条件。因此，在小说中，"我"观察到，"这个地方总有人在不停地打探每个人的事情。流言蜚语像潮水一样，涨起，落下，来了，离开，继续追逐下一个目标"（伯恩斯，2020：5）。可见，社区对于谣言有一种近乎痴狂的追逐，传播谣言是社区成员语言沟通交流与舆论规训他人的重要方式。

"谣言是社会环境投射的影子。"（勒莫，1999：21）在社区这样一个成员集体疯狂地信谣传谣、缺乏批判力的环境里，"我"被送奶工骚扰事件自然迅速发酵成谣言，"我"也很快成了社区目光聚焦的新目标。这种社区目光是一种"全民围观式"的四周向中心聚拢的目光，在社区成员与"我"之间构建了一个"多对一式"凝视与观看的"共景监狱"（Gazing Prison）。"'共景监狱'是一种围观结构，是众人对个体展开的凝视和控制。"（喻国明，2009：21）以谣言为中心，新的规训与惩罚网络由此生成。谣言因为社区成员之间的隔膜与不信任而诞生，随着谣言在网状的人际渠道中不断扩散，不信任感逐渐渗透进亲密关系，最终形成一张纷繁复杂的扁平化监控网络。因此，在社区"共景监狱"中，"'全民围观式'规训与惩罚机制其权力来源不再仅仅借助一个'窗口'，而是开辟了无数'窗口'，使被围观者置于彻底的暴露之中。这种彻底的被围观状态使个体随时成为'目光的猎物'，无法逃脱"（苏婉，2017：39）。这种"全民围观式"的规训网络是一种横向压力型结构，是纵向网络的结果和加强，被围者与围者从数量上是不对等的，围者占据多数，居于优势地位。社区成员不仅用目光对"我"进行围捕，还利用谣言对"我"实施围剿，切断"我"所有的亲密关系，"我"的亲情、友情还有爱情随着谣言的传播，接连断裂破灭，每一次辩解与坦白都被质疑指责，甚至被打断，最终只能孤身应对困局。

首先，母亲成为社区谣言的尊崇者、创造者和传播者，母女之间从代际冲突，发展成不信任的对立立场。母亲因为"我"迟迟不愿意结婚，有着满脑子的忧虑，担心"我"和危险情人建立关系伤害自己，形成了刻板印象并对"我"产生偏见。"我"也认为母亲蒙昧无知，滑稽可笑，不屑于跟她沟通交流。母亲认为"我"不尊重她的教导，而"我"认为母亲不尊重我的个体独立性，这原本是青春期家长和孩子之间的斗争。但是随着谣言的传播，母亲听信社区的谣言，逐渐成了监视的"窗口"，与"我"产生立场上的对立。母亲深信"我"和送奶工存有私情，将"我"的真诚坦白说成谎言，"毫不犹豫地说我是个骗子，说这个谎言只是对她进一步的嘲笑"（伯恩斯，2020：59）；甚至再度加工传播送奶工的谣言，对"我"造成二次伤害。

其次，朋友内化了监视的目光，成了社区谣言的代言人。"我"认为自己从小学结交到现在最久的朋友，是唯一还能信赖的人，在经历社区和家人的诽谤与不理解后，"我"认为"她不会把我留在世界上的最后一点生命力都从我身上排尽"（伯恩斯，2020：211）。所以"我"对朋友单方面坦诚相待，期待朋友能够倾听并且理解"我"的处境，得到安慰。但是朋友无法尊重"我"的精神世界，不仅接受谣言中的语言信息，还内化了谣言中的监视目光，站在社区的角度，要求"我"服从社区的规范话语。她指责"我"携带猫脑袋，批评"我"走路看书，沉浸在自己的世界，将"我"评价为社区里的出格者。在这一层面，"我"认为朋友看待"我"的眼光已经跟社区其他人的一模一样了，她已经离开了"我"，两人之间的信任由此消失。

最后，"我"和准男友都被各自社区的谣言围困，对人际交往已埋下不信任的种子，在未能见面期间，谣言的传播一直畅通无阻，我们之间已经陷入信任危机。所以在"我"打算对准男友坦白的时候，准男友过于敏感误解了此前的迟疑，将谣言当作武器，对"我"展开攻击。"我"的坦白被打断，对准男友的信任感逐渐消失，甚至开始产生厌恶和恐惧。"我"拒绝回答他任何问题，认为"他跟别人一样，张口就是控诉，这种时候我凭什么要回答他"（伯恩斯，2020：304）。在谣言的网络中，"我"三次坦白都无疾而终，亲密关系接二连三土崩瓦解。"我"对社会的信任感不断减少，失去探索外界和建立关系的勇气，最终在横纵交织的社区规训网络中既失去了个体独立空间，又切断了与外界的联系。

那么，"我"是否可以突围？在社区的历史上，女性能够成功摆脱社区规训网络的案例唯有两例。一例是"我"的二姐，她义无反顾逃离社区，嫁到外地，住在海对岸的某个国家，然而她被指控为叛徒，被视为家庭和社区的耻辱。另一例逃离社区的例子是准男友的母亲女舞者，她与丈夫以追求艺术的名义，抛弃子女，逃离社区，最后通过舞蹈和艺术上的成就成为国标夫妻，摆脱了社区藩篱。他们的离开是一种极致的精神自由，不受政治宗教的限制和家庭的束缚，作为绝对自由的图腾象征，成了社区的荣誉与希望，受社区所有人的支持和信仰。因为"对存在宗派纷争的地方而言，它是世界上最珍贵、最能带来希望的事情"（伯恩斯，2020：339）。特别是女舞者，她对自由的追求和理想的坚持，开拓了社区小女孩们的视野，给社区的小女孩提供了女性成长的不同道路，使得社区的每一个小女孩都在模仿她，都想成为她。然而，年仅18岁的"我"，一方面缺乏二姐和女舞者义无反顾的决绝和勇气，缺乏志同道合的同伴，以及可以实现突围的技能；另一方面又不愿抛弃本就破碎不堪的家庭，不愿背弃照顾两个妹妹的家庭责任。"我"没有选择逃离，而是继续留在社区内，以自己的方式面对纷繁复杂的规训网络。

3 社区规训网络中的女性自我规训机制

身处纷繁复杂的社区规训网络之中，"我"既恐惧规范人生，又害怕社区孤立，试图以较为温和的沉默保持独立。这是一种压制性的沉默，是应对压迫控制采取措施的结果，"这种信念通常源于恐惧和不可知性……对所有被压迫者来说，向压迫保持沉默是一种可取的状态"（Jaworski，1993：10）。于是，"我"用语言沉默独自抵抗着社区的规训，然而却忽视了语言沉默隐藏的逃避意识，反而实现了社会规训想要达到的目的。最终在社区规训网络中，"我"从语言沉默发展成思想沉默，最后陷入主体沉默，形成了一套自我规训机制。

对于社区规范人生的恐惧，促使"我"努力在物质和精神上营造自己的独立空间，保持自己的独特个性。因此，"我"拒绝有囤积癖的准男友侵占自己的物质生存空间，又以坚持走路看书来建造自己独立的精神空间，并拒绝建立以结婚为目的的恋爱关系，逃避与准男友建立稳定的亲密关系。"我"甚至会把自己的恐惧转化成愤怒，发泄在弱势的对象上，如"我"对大姐的破口大骂，一是出于对像大姐一样成为微不足道的家庭主妇、接受忍耐顺从的女性命运的恐惧，二是源自对大姐夫不断骚扰但又不敢言说的怨气的发泄。这些逃避和愤怒其实蕴含了"我"对于女性的生存处境和规范人生，也就是对自己可能的未来的严重的恐惧感。

因为对社区规训的恐惧，"我"拒绝在与社区的交互活动中建构自我，宁可用语言上的沉默创建私人精神空间，追求个体精神自由。"我"拒绝与人交流，因为在社区语言总会被曲解、被捏造和被夸大，所以"我"认为缺乏信任的交流不仅无效而且危险，而沉默却能够隔绝现实，保护自我，因此"闭口不提是我用来保障安全的方式"（伯恩斯，2020：49）。语言沉默一方面凸显了"我"在社区语言符号系统中的弱者地位，反映了沉默在强大的历史与文化权威下的被迫性，"这种沉默确保了女性处于权力被压制、无法发声的状态，却又维持了其文化属性上的'女儿'身份"（Froula，1986：623）；另一方面也体现了"我"对抗社区话语系统的保护策略和斗争方式，是一种比话语更有力量的主动性抗争。因此，"我"为了不被谣言网络围剿，选择了以"有意沉默"进行防御与反抗。"有意沉默反映了受话人（addressee）的心理构造。倘若受话人对权威的敌意一旦生成，便会有意识地选择沉默作为反抗发话人的武器。"（Kurzon，1997：36）"我"尽量减少、克制、弱化思考，放弃所有必要之外的互动，选择开展全套的语言防御本领，以"不知道"为主力军，避免被唤醒、被激发的谈话欲、被吓得说漏嘴的危险。面对大姐夫以及送奶工的谈话，还有社区其他人大规模的提问，"我"都是保持沉默，实现语言方面最彻底的防御。

雅克·德里达（Jacques Derrida）认为，"沉默的功用不可估量，承载语言又出没于其中"（Derrida，1976：54）。然而，语言沉默本身就是一种复杂的行为，它包含了个体矛盾的两种心理意识，一种是应对规范恐惧而产生的反抗意识，另一种是规避孤立恐惧而诞生的逃避意识。"我"之所以采取较为温和的语言沉默与外界相隔绝，一方面意在应对被社区规训，维持自己的主体地位；另一方面则出于避免过激地刺激社区，害怕与社会真正的敌对，成为像法语老师和药丸女孩那样在语言和行动上真正的"出格者"。因此，选择以沉默作为武器，已经隐含了"我"对于社区规训网络的消极逃避态度。这种复杂的个人意见的下面，实质上也是一种社会心理过程。"人作为一种社会动物，总是力图从社会环境中寻求支持，避免陷入孤立状态。"（郭庆光，2007：220）"我"本身既渴望自由又逃避自由，所以消极逃避的沉默隐含着跟社会对立的恐惧感，这种逃避自由的倾向极易发展成为选择性服从，埋下了自我规训的隐患。正如福柯所说，沉默如同话语，并非一劳永逸地服从或反对权力。一方面，沉默服从权力，放松了权力的控制，使它的实施带有"模糊的宽容"，但另一方面，"沉默与隐秘庇护了权力，确立了它的禁忌"（福柯，2002：75）。"我"开始选择性服从社会话语，内化此前不承认的传统，如在法语课上，"我"在思想上清楚天空有许多颜色，却在行为上对法语老师保持沉默，没有反对法语老师天空不只有蓝色这一观点。一是出于本能和自我保护，二是害怕承受个体化的孤立与无能为力感，想要逃避做选择的自由和责任。因为一个富有变化的五颜六色的天空是不被社区允许的，以个性化的全新角度观察天空颜色，意味着背离原先熟悉的社会环境。

采取语言沉默躲避监视的目光和谣言的围剿，却又选择性服从社会话语，使"我"逐渐陷入了思想沉默，自我规训程度不断加深。"我"也明显地认知到，语言沉默成了"我"自我规训的开端，甚至加速了"我"的自我规训。"我的所有掩饰原本是为了以不参与的方式保持独立，结果却成了与他们齐心协力达到目标。我太晚才意识到，在我堕落的过程中，我自己一直都是个积极的玩家、贡献的主力、关键的环节。"（伯恩斯，2020：193）为了不提供任何谣言的养料，使谣言的传播者得不到任何有价值的内容，保持自己的个体独立性，得到自由和安全，"我"在情感和表情上假装出麻木和空白来反抗谣言的围剿，从语言上的沉默反抗走向策略性的情感上的沉默抵抗。这样，"虽然确实抵抗了我那些爱说三道四的邻居，但更抵抗了我自己"（伯恩斯，2020：190）。后果是，"我"最终发现，在语言和表情的纯粹空白中，自己逐渐丧失了情绪和心理的表达能力，对生活越来越没精打采，情感和思想变得麻木。随着语言的空白，思想也变得空白，"我的内心世界，似乎，已经离开了我"（伯恩斯，2020：193）。面对炸薯条店里社区成员怀疑的目光，"我"在目光的聚焦下做出了社区所期待的事情，没有付钱就拿走了薯条，成了社区谣言当中送奶工的情妇。

为了躲避送奶工长久缓慢的凝视，"我"的自我也开始逐渐沉默。"凝视是携带着权力运作或者欲望纠结的观看方法。……被观者在沦为'看'的对象的同时，体会到观者眼光带来的权力压力，通过内化观者的价值判断进行自我物化。"（陈榕，2006：180）在送奶工长久缓慢的凝视下，"我"处于一种几乎无休止的受检查状态，和送奶工的见面会发生在任何地方，"我去当地商店，他在那里。我到镇上，他在那里。我下班，他在那里。我去图书馆，他在那里。甚至我去一些地方，就算出来时他不在那里，也感觉好像他在那里"（伯恩斯，2020：180）。"我"内化了送奶工的凝视，产生了强烈的"被看"心理，"不是被看的凝视，而是我在他者的领域所想象出来的凝视"（拉康，2005：27）。在送奶工不定时的检查和威胁下，社区的内部规范不断被"我"内化，"我"开始进行自我规训。"我"对生活逐渐丧失希望，对工作感到困乏和呆滞，对法语课的学习感到没有意义。"我"甚至远离了自己的爱好，越来越多次取消跑步，不跑步甚至不走路，感觉不到放松的心情和自己的欲望，无法正常呼吸。然后，"我"放弃了自己的情感世界，取消与准男友的星期四之约。最后，"我"发现"我"的理想化的人格寄托只是一场谎言。我眼中澄澈透明，保持本色，值得信任的准男友，其实早就臣服于规训网络，一直违背了自己的内心感受，压抑着自己的性取向，选择"我"只不过是"选择了某个能够确保安全的错误的人，而不是那个正确的人"（伯恩斯，2020：317）。自己的亲密关系全部土崩瓦解，理想人格的寄托也化为虚有，"我"最终选择坐上送奶工的车，臣服于规训网络，陷入根本性沉默状态，完成了自我规训。

由此可见，沉默式反抗是一把双刃剑，过度依赖沉默虽然隔绝了外界，但也伤害了自己，最终使"我"进行自我规训，臣服于社区网络。身处社区规训网络和自我规训机制中的"我"最终要么沦为社区的隐形人，要么变成其中的虔诚女人。然而，恰逢其时，忙于摆脱社区成规、大胆追求晚年幸福的母亲带来了突围的可能性。在50岁的时候，母亲毅然放弃了成为社区中无私正确的虔诚女人，不再在乎邻居的闲话，勇敢地正视自己的情感需求，表达自己的思考和态度，认真地对待自己的生活与价值追求。母亲的勇敢拉近了"我"和她之间的距离，缓和了母女关系，她不再催婚，更加信任"我"，"我"也看到母亲长期被压抑的生命，理解了母亲多年的痛苦，主动给她递上了一双合脚的露跟女鞋，鼓励她继续追求爱情。母亲因对新生活的追求而越来越振奋，充满活力，给家庭带来了生机，甚至渐渐成为家庭新的可能和希望。而在社区内部，对于不愿放弃家庭责任的女性而言，母亲的经验也将成为一种"逃离"社区规训的可能。

4 结语

《送奶工》中横纵交织的社区规训网络对"我"形成由外向内，由上至下的全面包围，无论是监视还是谣言，不同层级的凝视及其权力运作蕴含其中，它们的目的都指向将"我"纳入它们可以感知、可以控制和可以欲望的领域。"我"与社区是整个北爱尔兰问题时代的女性与社会的缩影。身处复杂规训网络中的"我"，试图以沉默的方式置身事外、保持独立，用语言沉默进行反抗，却忘记了语言沉默本身的复杂矛盾性，结果从语言沉默发展成思想沉默，最终导致自我沉默，未能摆脱被规训与自我规训的命运。"我"的命运反映了社区年轻女性生存最显著的困局，也暴露了社区规训权力在面对背离规训的女性"他者"时，所表现出的深入毛细血管式的收编、控制，甚至攻击与抛弃等无所不用其极的规训暴力与强权。

事实表明，面对强大的社区规训网络，"我"通过沉默在内部反抗社区和二姐通过婚姻逃离社区的经验，其结果要么是失去自己的独立人格，要么是成为家庭的永恒伤疤，对于想要从社区突围的女性而言，都难以成为真正有借鉴意义的选择。因此，沉默式反抗和逃避式离开并不能真正摆脱社区规训网络的牵制。在特殊的社会历史背景下，处于社区的"我"和众多女性唯有像母亲或女舞者一样，敢于直面自己的生活和情感，树立更高的精神信仰，勇敢地表达思想和追求所爱，从精神上摆脱社区的规训，才有可能实现自我价值和人生意义，甚至能够给其他女性带来可能和希望，成为他人的精神力量。

参考文献

埃尔德，2002. 大萧条的孩子们[M]. 田禾，马春华，译. 南京：译林出版社.

伯恩斯，2020. 送奶工[M]. 吴洁静，译. 南京：江苏凤凰文艺出版社.

波普诺，2007. 社会学[M]. 李强，等译. 北京：中国人民大学出版社.

陈榕，2006. 凝视[M]//西方文论关键词. 赵一凡等，主编. 北京：外语教学与研究出版社.

福柯，2019. 规训与惩罚：监狱的诞生（修订译本）[M]. 刘北成，杨远婴，译. 北京：生活·读书·新知三联书店.

福柯，2002. 性经验史（修订译本）[M]. 佘碧平，译. 上海：上海人民出版社.

郭庆光，2007. 传播学教程 [M]. 北京：中国人民大学出版社.

杰伊，2002. 在注视的帝国里：论福柯与二十世纪法国思想对视觉的贬抑[M]//2001年度新译西方文论选. 王逢振，主编. 迟庆立，译. 桂林：漓江出版社.

柯林斯，2016. 暴力：一种微观社会学理论[M]. 刘冉，译. 北京：北京大学出版社.

拉康，2005. 论凝视作为小对形[M]//视觉文化的奇观. 吴琼，编. 北京：中国人民大学出版社.

勒莫，1999. 黑寡妇：谣言的示意与传播[M]. 唐佳龙，译. 北京：商务印书馆.

李强，邓建伟，晓筝，1999. 社会变迁与个人发展：生命历程研究的范式与方法[J]. 社会学研究（6）：1-18.

苏婉，2017. 网络社会的"规训与惩罚"：由罗尔事件引发的思考[D]. 广州：华南理工大学.

汪民安，2015. 身体、空间与后现代性[M]. 南京：江苏人民出版社.

喻国明，2009. 媒体变革：从"全景监狱"到"共景监狱"[J]. 人民论坛（15）：21.

张艳，张帅，2004. 福柯眼中的"圆形监狱"：对《规训与惩罚》中的"全景敞视主义"的解读[J]. 河北法学（11）：130-133.

Allardice, L, 2018. "It's nice to feel I'm solvent. That's a huge gift": Anna Burns on her life-changing Booker win[N]. The Guardian, 17 Oct.

Cavallaro D, 2001. Critical and cultural theory: thematic variations[M]. London: Athlone Press.

Chorus A, 1953. The basic law of rumor[J]. The journal of abnormal and social psychology, (2).

Doyle M, 2018. Man Booker prize 2018: Milkman by Anna Burns is top seller on shortlist[N]. Irish Times, 16 Oct.

Derrida J, 1976. Of grammatology[M]. Baltimore: Johns Hopkins UP.

Froula C, 1986. The daughter's seduction: sexual violence and literary history[J]. Signs: journal of women in culture and society, (4).

Jaworski A, 1993. The power of silence: social and pragmatic perspectives[M]. New York: Sage.

Kurzon D, 1997. Discourse of silence[M]. Amsterdam: John Benjamins Publishing Company.

Latour B, 2005. Reassembling the social: an introduction to actor-network theory[M]. Oxford: Oxford UP.

作者简介

王伟均，深圳大学饶宗颐文化研究院副教授。主要研究领域：族裔文学与文化，中外文学与文化交流。电子邮箱：weijunzi207@163.com。

刘格菲，深圳大学人文学院助教。主要研究领域：族裔文学与比较文学研究。电子邮箱：liugefei220@163.com

（责任编辑：陈丽）

詹姆斯·凯尔曼《公交车售票员海恩斯》中的"铁娘子"与底层人民*

项煜杰

摘　要： 布克奖获奖作家詹姆斯·凯尔曼的《公交车售票员海恩斯》以撒切尔执政时期为历史背景，书写了1979年废除《苏格兰法案》的历史事件及其余波。小说融入了真实可考的历史事件和作家的亲身经历，重写和再现了铭刻在苏格兰民众集体记忆中的一段创伤历史。本文分析凯尔曼将故事置于历史的精湛技巧，以自我指涉、间接话语、或然历史的手法揭示了历史书写的虚构本质。凯尔曼通过将历史事件置于小说人物海恩斯的想象之中，借人物之口诉说了苏格兰后现代社会贫穷压抑的社会环境，剖析苏格兰社会个人身份认同危机，以文学手段实现对苏格兰历史的政治介入。

关键词： 詹姆斯·凯尔曼；撒切尔主义；工人阶级；苏格兰民族意识；身份危机

The "Iron Lady" and the Working Class in James Kelman's *The Busconductor Hines*

Yujie Xiang

Abstract: Against the backdrop of Thatcherism, the Booker Prize winner James Kelman's first novel *The Busconductor Hines* rewrites the events following The Repeal Order of *The Scotland Act* in 1979 and its traumatic impact on the Scottish collective memory. This paper analyzes the techniques that Kelman uses to contextualize his novel, to examine the fictional nature of historical writing by means of self-reference, frce indirect discourse and alternative histories. By putting historical events in the head of the fictional character Hines, Kelman analyzes the situation of poverty and individuals's identity crisis in contemporary Scottish society, and effects a political intervention into

* 本文系国家社科基金重大项目"当代西方叙事学前沿理论的翻译与研究"（项目编号：17ZDA281）的阶段性研究成果。

Scottish history through literary means.

Keywords: James Kelman; Thatcherism; working class; Scottish national consciousness; identity crisis

1979年6月，英国首相撒切尔在上任后迅速废除了《苏格兰法案》（*The Scotland Act*），直接导致苏格兰进入了十年的工业经济衰退，数以万计的苏格兰人失业下岗、流离失所。在布克奖得主詹姆斯·凯尔曼（James Kelman）的小说《公交车售票员海恩斯》（*The Busconductor Hines*，以下简称《海恩斯》）中，刚步入职场的拉布·海恩斯（Rab Hines）未能躲过格拉斯哥的大规模失业浪潮。在这宏大的历史事件后涌动的是这些作为个体的苏格兰人，他们不同的命运碰撞在一起，演绎着一段段鲜活有趣的生活场景。在《海恩斯》的扉页上，凯尔曼写下了这样的题词："献给玛丽、劳拉和爱玛"（Kelman，1984：1）。题词中的姓名为作者的爱人和女儿。对此，凯尔曼解释说："并不是什么特别的名字，只是一群普通的苏格兰人。"（Kelman，1992：14）凯尔曼想为自己身边的"并没有特别名字"的苏格兰人发声。诚然，当时的失业浪潮中每一位苏格兰工人都并非名流，但他们跟数以万计的普通人一样，构成了真正意义上的"历史本体"，即"每个活生生的人的日常生活本身"（李泽厚，2002：13）。

在凯尔曼研究权威学者斯科特·海姆斯（Scott Hames）看来，当代苏格兰文学表现为较为明显的自我觉醒（self-awakening）特征。其原因在于，当代苏格兰文学的创作主体是国家动乱的亲历者，需要以敏锐的方式叙述同时期撒切尔主义的余波，使得文学在见证与书写历史的同时建构苏格兰性（Hames，2013：206）。海姆斯指出，与塑造具有反抗意识英雄的传统的苏格兰文学不同，当代苏格兰文学大多表现为家庭小说，其主人公多为"一个迷茫的、隐忍的、探究的'个体'（individual）"（Hames，2014：3），这些个体在探究家庭历史过程中完成对自我身份的建构，在这种建构的过程中将个体、家庭和民族的历史连结。

《海恩斯》中的海恩斯便是这样一个"迷茫的、隐忍的、探究的个体"。在探究1979年废除《苏格兰法案》事件后苏格兰工业经济衰退的过程中，海恩斯不得不直面过去，恢复那些导致苏格兰人历史与身份断裂的临界地带。在这临界地带中，潜藏的是属于苏格兰的个体、家庭、民族的故事。历史事件与工人家庭书写堪称凯尔曼小说的结构性特征：一方面，废除《苏格兰法案》事件是苏格兰文学记忆中形同鬼魅的文化幽灵，对同时期的城市工人家庭产生了不可磨灭的影响；另一方面，这也与作者本人的"叙述真实"（truthtelling）的历史观密不可分（Kelman，1992：11）。对于凯尔曼而言，小说的意义在于通过讨论普通工人的生存困境，揭露"文学的形式、内容及其背后所蕴含的意识形态等问题"（Scott，2009：102）。本文将延续海姆斯等学者的研究路线，探讨《海恩斯》中的历史事件、政治语境与虚构文本之间的互文关系，考察凯尔曼对于历史事件的处理的同时如何探讨苏、英格兰政体之间的特殊联系。

1　1979年废除《苏格兰法案》事件之历史现场

1978年7月，英国政府颁布了《苏格兰法案》，其中有两点重要内容："设置独立的苏格兰议会，完善住房等公共设施"（Clements et al.，1996：75）。《苏格兰法案》的颁布是当时的英国第48任首相工党领袖詹姆斯·卡拉汉（James Callaghan）为应对苏格兰日益上涨的住房需求和权力下放需求所实施的重点举措（Clements et al.，1996）。该法案也成了自1617年以来首个完善民众有关房屋的租赁、住宿和交易的重要法律，"其重要特征保证传统工业的'国有化'，即坚持发展工业、制造业经济，以求解决工人租赁、买卖住房等民生问题"（Clements et al.，1996：76），给解决二战以来困扰苏格兰人的住房问题带来了曙光。尽管作为工党领袖的卡拉汉执政不到4年，但卡拉汉对于苏格兰住房、失业、权力下放等问题发挥了不可磨灭的作用。然而，卡拉汉所持有的"共识政治""凯恩斯主义"等观念被英国保守党严重质疑和唾弃。

1979年6月，英国保守党领袖、第49任首相玛格内特·撒切尔（Margaret Thatcher）上台后立刻废除了《苏格兰法案》（以下简称"废除法案"事件），令依靠政府补给的苏格兰传统工业、制造业直接面临断供。一时间，以莱文斯克莱格（Ravenscraig）钢铁厂为代表的大批苏格兰工业部门开始大幅裁员、濒临破产（qtd. in Clements et al.，1996：77-79）。就这样，卡拉汉所带领的工党政府所批准建造的民众福利住房也大都以烂尾收场。与此同时，过度市场化所带来的高额租赁让多数工薪阶层无法承受，数以万计的苏格兰人无处安身。如史学家伊恩·麦克雷恩（Iain Mclean）所言，"废除法案"事件不仅宣布苏格兰"自治"的政治诉求无望，还挑战了苏格兰民众的底线，即未顾及大多数工人的利益，就强行改变自詹姆斯·瓦特（James Watt）以来所建立的数百年的工业经济体（Mclean，2014：640）。诚然，"废除法案"事件令当时的苏格兰产生了不可磨灭的负面影响，同时也埋下了苏格兰人民难以愈合的创伤记忆。苏格兰史学家迪瓦恩（T. M. Devine）也指出，"苏格兰人对废除《苏格兰法案》的抗议绝不只是反对一界不受欢迎的政府那么简单。在苏格兰社会仍拥抱大政府和社区团结等理念的时候，保守党却极力宣扬民族主义、自由竞争和私有化"（迪瓦恩，2021：606）。在当时，"废除法案"事件迅速引起了之前在公营部门的苏格兰民众们的反对，但苏格兰对"公营部门私有化的强烈抗议都遭到了政府的无视"（迪瓦恩，2021：606）。到1979年年底，苏格兰人就业前景似乎和苏格兰传统工业前景一样惨淡。虽然支持《苏格兰法案》颁布的投票在公投中占有微弱优势，但在空前的期待与热情下错失了历史机遇的结果仍在苏格兰引发了一种空前的挫败感。

"废除法案"事件给当时的苏格兰产生了不可磨灭的负面影响，同时也埋下了苏格兰人民难以愈合的历史创伤。应该说，该事件并非完全是一个独立于苏格兰历史的个体案例，而是交织在苏格兰和英格兰政治关系中的一个爆发性事件。该事件的背后反映的是英国保守党政府忽视了苏-英的合并，视之为合作关系的传统观念。英国保守党并没真正考虑苏格兰的利害得失，而是将英格兰的威斯敏斯特议会对整个联合王国的主权视作不受限制的绝对权威。

正因为如此，"废除法案"事件扑灭了苏格兰工党争取更多底层民众的美好愿望，部分苏格兰工人群体开始质疑英国保守党政府。保罗·凯尼（Paul Cairney）对此总结道："废除《苏格兰法案》意味着卡拉汉首相及工党的努力即将付诸东流，这一年（1979年）也终将成为苏格兰政治艰难改革的转折点。"（Cairney，2011：31）

《海恩斯》是基于作者凯尔曼真实经历的自传体小说。凯尔曼以从事公交车售票员的亲身经历撰写了这部布克奖提名佳作，很大程度上书写了"废除法案"历史事件及其余波。故事中，勤奋善良的主人公拉布·海恩斯在格拉斯哥交通部门从事售票员的工作，但担忧自己基层工作很快被解雇、单位承诺福利房很快被取消，无法再择业、贫困饥寒、妻离子散，该结局正是"废除法案"后众多苏格兰底层工人被迫失业和丧失住所的现实写照。他们属于20世纪80年代英国保守党口中"优胜劣汰"法则中被淘汰的失败者，但是在作者看来，苏格兰底层工人不应该被彻底剥夺生存的机会。小说以贴近现实的笔触再现了"废除法案"历史事件后苏格兰工人的浮沉人生和家庭裂变。

小说开篇描述了居住在格拉斯哥贫民区的海恩斯给妻子洗澡的场景，

> 海恩斯从扶手椅上跳了起来，正要端起那只盛着沸水的大汤锅。他左手裹着洗碗巾，右手握住壶柄，将汤锅举过烤箱的高度，稍做停顿，适应着那份重量。与此同时，桑德拉（Sandra）将一把木椅移开，为接下来的操作腾出空间。塑料婴儿浴盆被放置在距离火炉一码远的地方，下面和周围铺着几张报纸，以确保安全。她已经精心地将冷水倒入盆中，直至满溢。海恩斯每走一步都格外小心，他会在每个停顿的瞬间，等待汤锅中的水沉淀下来。当他终于到达浴盆旁时，他小心翼翼地将汤锅倾斜，每次只倒出一点沸水，直至锅中只剩下大约四分之一的水量。然后他将剩余的热水倒入盆中，与冷水结合，瞬间激起一片水雾。（Kelman，1984：3）

读到此处，故事的序幕为我们展现了一幅温馨的画面：海恩斯正在协助妻子进行热水浴的准备。尽管他们居住的廉租房内没有专门的浴室与热水设备，但海恩斯夫妇却凭借工人阶级的聪明才智，巧妙地应对贫穷带来的挑战。这一幕温馨幸福的家庭场景，不仅为故事定下了基调，更在无形中为接下来可能出现的夫妻关系裂痕以及海恩斯的失业困境埋下了伏笔。

根据小说中故事背景及事件发展顺序，小说首先再现的是1979年"废除法案"事件后海恩斯即将失业和妻子渴望的住房被取消的情节。故事中，在格拉斯哥市交通运输部门工作的海恩斯也难逃"下岗失业"的命运，自此海恩斯落入精神崩溃和家庭分裂的边缘。在职场受到不公正待遇的海恩斯没有感受到家庭的温馨，也没有因为兢兢业业匍匐在工作岗位而得到社会的眷顾。祸不单行，"无人售票"公交车政策的推行使海恩斯朝不保夕，无法保持一份稳定的工作，海恩斯开始将信心寄托于司机的工作。除工作外，长期生活在拥挤不堪的贫民窟的海恩斯和桑德拉渴望着拥有一套属于自己的房子，她曾在海恩斯浏览《晚间新闻》（*Evening Times*）报纸招聘栏时发出这样的感慨，"如果他们给我们的房子贴上'危险建筑'的标志，那么我们就有机会住上新房子了。海恩斯看着她说'你在做梦'"（Kelman，1984：123）。至此，逃离昏暗拥挤的空间并住上政府安排好的新房是桑德拉一家的梦想，作为丈夫的海恩斯只好暂时安慰妻子自己会找到工作并努力实现家庭经济好转。在随后的第3章的开头，海恩斯开始逐渐接受下岗失业这一事实，对待工作和夫妻感情的态度也愈发消极，他甚至认为"人们怎么会认为失业率高就意味着防风草供不应求呢？这是下层阶级人们的麻烦"（Kelman，1984：141）。在最后坚持在岗位的时光中，海恩斯在与老友母亲努南女士（Mrs Noonan）讨论城市交通问题时，目睹了工人们饥寒交迫导致社会秩序混乱的场景，"偷公厕卫生纸、抢土豆、追讨债务等现象比比皆是。公司不得不派人守夜班看守"（Kelman，1984：181）。至此，衣食无着的苏格兰夫妇产生了逃离格拉斯哥并前往伦敦的想法。

"个案历史的还原就是'他的故事'（his-story）转变为'历史'（history）的过程。"（Hutcheon，1988：1）在《海恩斯》中，凯尔曼以海恩斯的故事为主线重新进行阐释并还原了格拉斯哥底层工人的历史。虽然没有完全展露历史事件的全貌，却引领读者从《海恩斯》中的历史窥见"废除法案"事件后苏格兰工人家庭丧失住所、家庭破裂的悲剧。权力下放过渡时期的思想立场成为当代苏格兰文学的重要命题之一，作为一名具有浓厚社会责任感的作家，凯尔曼正视被政治话语所压迫的个人记忆与民族情感，自始至终致力于对历史真相的揭示和追问，坚持以还原普通人生活场景的方式来实现苏格兰历史由"缺席"到"入场"的转变。

2 虚构文本中的格拉斯哥警察："废除法案"事件后的历史余波

"警察充当凯尔曼故事的重要叙述者"（Craig，1993：101），"警察与工人间的纠纷常构成凯尔曼最为擅长的虚构情节"（Hames，2006：85）。苏格兰文学批评领军学者凯恩斯·克莱格（Cairns Craig）和海姆斯均指出凯尔曼小说中惯常出现的叙述者,即格拉斯哥警察。纵观《海恩斯》,几乎所有有关主人公的命运转折的情节中无一例外涉及警察,其出现不仅起到改变海恩斯的个体命运的关键作用,还在参与收购交通部门、制止工人动乱、审查人物身份等情节中成功提供追溯苏格兰隐匿历史的话语材料,起到引导读者搜集和反思英国历史中的苏格兰现实的作用。本节将讨论充当叙述者的警察是如何与海恩斯被迫放弃,转而进入乡村进行再创业的情节。在警察来对海恩斯所处的交通部门交接任务时,海恩斯曾与其进行一场耐人寻味的对话,让其认清格拉斯哥警察并未给其提供抚恤金的事实。"数月后,未收到任何物资的海恩斯与司机莱利走进警局寻求说法,当地警察却认为之前承诺的抚恤金的分发由新部门所有,与警察无关。"(Kelman,1984:169)失落的海恩斯和司机莱利走到酒馆门口,无意听到警官与同事的笑谈,得知这笔补助早已被上级和警察们私吞(Kelman,1984:197)。故事中,格拉斯哥警察转瞬从执法者的身份成了社会合法利益的窃取者。在随后的情节中,耿直率性的莱利与当地警察进行争辩并发生了冲突,作者并没有对其争执场面进行过多描写,只是简单提到莱利以"袭警"的名号被送进了警局。(Kelman,1984:189)在"寻助无果""谈判冲突"的两个情节中,格拉斯哥警察的身份经历了由部门收购的"执法者"到社会利益的"窃取者"的异化过程,回应了史书《现代苏格兰》(*Modern Scotland*)对于1979年后苏格兰社会秩序处于严重不安的情况的记载(Finlay,2004:183)。与莱利性格截然相反,海恩斯在看穿了当地警察拒绝提供体恤金的事迹后并没有奋起反抗,而是选择为了顾全家庭利益,继续艰难前行,为读者带来了温暖善良、坚贞不屈的传统苏格兰男性的形象。

事实上,《海恩斯》的主人公经历的体恤金纠纷本质上就是"废除法案"事件对于苏格兰社会留下的历史余波。在当时,英国反地方经济调控的操作使以重工业为主的格拉斯哥经济不断走向衰退。与此同时,交通闭塞问题更是在苏格兰境内一时恶化。正如格拉斯哥历史学家艾伦·米勒(Alan Millar)所言:"在撒切尔主义的盛行的时代,格拉斯哥人常用'Och, they couldn' ae run a minodge'(唉,他们连最基本的事都做不好。)一句来表达对于交通运输的不满,此处的minodge指的是交通公司。愤怒的呼声是针对城市公共汽车服务的。"(Millar,1985:57)《海恩斯》中主人公本来追逐的成为司机的梦想被现实打败,"废除法案"的实施进入了快速去工业化的进程,如洪水猛兽般吞噬着苏格兰的交通运输业。小说中,海恩斯属于苏格兰交通运输业的一份普通职工,但海恩斯所代表的普通工人的工作随时都会被市场所淘汰,被迫面临失业和饥饿。海恩斯走进物价疯涨的超市中只能望而兴叹,"饥饿让我放弃挣扎"的无奈叹息代表了当时格拉斯哥民众艰难生存处境(Kelman,1984:182)。

《海恩斯》意在描写英国保守党政府所谓富国民主政策下大规模失业的残酷现实,揭露了失业对于人格的摧残和苏格兰青年在丧失工作后的心理动机,真实再现了苏格兰人的生活困境以及他们对于英国罔顾底层民生事实的不满。故事中，作者首先以海恩斯与儿子保罗（Paul）的对话揭示苏格兰战后的时代背景："你想了解这座灰色的城市的历史吗，它曾经是帝国的堡垒和世界工业的中心。"（Kelman，1984：127）海恩斯滔滔不绝地讲述战争中格拉斯哥的光荣历史，并炫耀自己作为苏格兰人的身份。刚失业时的海恩斯天真地认为城市在英国保守党的带领之下，能够实现快速转型，他和桑德拉也能够实现新居梦想。以至于在工作岗位即将消失时，海恩斯只是按照上级的日常安排行事，并没有表现得非常害怕或紧张，甚至以喝酒作乐的方式来逃避现实。但在他目睹了部门转型失败及处于严重饥荒的格拉斯哥，身在英格兰的妹婿弗兰克的事业却蒸蒸日上，而当地政府的宣传仍为"保卫大英帝国"之时，这一幕幕彻底让海恩斯认清格拉斯哥政府与英国保守党沆瀣一气的事实（Kelman，1984：201）。失业无助使海恩斯甚至害怕回到家庭面对妻子，不知该如何传达失业的消息，驾照考试的失利进一步加深了他内心深处的负罪感，令他患上了创伤后综合征。

在与英国著名主持人洛克西·哈里斯（Roxy Harris）的采访中，凯尔曼强调"倘若认真观察，可以发现，我们生活的地方总是在被人抹杀和篡改，'贫穷'与'落后'仿佛从不存在于英国历史，却又真实地发生着"（Harris，2009：21）。凯尔曼的创作动机旨在反思英国主流历史，借助个人记忆、对话、独白等形式探索没有被人们记住的苏格兰过去，从而改写被主流历史所忽视和边缘化的苏格兰集体历史，还原历史真相中苏格兰人的生存状态。在其笔下，"历史和记忆所指涉的对象，都是人类个体或群体在过去的经历"（彭刚，2014）。凯尔曼也强调"大多数人并不真正了解苏格兰的过去"（qtd. in Harris，2009）。对其而言，书写历史本身是一种回忆集体经历之行为。当过去所发生的事情被权威性话语所覆盖并留下了"烙痕"，文学话语通过把握历史事件的关联性达到恢复记忆和揭露历史真相的效果。尽管作品中对"废除法案"事件的直面评价着墨不多，但海恩斯一家的被动处境在简约的描写中将事件及其余波具象化了。

3 回归奈茨伍德：寻找自我和治愈创伤之旅

凯尔曼将主人公的失业以及等待抚恤金的遭遇置于"废除法案"事件后失业浪潮的社会语境之中，通过海恩斯来观察恐惧和自我怀疑对人类的影响，由此揭示了海恩斯一生都生活于失业的阴影之中的事实。爱丁堡大学教授卡罗·琼斯（Carol Jones）对此评论道："主人公不是为了生计，而是在自我怀疑和被害妄想中来回切换。"（Jones，2010：112）如琼斯所言，为职业所禁锢的海恩斯并未能从失业的阴影中走出来，就开始步入下一个创伤性事件：家庭关系破裂。长期无法择业的海恩斯给家庭带来了生活压力，原本与海恩斯感情甚好的桑德拉也逐渐有了怨言。作为中产阶级出身的妻子以司机莱利转行做售货员为例，痛斥海恩斯在失业后萎靡不振的状态。面对妻子的回应，生存逐渐成为丈夫唯一的心理诉求，以至于每当妻子问及其以后的打算，海恩斯唯一的回答便是"活着"（Kelman，1984：239）。就这样，海恩斯时常因为焦虑、愤怒和厌恶等情绪而精神疾患发作，外界的寒暄和微笑在其眼里不过是冷嘲热讽。"我不配待在大英帝国体系之中"的口头禅成为海恩斯面对未来家庭重任的"挡箭牌"（Kelman，1984：129）。在对未来的恐惧与家庭责任之间的纠结下，海恩斯决定回到自己曾经的住所奈茨伍德（Knightswood）重新寻找生计，这标志着其寻找自我和治愈创伤之旅的成功开启。

奈茨伍德充满着主人公成长的阴影，譬如海恩斯儿时奈茨伍德老家中没有洗澡设备，直到长大之后仍然害怕面对烧火洗澡。因此，选择回到奈茨伍德重新开始新的生计对于海恩斯来说则需要极大的勇气。奈茨伍德虽贫穷、落后，但那里居住了一群顽强生存、互帮互助的当地人民。在旅途中，老友唐纳德（Donald）邀请他到家中留宿，这让海恩斯感受到了兄弟间的情谊，努南女士等好心长辈的帮助让饱受人情冷暖的海恩斯领会到了人性的光辉，而唐纳德的儿子安格斯（Angus）则帮助海恩斯理解"男子汉"的真正定义。当海恩斯询问安格斯今后的理想时，他唯一的回答便是"政客"（Kelman，1984：299）。安格斯能够正视社会的问题，从不躲避，迎难而上，小小年纪便能够对社会问题洞察如此之深，让海恩斯领悟到了真正的男子汉气概。此后，海恩斯没有像往常一样产生愤世嫉俗的观念，开始对生活充满斗志。《海恩斯》中海恩斯所代表的底层工人治愈创伤和寻找价值认同的过程，对诠释苏格兰工业历史起到了关键性作用。如玛丽·麦克格林（Mary M. McGlynn）所言："凯尔曼小说展现了对历史的回顾、整合与重构的过程［……］凯尔曼的小说在探讨了抑制痛苦与对过去重新占有之间的关系的基础上，暗示了创伤记忆对个人或集体的疗愈作用。"（McGlynn，2008：75）

回顾和反思历史是塑造人物的必要手段。海恩斯通过回忆历史和反思实现了身份的塑造。他从不愿相信现实，到直面内心的过程中，修复了自己的精神创伤，走出了失业的阴影，勇敢面对过去和现在，成为具有行动主体性的自我。在去往约克郡的汽车上，他猛然发现曾经那些让他萎靡不振的家庭琐碎和失业消息不再困扰着他，他无需跟司机莱利等同事继续借酒消愁并逃避现实。在重新从事售货员的工作之时，海恩斯再一次遇到了英格兰上级的歧视与挑衅，但此次的海恩斯选择理智地处理工作上的纰漏，冷静处理好手头上的工作后再去跟上级和平谈到自己之前工作上的失误之处。至此，海恩斯用自己的行动找到了自我。月末，领到工资的海恩斯心满意足，回家路上看到贫民窟的孩童一起玩耍，男孩吹着风笛，海恩斯感受到了从未有过的安全感。随着桑德拉和保罗的信任，一家人也在此处获得了家园的归属感，主人公最终以富有责任感的形象为治愈创伤之旅画上了句号。

凯尔曼强调，"'苏格兰人''苏格兰文化'以及'苏格兰历史'等字眼从来不是世界上的具体存在的东西，没有任何实物与之对应。它们只是界定了的抽象概念，仅仅起到松散的分类作用"（Kelman，1992：72）。事实上，作者并不乐于讨论宏观意义上的苏格兰，他更为关心的是苏格兰工人群体如何在社会逆境下的自我救赎。小说中的历史不仅是海恩斯及其代表的工人阶级群体，还有历史潮流中形色各异的顺势者与逆流者。"他们同海恩斯一样重新迎接新的人生，积极而勇敢地做出"去向何处"的历史抉择。

4　家人的去留：苏格兰裔的价值认同与身份选择

《海恩斯》中的中心情节便是海恩斯失业，其他的历史事件和人物冲突都是围绕着海恩斯失业进行铺陈的。故事伊始，海恩斯的失业事件便引出了文本的悬念：海恩斯缘何会失业？按照叙事规约，应当追溯海恩斯失业的原因，将海恩斯失业的原因和结果讨论清楚。应该说，《海恩斯》以海恩斯夫妇幻想摇摇欲坠的房屋和土豆等家庭对话进入历史现场，是为了引起读者的注意。尽管按照时间、地点、人物的叙述能够令读者很快领略故事的始末，但暂时性规避阅读期待则会让他们更加主动去思考失业事件的意义所在。正因如此，"失业"正是引领读者回到格拉斯哥城市过去的关键，成为激发人物历史意识的媒介，在深入探讨其他家庭成员的创伤的同时揭露苏格兰工人阶级的集体记忆。在此过程中，叙述者通过讲述海恩斯失业给其他家庭成员的影响，展现了他们不同身份的同时，以老、中、青三代的视角再现了苏格兰个体、家庭、民族的历史。

海恩斯家庭中三兄妹体现了当代苏格兰人对身份的不同选择。小说中第1、3、5章对海恩斯失业进行反复叙述，使得人物在工作和家庭身份的转化发生了推迟和延异，令其在文本空间中获得无穷的展示机会。作为中心人物，海恩斯的事迹集中体现了苏格兰人身份选择的艰难。在三兄妹中，海恩斯的行为最接近苏格兰传统道德观，他并没有因为被外界赋予贫穷无知的标签而堕落，而是选择奉行朴实而人文的生活信念。故事中，以海恩斯为代表的工人被塑造为忠厚善良、崇尚团结的英雄形象，表现出传统的苏格兰价值取向。然而，这种传统的苏格兰价值取向仅仅让海恩斯停留在"好丈夫"的阶段，也很难融入苏格兰市场经济社会。正因如此，海恩斯真正从未感受到舒适，"即便是面对那些常在桑德拉身边的苏格兰人并与他们相处，他也容易常常坐立不安"（Kelman，1984：25）。海恩斯所扮演的家中丈夫的身份展现给读者的是，一位有脆弱之处却不失尊严的男子汉形象。在凯尔曼的笔下，海恩斯始终处于价值选择的核心，父亲与儿子、孝道与爱情、家庭与自我、工人与市场。海恩斯想平衡好它们的关系，可却始终无法解开这些矛盾。在心理矛盾的痛苦纠结之下，海恩斯以酗酒的方式逃离这些冲突。

如果说海恩斯代表了坚守苏格兰工人传统价值观，妻子桑德拉则代表着被英国主流社会所同化的身份选择。桑德拉始终将格拉斯哥看作黑白颠倒和历史倒置的荒诞化身，认为格拉斯哥代表的是苏格兰人贫瘠到令人窒息的生活。于是，她抱着极力摒弃自己的身份归属的想法，想尽办法逃离苏格兰人的社会。值得注意的是，地理位置的变化并没有让桑德拉摆脱内心的束缚。奔赴伦敦的她因为苏格兰的身份而无法获得一份正式安稳的工作，她曾提出"我曾极力掩饰掉我的苏格兰身份，但红色的头发和苏格兰腔调如同恶魔一般缠绕着我。这里的所有人都在做正确的事情，而我只能在格拉斯哥通往伦敦的飞机上不断地幻想成为目的地的一分子"（Kelman，1984：78）。桑德拉表面上逃离了格拉斯哥，却被永久性地禁锢在"定居伦敦"的幻想之中。家对她来说不过是可移动的监狱，她只能被迫停留在这段反复的旅程之中。如此一看，不论是海恩斯"坚守故土"的价值取向还是桑德拉式"逃离家园"的选择均难以实现适合自身的身份。

相较于海恩斯夫妇，姐姐劳拉（Laura）的选择则显得独具一格，展现出当代苏格兰人意识中的矛盾性和多样性。她僭越传统苏格兰女性身份的传统束缚，面对瘫痪在床的父亲，她会破口大骂其"要死不活的老顽固"（Kelman，1984：36）。在海恩斯遇到困难时，身为姐姐的她也从未给予过安慰。然而，劳拉却对桑德拉整日试图摒弃苏格兰人身份并移居南方的行为表示不以为然。正因如此，劳拉所代表的新生代苏格兰女性，相较于吉恩《日落之歌》（*The Song for Sunset*）和麦基尔维尼的《多彻迪》（*Docherty*）等传统苏格兰小说，其形象已发生质的变化。尽管她时而抱怨并苦恼于不同城市之间的选择，但她不再一味执着于苏格兰的悠久过去，也不是不顾一切执着于获得英国主流文化认同，对于两个城市文化有更加成熟的认识和归类方法，是凯尔曼理想中的苏格兰裔女性形象。劳拉所具备的独立思考能力帮助其在不同文化夹缝中不断修正自己，最终成功化解了其与父母、弟弟和爱人之间的关系。在身份认同方面，她既不认同长辈们过度遵循苏格兰传统的生活方式，也反对桑德拉不顾一切抛弃文化归属的行为，但同时她不仅能够理解桑德拉一代的年轻苏格兰人逃离苏格兰窘迫处境的心理，还能够同情苏格兰人饱受英国种族歧视的父母和祖父一代的遭遇，尊重苏格兰的历史传统，是凯尔曼理想中的苏格兰裔形象。

总而言之，小说通过海恩斯一家的不同选择探讨了苏格兰人对于苏格兰文化和历史所持的不同价值取向。英国对苏格兰的市场经济体制的强势改革深深影响了苏格兰人对于本民族的认知，失业浪潮破坏了苏格兰人身份的完整性，甚至造成了苏格兰历史出现了断层现象，使众多苏格兰工人家庭在新自由主义经济改革下做出不同的人生选择。海恩斯、桑德拉和劳拉采取了不同的选择：海恩斯选择坚守苏格兰人的历史记忆和民族身份，桑德拉试图逃离苏格兰人的生存环境，但二人均被困于自己的选择之中。而劳拉则以尊重过去并拥抱全新生活的处理方法，形成了正确的历史认知和身份选择。

5　结语

身为菲利普·霍布斯鲍姆（Philip Hobsbawm）写作团体的一员，凯尔曼曾提出："统治者与被压迫者的历史长期共存，它们不仅存在于苏格兰，放眼整个英国也同样如此。一直以来，政府机构使用各种各样的方式来扭曲、掩盖历史现实。"（Kelman，2002：361）正如作者所言，新自由主义经济政策表面繁荣的背后，实际上是苏格兰20世纪80—90年代充满危机的时代，阶层仇恨、种族歧视、工会取缔等恶劣处境，让民众们生活在水深火热之中，这些均是英国所撰写的"统治者"的历史中所不愿展露给世人的一面。《海恩斯》恰恰直面了以海恩斯为代表的工人阶级在危机中寻求摆脱生存困境的被压迫者的历史。由此可见，凯尔曼质疑英国历史编纂的可靠性，在他充满具象化的历史中，被认为是公正的叙述者不再是客观阐述事实的对象，而是有待意义填充的话语对象。与此同时，凯尔曼力主在具体的历史事件中重构并具象化苏格兰人历史，这也是作家本人抱守己身、绝不妥协的本意所在。

参考文献

迪瓦恩，2021. 苏格兰民族[M]. 徐一彤，译. 北京：社会科学文献出版社.

李泽厚，2002. 历史本体论[M]. 北京：生活·读书·新知三联书店.

彭刚，2014. 历史记忆与历史书写：史学理论视野下的"记忆的转向"[J]. 史学史研究（2）：1-12.

Brown I, 2006. Edinburgh history of Scottish literature: modern transformations: new identities (from 1918)[M]. Edinburgh: Edinburgh UP.

Cairney P, 2011. The Scottish political system since devolution: from new politics to the new Scottish government[M]. Edinburgh: Imprint Academic.

Clements A, Farquharson K, Wark K, 1996. Restless nation: accompanies the BBC Scotland television series[M]. Edinburgh: Mainstream.

Craig C, 1993. Resisting arrest: James Kelman[M]//The Scottish novel since the seventies. Eds. Gavin Wallace and Randall Stevenson. Edinburgh: Edinburgh UP.

Finlay R, 2004. Modern Scotland 1914-2000[M]. London: Profile Books.

Hames S, 2006. The literary politics of James Kelman[M]. Aberdeen: Aberdeen UP.

Hames S, 2013. On vernacular Scottishness and its limits: devolution and the spectacle of voice[J]. Studies in Scottish literature, (1).

Hames S, 2014. Scottish literature, devolution, and the fetish of representation[J]. The bottle imp, (3).

Harris R, 2009. An interview with James Kelman[J]. Wasafiri, (2).

Hutcheon L, 1988. A poetics of Postmodernism: history, theory, fiction[M]. London: Routledge.

Kelman J, 1984. The busconductor Hines[M]. London: Polygon.

Kelman J, 1992. Some recent attacks: essays cultural & political[M]. Stirling: AK Press.

Kelman J, 2002. "And the judges said:...": essays[M]. London: Secker & Warburg.

McGlynn M M, 2008. Narratives of class in new Irish and Scottish Literature[M]. New York: Palgrave Macmillan.

Mclean I, 2014. Challenge the Union[M]//The Oxford handbook of modern Scottish history. Eds. T.M Devine and Jenny Wormald. Oxford: Oxford UP.

Millar A, 1985. Strathclyde. British PTEs: I[M]. London: Ian Allan.

Morgan E, 1984. Musing on the buses: review of *The Busconductor Hines* by James Kelman[J]. Times literary supplement (4): 397-399.

Jones C, 2010. Kelman and masculinity[M]//The Edinburgh companion to James Kelman. Ed. Scott Hames. Edinburgh: Edinburgh UP.

Scott J, 2009. The demotic voice in contemporary British fiction[M]. New York: Palgrave Macmillan.

作者简介

项煜杰，上海交通大学外国语学院博士研究生。主要研究领域：苏格兰文学及叙事学。电子邮箱：xyj920155734@sjtu.edu.cn。

（责任编辑：陈丽）

亨利·詹姆斯《美国景象》中的移民景观与文化忧思

牛薇威

摘　要： 亨利·詹姆斯在《美国景象》中以"都市漫游者"的身份书写了20世纪初美国移民潮对社会的冲击以及美国同化政策对移民文化身份的威胁。詹姆斯认为，美国单一的政治经济发展只成就了其血气之勇，却违背了建国之初第一代领导人倡导的自由平等的民主理想。如果能平等对待移民带来的原生文化，不仅可保全移民前来追求的美国梦，而且还可以丰富美国作为一个移民国家的多元文化特质。然而，詹姆斯很清楚，在世纪之交美国咄咄逼人的内政外交政策之下，移民被同化的趋势在所难免。这不仅是对美国作为一个移民国家的根基的重创，更是一个重大的文化损失。总体来看，《美国景象》可以被看作詹姆斯的文化忧思，是从文化意义上对美国民主理想的继承和发扬。

关键词： 亨利·詹姆斯；都市漫游；移民景观；同化政策；文化忧思

Immigration Spectacle and Cultural Concern in Henry James's *The American Scene*

Weiwei Niu

Abstract: In *The American Scene*, Henry James as a "flâneur" writes about the impact of immigration on American society in the early 20th century and about the influence of American coercive assimilation policies on immigrants' cultural identity. James contends that the single political and economic development of America will only display its masculine power temporarily, but will run against the democratic ideal of freedom and equality advocated at the nation's inception. Treating the immigrants' native cultures on equal footing will not only facilitate the American dream they pursue but also enrich the diverse culture of America as an immigrant nation. However, James is well aware that under the aggressive domestic and foreign policies, immigrants' destination is assimilation, the result of which will not only deal a severe blow to the multi-cultural foundation but also signify a significant cultural loss for America as a nation built on immigration. *The American Scene* can be interpreted as Henry James's cultural thinking that both inherits and advances the ideal of American democracy from a cultural perspective.

Keywords: Henry James; flâneur; immigration; assimilation; cultural anxiety

1904年8月，亨利·詹姆斯（Henry James）回到阔别已久的美国，这是他自1883年以来时隔21年后第一次回国。此时的詹姆斯宛如在外漂泊20年后重回伊萨卡（Ithaca）的奥德修斯（Odysseus），又如从20年的睡梦中苏醒的瑞普·凡·温克尔（Rip Van Winkle），在离家的岁月里，他一直对美国饱含"怀旧的激情"（Edel，1977：544）。在回美国的10个月里，他拜谒亲人的墓地，与伊迪斯·华顿（Edith Wharton）和亨利·亚当斯（Henry Adams）等美国好友重逢，并在费城（Philadelphia）等地举行演讲，参观拉尔夫·沃尔多·爱默生（Ralph Waldo Emerson）、纳撒尼尔·霍桑（Nathaniel Hawthorne）等文学前辈的故居，还面见了时任美国总统西奥多·罗斯福（Theodore Roosevelt）。他详细记录了在东部沿岸各城市的见闻和感受，并于1907年将这些记录汇集为《美国景象》（*The American Scene*）一书出版。较之詹姆斯早年的游记，《美国景象》在形式和内容上都大有不同，不仅文风更加晦涩，而且还涉及更多社会文化问题，诸如移民问题、性别问题、消费文化问题等。诗人W. H. 奥登（W. H. Auden）评价说，《美国景象》是詹姆斯一系列"地志书写"（topographical writings）中"最新的、最富有雄心的、也是最好的一部"（Auden，1968：310）；文学评论家F. O. 西蒂森亦（F. O. Matthiessen）认为"这本印象记（the book of impressions）是我们文学中的珍品"（Matthiessen，1944：107）。这本游记的价值由此可见一斑。

在《美国景象》所涉及的诸多议题中，詹姆斯对移民问题的讨论引起了不少批评家的关注。马克斯韦尔·盖斯玛（Maxwell Geismar）在《亨利·詹姆斯及其崇拜者》（*Henry James and the Jacobites*）①中认为奥登等人对本书的肯定毫无根据，他把詹姆斯描述成一个拥戴欧洲封建制度、具有反犹倾向、背叛美国民主制度的人

---

① 该书书名中的Jacobites原意是指詹姆斯派、詹姆斯党，是支持斯图亚特王朝君主詹姆斯二世及其后代夺回英国王位的一个政治、军事团体，该团体活跃于1688—1780年，所发起的主要起义被执政政府称为詹姆斯派叛乱。此处意译为詹姆斯的"崇拜者"，因为作者盖斯玛在这本书中借用这个词来讽刺那些崇拜和支持詹姆斯的评论家们，作者在书中的核心观点是，亨利·詹姆斯并不是一位伟大的作家，甚至以"詹姆斯邪教"（Jacobite cult）一词来形容20世纪50年代的詹姆斯研究热潮。可以说，盖斯玛意在纠正当代人对詹姆斯的评价，并将他在美国文学史上重新定位，这一努力值得肯定，然而他的全部论述几乎都被偏见裹挟，意在贬低詹姆斯，并未做出公正而有价值的评判。

(Geismar，1963：177)。格特·布伦斯（Gert Buelens）表达了不同的意见，认为面对移民，詹姆斯并没有试图监管和掌控他者，相反，《美国景象》中存在一种主体的"连续体"（continuum），自我与他者，本土与异乡，主体和客体之间不断切换掌控与臣服的角色（Buelens，2002）。罗斯·珀斯诺克（Ross Posnock）认为詹姆斯和瓦尔特·本雅明（Walter Benjamin）一样进行的是一种游荡式的、外围的分析，他既不重建也不归纳而只是模仿，这使他避免陷入二元对立（Posnock，1991：141-142）。从这些评论中可以看出，大多数批评家的重点放在詹姆斯对待移民的态度上，忽视了詹姆斯在观察移民的同时对美国文化的一体化发展趋势的忧思。本文试图从詹姆斯漫游者的身份出发，从移民对美国社会各方面所带来的冲击以及美国社会一体化发展对移民产生的影响这两个方面入手，研究詹姆斯对美国移民身份和美国民族文化身份的双重焦虑，以及他对美国民主理想在极端的政治经济发展下逐渐背离其初衷的文化忧思。

1 都市漫游者眼中的移民潮

詹姆斯对移民问题的态度可以从其"都市漫游者"（flâneur）的身份说起，这一身份决定了他对待移民问题时动态的思维与开放的心态。"都市漫游者"这一术语最初由夏尔·皮埃尔·波德莱尔（Charles Pierre Baudelaire）在《现代生活的画家》（"The Painter of Modern Life"）一文中提出，后来本雅明在《发达资本主义时代的抒情诗人》（*Charles Baudelaire: A Lyric Poet in the Era of High Capitalism*）一书中把它作为重要的文化符号加以阐释。本雅明认为，这些现代知识分子往往在都市中游逛探索，欣赏着现代化商品经济制造的琳琅满目的文化产品，但又与现代都市生活保持一定的距离，这类人的清醒意识和敏锐目光让他们成为现代性的观察者和怀疑者（本雅明，1992：189）。作为一名在美国出生、长期客居英国的作家，詹姆斯的身份便具有这种既关切又疏离的漫游者特征，正如他在《美国景象》前言中所说，对于美国景观，他确信"会比大多数最认真热心的旅行者都更理解也更关心这个状况，并且会以更多的好奇心与之共鸣"，因为他离开的时间足够使自己变得像一个"好奇的外乡人那样'新'"，同时，时间也没有长到让他不像一个"本地人那样敏锐地去感觉"（James，1907：v）。而都市漫游者与现代都市生活保持一定距离这一特质也与詹姆斯在《美国景象》中客观的观察态度相呼应，他只是单纯地观望，允许自己被目不暇接的印象淹没并沉浸其中，以此作为对现代都市变动不居的生活方式的回应，他曾在1879年的一封信中写道："没有什么是我对任何事物的最终印象——我一直都有着永无止境的微妙感受与分析习惯，我将用有生之年对各种事物做出各种呈现。要想在所有这些事物中发现我对任何事物的最终印象，需要一个比我聪明得多的人。"（James，1999：104）詹姆斯拒绝对任何现象做出即刻判断，这种观察习惯与漫游者的超脱行为使他能保持一种开放、动态的思维方式，与当时美国商业化的主流价值观保持距离。

虽然《美国景象》也选择城市作为观察对象，但是它的写作宗旨和话语选择却与19世纪中后期美国新兴的"城市旅行书写"（urban travel writing）有较大不同。"城市旅行书写"是美国内战后兴起的一种见于美国城市地区的旅行写作，它与寻常的异国游记不同，游记的作者将美国城市作为充满奥秘的异域进行探索，以约瑟夫·普利策（Joseph Pulitzer）创立的新闻报道形式探索和表达城市生活中引人入胜的元素①。虽然在旅行目的地的选择上，詹姆斯也选择了能够反映现代美国社会变革和城市文化景观的地方，如纽约市办理移民手续的埃利斯小岛（Ellis Island）、布瓦瑞剧院（The Bowery Theatre）和犹太人聚集区（Ghettos）等，但与城市旅行书写根据"报纸、报告、调查和蓝皮书"得出结论的方法不同，作为文学家，詹姆斯完全根据自己的印象做出判断，他认为，在关于"人文景观"（human scene）以及"社会氛围"（social air）这个话题上，美国新闻媒体的表达常常是苍白无力的，而《美国景象》的主旨如他在前言中所说，则是"人的主题，是对生活本身的鉴赏，是对随之产生的问题进行文学的呈现"（James，1907：vi）。由此可见，詹姆斯的这本游记虽然与美国城市旅行书写在选材上有相似之处，但写作风格和创作宗旨却有根本不同，詹姆斯对移民问题的关注就是带着审美要求所表达的人文关怀，而不仅仅是新闻记者般的观察报道。

詹姆斯回国期间正值20世纪初，亲眼见证了美国社会转型期迎来的空前移民潮。根据美国政府统计，1901—1910年入境移民接近880万，达到了美国移民史的巅峰（隋笑宇，2012：28）。从移民的构成来看，19世纪80年代以后，来自俄国、奥匈帝国、意大利和波兰等地的东南欧移民开始增多，这些被称为"新移民"的外来人口占移民总数的72%。犹太移民亦是一个不可小觑的数目，从世纪之交到第一次世界大战之间的十几年内，大约有150万左右的犹太人蜂拥而至（索威尔，1992：102）。美国之所以成为移民的目的地，一方面，美国经济繁荣和工业化进程所创造的大量就业机会产生了巨大吸引力，而另一方面，在欧洲各国，尤其是东南欧国家和地区的政治动乱、经济落后、宗教迫害与连年战争等，都使迫于生计的民众离乡背井，因此民主神话的诞生地美利坚成为移民的不二之选。然而，大量移民给美国社会的就业、住房、卫生设施等方面带来了巨大冲击，美国政府开始出台法律，限制和管理外来移民的进入。1875年，美国历史上第一条限制外来移民的法

① 例如斯蒂芬·克莱恩（Stephen Crane）等记者纷纷前往城市的萧条地区，试图捕捉城市生活中中产阶级读者所接触不到的一面，而雅各布·A. 里斯（Jacob A. Riis）在城市旅行书《另一半是如何生活的》（*How the Other Half Lives*）中，着眼于内部新城市贫民区的公寓区，试图在反映这些地区的问题的同时引起人们对这些问题的关注并激发社会变革（Edwards，1998：68）。

律出台，将原先保留给地方和各州根据自身需要处理移民事务的权力收归联邦政府。在随后的三十多年，不断有法律限制妓女、罪犯、精神病人、乞丐等可能成为社会负担的群体入境。1903 年，国会通过新移民法案，把对在美国口岸登陆的所有旅客征收的人头税提高到 2 美元，并加强驱逐不合格移民出境的力度（王寅，2008：9）。移民入境的条件不断提高，手续也变得格外冗长烦琐。

詹姆斯在当时办理移民手续的埃利斯岛，亲眼见证了移民热潮给美国身份带来的非同寻常的挑战，并表现出对美国身份这一问题的关注与思考。创建于 1892 年的埃利斯岛是美国第一个也是最大的一个由联邦政府建立的外来移民接收站，这里接收移民的程序极其烦琐复杂，移民们需要经历隔离检疫、寄存行李、健康检查等步骤，并回答移民官员关于个人基本信息以及移民意愿等相关问题，各环节无误后方可过关。詹姆斯在这里目睹了数量庞大的移民们站在门外"呼求、等待、拥挤、被分类、挑选"，源源不断地往美国这个"复杂多样的体制"中"补充新的成员"（James，1993a：426）。作为久别归来的游子，詹姆斯看到自己儿时的家园已被陌生人占据，心里自然很不是滋味，这次参观足以改变他来时的心情。他假借一位初次来到埃利斯小岛的敏感美国人之口表达自己的震撼，这个人"本以为自己了解要与那些不可思议的移民们分享美国神圣的意识……但是这一事实却如此有力地冲击着他"。如今这位美国人"已经吃下了知识树上的果子，嘴里会永远留着这果子的味道"，因此詹姆斯表达他对这位美国人的同情："从此无论走到哪里，看见他的人都会发现，他心里带着一丝新的寒意，脸上挂着新的表情。"（James，1993a：426）移民对詹姆斯作为一个美国人造成的冲击使他感到困惑："哪一方才是美国人？……有谁划过分界线吗？……还是定义过一个转变的时期？"（James，1993a：459）这一系列问句不仅是詹姆斯对移民正喧宾夺主占领纽约这座美国城市感到的震惊，而且也是他对未来美国民族身份构成的焦虑。

当詹姆斯参观纽约下东区（Lower East Side）的犹太人聚集区时，他再次切身感受到移民群体给美国的社会生活、住房、工作等方面带来的冲击。东欧犹太人大多来自城镇，缺乏农耕经验，因此倾向居住在城市，尤其是纽约这样的大都市。截止到 1910 年，东欧犹太人成为纽约市最大的移民群体，仅仅在纽约下东区就有 125 万犹太人，占该城市总人口的 28%（Daniels，1998：71）。詹姆斯用"蜂拥"（swarm）和"翻倍"（multiplication）表达下东区罗格斯街（Rutgers Street）附近的人口密度：男女老少蜂拥在街道上，"仿佛要溢出来了"，看着就像是犹太人"征服"了纽约，詹姆斯不得不感觉"种族"问题"像宴会上出现的骷髅"（a skeleton at the feast），他"仿佛看到了这个幽灵在咧嘴大笑"（James，1993a：465）。"宴会上的骷髅"喻指在欢乐场合不期而至的阴郁或悲伤的人或事件，在詹姆斯看来，移民问题已经像骷髅出现在欢宴上，是美国社会不能不谨慎面对的问题，然而美国社会却沉浸于表面的物质繁荣中，在宴会恣意享乐，对潜在危险视若无睹。不仅在纽约，当詹姆斯行至波士顿（Boston）的州议会大厦前时，看到一些工薪阶层移民在散步聊天，许多人都讲意大利语，还有一些詹姆斯不知道的方言。所有这一切都让詹姆斯这个老纽约人感到自己成了家门口的陌生人，移民反客为主，倒成了纽约的新主人。移民带来的文化冲击已经在所难免，在詹姆斯看来，如何确立移民的文化身份、如何重构美国的民族文化身份应该是移民和美国社会共同面临的棘手问题。

2　20世纪初美国的移民处境

大量涌入的移民给工业发展和社会生产带来了廉价劳动力，然而美国政府似乎并未意识到移民带来的文化冲击。20世纪初的美国在内政外交方面都表现出咄咄逼人的同化移民的趋势：对外美国采取扩张政策，宣扬盎格鲁-萨克逊（Anglo-Saxon）是世界上最优秀的种族，以美西战争为转折点，介入世界事务并用美国价值观改造世界；对内美国大肆发展经济，物质主义盛行但文化意识淡漠，社会价值追求单一，以财富多寡作为衡量个人成功与否的准绳。正如美国历史学家卡尔·戴格勒（Carl Degler）评价这一时期美国的社会特征时说："对成功的崇拜以及对财富地位的追求，作为时代的特征深深地影响了每一个人。"（戴格勒，1991：295）来到美国的移民不可避免地受到美国这一时期政治经济政策的影响。根据美国政治学家塞缪尔·亨廷顿（Samuel Huntington）的观点，移民从一开始就应该接受"美国化"的要求，即接受"盎格鲁-撒克逊人自17、18世纪殖民时代以来，日渐形成的包括新教价值观以及法律和政治传统的美国核心文化"（亨廷顿，2005：36），在单一的价值导向下，移民逐渐被美国彼时盛行的商业文化同化，母国的优秀文化被压抑或遗忘，观察到这一点的詹姆斯感到深深的惋惜和忧虑。

在《美国景象》中，詹姆斯首先从意大利移民身上觉察出了这种移民文化危机。詹姆斯对意大利的历史文化情有独钟，年轻时曾十多次前往意大利进行文化朝圣，因此当他在新泽西的一个小镇看到一伙意大利移民正在工地干活时不禁停下脚步，试图与之攀谈，但他很快就发现这是不可能的，这让他感到非常"心寒和迷惑"，他感叹如果他在意大利遇到这些人，肯定会与他们来一次"建立在旧相识和传统之上的谈话"（James，1993a：454），然而如今这些来到美国的意大利人却只是低头工作，默默赚钱，他们身上热情友好的民族特性荡然无存。谈到意大利移民在美国的变化，曾在意大利居住过几年的威廉·迪安·豪威尔斯（William Dean Howells）也承认，"在这里发生的一种恶性变化，已经把意大利人从他们在家时那种友好的样子变成了他们在这里展现出来的乖戾的性格"（Howells，1909：205）。詹姆斯运用移情的想象力推测这些移民的内心感受："不仅在纽约，而且在整个国家，他（移民）都惊奇地意识到，他在另一个世界里的风俗习惯……一直都是一个巨大的错误。"（James，1993a：461）在美国商业价值观和新教工作伦理的环境下，意大利移民的浪漫与热情显得格格不入，他们必须抛弃自己的过去，投入眼前艰苦卓绝的生存劳作中，詹姆斯对这一现象表达的无奈提醒着移民和美国即将面临的双重文化损失。

此外，这个时期的美国社会托拉斯（Trusts）①垄断机制也让移民的境况雪上加霜。詹姆斯在纽约的犹太人聚集区观察到，这些移民根本没有支配时间与空间的自由，虽然这里的犹太移民比起其他城市的犹太人更富有，每家每户的门前都安装了复杂的防火墙，这使犹太聚居区显得更加富裕和现代化，但在大的商业氛围下，移民在当地商业区的处境仍然不容乐观，这里的店铺在托拉斯垄断企业的重压下艰难挣扎，这种机制是"历史上任何古老的个人权力疯狂运作的方式都不曾有过的"，面对这种"压倒性的巨大资产"，小商人们"不允许提出任何问题，也不允许为了与它们共存而提出任何条件"（James，1993a：469）。詹姆斯认为，在美国，这种不公平的商业竞争是一种"成长到枯萎的自由"，而这可能是为"后代的小鱼小虾们准备的唯一自由"（James，1993a：469）。詹姆斯对犹太移民生活状况的观察细致入微，他的同情与忧虑尽在其中。豪威尔斯在《印象与经验》（*Impressions and Experiences*）一书中，也曾表示对纽约下东区犹太移民所处的"巨大集市"的担心，他认为犹太集市的活动是"对我们财阀文明的商业理想的讽刺，令人悲哀"（Howells，1909：108）。豪威尔斯的评论无疑验证了这一时期美国商业环境对移民生活的压迫和同化程度。美国的犹太人居住在拥挤不堪的贫民窟，在托拉斯垄断巨头的压力下挣扎度日，他们的居住空间和社会空间都被严重压缩，很难有机会继承和保存本民族的文化特征，只有尽快加入商业同化的大军，方能在市场的丛林法则中谋求生存机会。

美国社会对移民的同化不仅体现在经济层面的商业侵袭，更有文化上的层层渗透。在布瓦瑞剧院，詹姆斯表达了他对移民们在美国通俗文化影响下逐渐丧失文化辨析力和创造力的忧虑。始建于19世纪20年代的布瓦瑞剧院②自50年代起便成为纽约下东区的戏剧中心，开始接待如来自爱尔兰、德国、中国等国家的移民观众。在看到移民们在欣赏一部"完全偏离了戏剧传统"的美国通俗闹剧之后，詹姆斯认

---

① 托拉斯是商业信托的音译，是指在一个行业（商品领域）中，透过生产企业间的收购、合并及托管等等形式，由一家公司兼并、包容、控股大量同行业企业来达到企业一体化目的的垄断形式。通过这种形式，托拉斯企业可以对该行业市场实现垄断，并且透过制定企业内部统一价格等等手段来使企业在市场中居于主导地位，实现利润的最大化。19世纪90年代和20世纪初，食糖、牛肉、钢铁、石油等金融托拉斯纷纷出现，美国工业史上最大的集中运动就在这一时期（戴格勒，1991：284）。

② 布瓦瑞剧院始建于19世纪20年代，自30年代起由剧院经理汉布林（Hamblin）接手，他打破了戏剧作为高雅文化的传统，将动物表演、黑脸吟游表演和情节剧等列为最常见的表演形式，因其低级的演出而赢得了"屠宰场"的绰号。与公园剧院（the Park Theatre）所塑造的传统欧洲上流文化形象形成了鲜明对比，自19世纪50年代起便成为纽约下东区的戏剧中心，并开始接待如来自爱尔兰、德国、中国等国家的移民观众。

为，把这样的通俗剧给移民们看，仿佛是在对他们进行一种潜移默化的"教育"（schooling）（James，1993a：519），这非但不能营建艺术熏陶的氛围，反而有降低观众品位的可能。法国政治哲学家阿历克西·德·托克维尔（Alexis de Tocqueville）就曾指出，与贵族制国家的戏剧相比，美国民主社会的戏剧对文艺创作标准的要求大大降低，在美国"坐在剧院里看戏的人，大部分不是去追求精神享乐，而是去追求情感刺激。他们不想在看戏的过程中听到美丽的戏词，只希望戏演得热闹"（托克维尔，1991：607）。詹姆斯十分关心移民观众的反应，不知他们是"顺从接受"美国佬这种"优越机制"，还是会产生一种"智性的抗拒"（James，1993a：519）。可以看出，詹姆斯内心并不认同这类低俗文化的"教育"，希望移民能对美国粗俗浅薄的大众文化有辨别能力，更希望移民能带来各自原生文化的亮点，丰富补充客居国的文化内涵。

比起美国同时期的其他旅行作家，詹姆斯格外关注移民身上与众不同的文化特质。詹姆斯长期在欧洲旅居的经验让他知道这些欧洲移民曾在故乡自由放松的状态，他为这些移民在客居国不得不丢弃的文化传统感到痛惜。詹姆斯在游历意大利时对意大利人身上乐观热情的品质赞不绝口，他认为即使是贡多拉船夫①也有"令人愉悦的良好礼仪"，说话时的"坦率和甜美让人喜欢"（James，1993b：300）。更为可贵的是，即便处在极端贫困之中的意大利人也不会沮丧，对此詹姆斯认为"要做一个成功的美国人需要付出很大的努力"，但做一个快乐的意大利人仅仅需要"一颗比较轻松敏感的心灵"（James，1993b：289）。这种乐观心态和良好礼仪让他印象深刻，因此他期待意大利移民能够继续在客居国发扬自己的这些民族特性。对于犹太移民，詹姆斯对他们文化的多样性一直保持开放心态，称他们是"聪明的民族"（an intellectual people），认为每一个犹太聚居点都有其独特的"社会内涵"（social connotation），正是这些"内涵的数量和多样性，以及它们各自的充实和繁荣让人深思"（James，1993a：469-470）。虽然詹姆斯承认自己对犹太人的意第绪文化感到困惑，但他还是对犹太人的智商表示尊敬和欣赏，并说"我们无疑应该对有智慧的民族表示敬意"（James，1993a：465-466），并承认"真正的意第绪语世界是一个广阔的世界，有其自身的深刻性和复杂性"（James，1993a：470）。可见，对詹姆斯来说，美国作为一个移民国家应该在文化的层面上发扬民主精神，平等地对待移民文化，给移民文化生存和发展的空间，而不是用政治经济一体化发展去同化他们，消灭他们的传统文化。

3　詹姆斯的移民忧思与文化对策

美国社会应该如何消化移民？移民又该如何融入美国社会？詹姆斯对移民到美

---

① 威尼斯的运河上行使的小船，是这个城市的交通工具，像一般的公交汽车或出租车。

国后从商入流又艰难挣扎的生存处境充满忧虑。詹姆斯认为对美国社会而言，与其以单一价值观同化移民，不如接受美国作为一个移民国家的多元民族身份这个现实，以包容的态度积极面对移民现象，尝试与来自世界各地的移民一起构建取长补短的多元民族身份并促成多元文化共存。詹姆斯指出，"人们通常会说，一个人至高无上的关系是和祖国的关系"，而"现在这一关系却受到了移民的拉扯，有发生变化的危险"。面对这种改变，詹姆斯认为，"美国人，而不是那些移民，必须妥协，接受这个大方向，并且要走得更远来迎接他们。这是拥有和剥夺（possession and dispossession）的唯一区别"（James，1993a：427）。也就是说，美国社会与其试图把美国观念强行套在移民身上，继续沉溺在同化移民的迷思中，不如主动接纳移民，让他们成为美国文化的组成部分，让移民文化与美国文化处于良性互动互补状态，只有这样美国才能"拥有"而不是"剥夺"移民的文化身份。詹姆斯在青年时代就发现，文化的碰撞与融合才是产生新文化的最佳契机。1867年，他在给好友佩里（Perry）的信中写道，

> 我认为成为一名美国人是为文化所做的良好准备。我们这一民族拥有卓越的品质，我觉得我们在某种程度上超越了欧洲的种族，因为与他们任何一个相比，我们更能自由地处理那些不属于我们的文明形式，能够挑选、选择、吸收，总而言之（在美学等方面），无论我们在哪里发现，都能将其认作我们的财产。（James，1974：77）

为了汲取文化营养，詹姆斯遍游欧洲，当他大半生归来又发现移民给美国文化带来了新的发展机遇，美国的民主本应表现在自由平等地对待任何"不属于我们的文明形式"（James，1974：77）。

另一方面，移民自身也应该有保持原有优良传统的意识。詹姆斯认为美国环境对移民的影响"就像一大木盆热水让一块鲜亮的布褪了色"（James，1993a：462），但是，他认为即便褪了色，周围环境也应该受到些许浸染，但事实并非如此，这让詹姆斯感到痛心和困惑，他问道："几个世纪积淀下来的特质，难道在这里就顷刻间消失了吗？曾经的那些品质是深深扎根在几代人身上，难道会完全彻底地被抛弃掉？会不会有一天再重新浮现呢？"（James，1993a：462-463）这些问题是詹姆斯的信念，也是他对未来的期许。在詹姆斯看来，无论是意大利人的文明和礼仪，还是犹太人的特殊文化传统，移民身上的优良特质都可视作美国商业文化的解毒剂。

詹姆斯曾经描述过一次在中央公园的难忘经历，这也许为我们提供了他心目中理想移民的线索。在初夏一个灿烂的周日下午，他在中央公园逗留了几个小时，耳畔回荡着各种不同的语言，他感到在这种环境下来到广场就像是一次"小小的环球旅行"，而这是他在纽约"所有的印象中最好的印象"，也只有此刻他才"不会为社会问题担忧"（James，1993a：502）。这是詹姆斯理想的移民国家的文化风景，无论是原住民还是移民，每个人都是优秀文化的贡献者，他们在相互影响中不丢失原

有的美好特质。这种理想对于国家的未来有着至关重要的意义，即使这一代移民无法实现这个理想，但移民的后代一定会从中受益，在"政治与社会习惯、学校和报纸的影响下，数百万陌生人将会被转变，会成长起来，而这种亲密关系的理念终会被珍惜"（James，1993a：455）。这幅画面中无疑包含着詹姆斯对未来美国社会的美好愿景。

詹姆斯对美国移民被同化的担心反映出他对美国社会单一的价值追求的忧思，这是詹姆斯对当时野心勃勃的美国政治家不言的批评，是他从这些人身上看到的国家发展危机。詹姆斯的文化融合思想与西奥多·罗斯福总统提倡的"扩张主义"形成了鲜明的对比。罗斯福在针对同化移民的美国化运动中扮演了极为重要的角色，在谈到越来越多的美国移民时他宣称："我们必须从各个方面使他们美国化，包括演讲、政治思想和原则，以及他们看待教会和国家之间关系的方式。"（qtd. in Taylor，2002：2）在20世纪初的美国移民大潮中，罗斯福认为，包括意大利移民在内的东南欧移民改变传统旧习、融入美国社会的进程极为缓慢，应通过相应举措予以促进（Dyer，1980：129）。由于罗斯福的总统身份与公众影响力，他的观念广为流传，进而引领美国大众对移民的"美国化"态度，同时也间接影响到20世纪20年代美国一系列移民限额立法的出台。作为一个文化民族主义者，罗斯福始终认为美国的理想是其文化的一致性而非多样性。詹姆斯很不以为然，他在一篇名为《西奥多·罗斯福的美国理念》（"Theodore Roosevelt's American Ideals"）的文章中指出，虽然罗斯福先生的主张可说是"非常有用的力量"，但是他的价值却"因其简单化的幼稚而大打折扣"；詹姆斯进一步表明，"民族类型是一种结果，这一结果并非取决于我们从中支取什么，而取决于我们为其提供了什么；不是取决于我们缺乏什么，而是取决于我们如何丰富它"（James，1989）。詹姆斯认为，真正的民族身份绝不应像罗斯福所主张的那样纯粹单一而应是复杂多元的。可以说罗斯福与詹姆斯是从不同角度讨论美国身份。作为文学家，詹姆斯深知19世纪美国在欧洲人心目中没有文化的劣势，在欧洲旅居的经历又使他深谙欧洲文化的精髓，这份对欧美文化的敏感使他与出于政治经济利益的美国政治家不同，更能在文化层面上指出美国社会的发展危机。

值得注意的是，詹姆斯提倡的多元文化与文化相对主义①提倡的多元文化有根本不同。在这个问题上，詹姆斯对美国社会的不满和他的文化理想都可以从英国文化批评家马修·阿诺德（Matthew Arnold）那里找到源头和共鸣。阿诺德在《美国讲话》（*Discourses in America*）中指出美国的问题，"对于这样一个崭新、有分量、

---

① 文化相对主义者从人类学的研究视角出发，认为"任何文化都不能自恃优越于别种文化。所有的社会都是特定环境的产物。每个社会都有自己特有的风俗习惯，很难在这些习惯上贴上'好''坏'的标签，而只能根据它们有助于维持社会生存的程度而区分出成功与不成功"（勒纳 等，2009：836）。

有力量、商业发达，拥有纯粹的自由和平等的民主社会，它的危险就在于，缺乏对尊敬的操练，刚硬并且物质主义，容易夸张和自夸，自作聪明，鲁莽草率，缺乏灵魂和精致"。对此，阿诺德认为，无论发现"何事高尚"，"何事严肃并有真正的高贵之处"，那么这样的事都要留心去践行（Arnold，1885：43）。这里所说的高尚、严肃与高贵的事，便是他心目中的理想文化，即"对完美的追寻"（阿诺德，2002：8）。詹姆斯继承了阿诺德的文化批评观，作为生长于此的美国人，他比旅行至此的阿诺德更犀利地揭示了美国社会的弊病，认为美国社会应该弱化对物质的追求，并重视对真正文化的培植，注重美和品位的养成，正如他在《美国景象》中所说："伟大品位和信念从不在单纯的便利和狂热之中彰显自身，所有的金钱与喧闹至多有一个唯一的价值——当美出现时，必须要对美有益。"（James，1993a：720）对于商业化严重、物质主义泛滥的美国，詹姆斯希望他们不是以官能的享受来判定美，而是带着一颗纯粹的、无利害的心去提升品位，主张大家在一个审美维度上珍惜人类精神层面的价值，弱化物欲和权力的极度追求，詹姆斯希望移民身上的优秀品质能成为美国商业文化的一抹亮色，而与此同时也只有注重对文化环境的培养，移民们才能有更多空间发挥本国的文化特色，并更好地实现与美国文化的交流互补。

4　结语

　　詹姆斯在《美国景象》中以都市漫游者的身份将美国20世纪初的移民景观尽收眼底，他以开放动态的思维方式审视了移民的到来对美国文化造成的冲击，并用带有人文关怀的笔触表达了他对移民在美国单一政治经济发展下被同化的隐忧。美国20世纪初内政外交之下对移民群体的同化，其文化逻辑实则是单向度、排外的本质主义，这种非此即彼、二元对立的社会实践无疑是对建国之初美国自由民主理想的背离，而詹姆斯的观察和评论即是对这一实践的纠偏，詹姆斯表明，移民潮固然给美国的文化身份带来了巨大冲击，但其中也蕴藏着构建移民国家多元文化的机遇，对移民的承认不仅是不同文化间对话的伦理基础，也是美国文化持续发展的不竭动力，美国自诩为"民主"的移民国家，在现实中，究竟是切实秉持开放包容理念去慷慨接纳移民带来的多元文化，还是仅仅将移民看作廉价劳动力来源加以同化，詹姆斯在《美国景象》中给出了他的答案。从这一意义上看，《美国景象》可以看作是詹姆斯从文化意义上对美国民主理想的一种剖析和探讨。

参考文献

阿诺德，2002.文化与无政府主义[M].韩敏中，译.北京：生活·读书·新知三联书店.
本雅明，1992.发达资本主义时代的抒情诗人[M].张旭东，等译.北京：生活·读书·新知三联书店.

戴格勒，1991. 一个民族的足迹[M]. 王尚胜，等译. 沈阳：辽宁大学出版社.

亨廷顿，2005. 我们是谁：美国国家特性面临的挑战[M]. 程克雄，译. 北京：新华出版社.

勒纳，米查姆，伯恩斯，2009. 西方文明史II[M]. 王觉非，等译. 北京：中国青年出版社.

隋笑宇，2012. 美国东北部城市的外来移民及其影响[D]. 上海：东北师范大学.

索威尔，1992. 美国种族简史[M]. 沈宗美，译. 南京：南京大学出版社.

托克维尔，1991. 论美国的民主[M]. 董果良，译. 北京：商务印书馆.

王寅，2008. 埃利斯岛移民接收站与美国移民政策的重大改革[J]. 历史教学问题（4）：8-13.

Arnold M, 1885. Discourses in America[M]. London: Macmillan.

Auden W H, 1968. The Dyer's hand and other essays[M]. New York: Vintage.

Buelens G, 2002. Henry James and the aliens: in possession of *The American Scene*[M]. New York: Rodopi.

Daniel S R, 1998. Not like us: immigrants and minorities in American, 1890-1924[M]. Chicago: Ivan R. Dee Publisher.

Dyer T G, 1980. Theodore Roosevelt and the idea of race[M]. Baton Rouge: Louisiana State UP.

Edel L, 1977. The life of Henry James[M]. Aylesbury: Hazell Watson & Viney.

Edwards J, 1998. Henry James's "alien" New York: gender and race in *The American Scene*[J]. American studies international, 36(1).

Geismar M, 1963. Henry James and the Jacobites[M]. Boston: Houghton Mifflin.

Howells W, 1909. Impressions and experiences[M]. New York: Harper & Brothers.

James H, 1907. The American scene[M]. London: Chapman and Hall.

James H, 1974. Henry James: letters, 1843-1875[M]. Ed. Leon Edel. New York: Harvard UP.

James H, 1989. Theodore Roosevelt's American ideals[J/OL]. (2020-04-03) [2023-12-18]. https://johnshaplin.blogspot.com/2020/04/theodore-roosevelts-american-idealsby.html.

James H, 1993a. Henry James: collected travel writings: Great Britain and America[M]. New York: Library of America.

James H, 1993b. Henry James: collected travel writings: the continent[M]. New York: Library of America.

James H, 1999. Henry James: a life in letters [M]. Ed. Philip Horne. London: Penguin.

Matthiessen F O, 1944. Henry James: the major phase[M]. New York: Oxford UP.

Posnock R, 1991. The trial of curiosity: Henry James, William James, and the challenge of modernity [M]. New York: Oxford UP.

Taylor A, 2002. Henry James and the father question[M]. Cambridge: Cambridge UP.

作者简介

牛薇威，中国人民大学外国语学院博士研究生。主要研究领域：英美文学。电子邮箱：nww2019@ruc.edu.cn。

（责任编辑：陈丽）

保拉·沃格尔《那年我学开车》的
创伤叙事与戏剧实验[*]

赵永健　余美

摘　要： 美国女剧作家保拉·沃格尔的代表作《那年我学开车》从女性的独特视角出发，围绕女主人公的"创伤回忆"来建构情节、人物和时空，在戏剧形式和叙事手法上大胆实验，不落窠臼，是当代戏剧叙事的优秀典范。剧作家通过片段式叙事结构、固定式内聚焦和复调叙事的叙事手法，生动展现了女主人公创伤回忆的不可言说和女性意识的觉醒，赋能女主人公修通创伤，实现自我和解与自我救赎，建构出一个富有张力的开放文本，邀约观众参与作品意义的建构，探究了"性侵少女"话题的复杂性和悖论性，表现出丰富的审美意蕴和诗学价值。

关键词： 保拉·沃格尔；创伤叙事；内聚焦；碎片化；复调叙事

Trauma Narrative and Drama Experiment in
Paula Vogel's *How I Learned to Drive*

Yongjian Zhao, Mei Yu

Abstract: American dramatist Paula Vogel's *How I Learned to Drive* adopts a unique female perspective to construct the plot, characters, time, and space around the heroine's "traumatic memories", boldly experimenting with narrative techniques. It is an excellent example of contemporary drama narrative in which the playwright explores the complexity and paradox of the topic of "child sexual abuse" through the narrative techniques of fragmentary narrative structure, fixed internal focalization, and polyphonic narration. It constructs an open text full of tension, and displays rich aesthetic implications and poetic value.

Keywords: Paula Vogel; trauma narrative; internal focalization; fragmentation; polyphonic narrative

---

* 本文系国家社科基金项目"21世纪美国戏剧的底层叙事与共同体想象"（项目编号：21BWW062）的阶段性研究成果。

美国女剧作家保拉·沃格尔（Paula Vogel）的《那年我学开车》（*How I Learned to Drive*）是一部当代戏剧经典，讲述了一个洛丽塔式的少女成长故事。一位绰号"小碧"（Li'l Bit）的美国女性已人近中年，但她内心深处有一处隐秘的角落，藏着她一直都羞于言表的秘密。小碧最终鼓足勇气，面对观众讲述了她11—17岁这几年间与姨父佩克（Peck）之间的一场不伦之恋，各种往事片段也纷至沓来。该剧曾荣获1998年普利策戏剧奖、1997年奥比最佳剧作奖和1997年纽约戏剧评论圈最佳戏剧奖等多个奖项。2022年，该剧在百老汇成功复演。从1997年推出至今，已在世界各地上演近千场，曾在北京、上海、南京等多个中国城市上演，好评如潮。

该剧的成功与其独树一帜的"创伤叙事"是分不开的。剧作家围绕小碧的"创伤回忆"来建构情节、人物和时空，在叙事手法上不落窠臼，立意深远。德国学者克莉斯汀·施瓦内克（Christine Schwanecke）认为："戏剧作为一种文学类型常常被叙事研究所忽视。"（Schwanecke，2022：4）如她所言，《那年我学开车》虽然已受到国内外学界的广泛关注，却鲜有人从"叙事"的角度对该剧进行深入分析。鉴于此，本文借助叙事学的基本概念和方法，从叙事结构、叙事视角和叙事声音三个方面入手，试图揭示其丰富的诗学价值和主题意蕴。

1　片段式叙事结构：创伤记忆与女性意识

亚里士多德认为，戏剧是"对一个完整划一、且具有一定长度的行动的摹仿"（亚里士多德，2012：74），"情节"是戏剧的核心要素。亚氏强调情节的"有机整一性"，即时间、地点、故事的完整性的"三一律"，强调事件之间的因果逻辑，但《那年我学开车》却另辟蹊径，打破了线性叙事逻辑和传统的"三一律"原则，由叙述者统摄对往事的回溯，时空在不同回忆片段间随意跳转，呈现出"片段式叙事结构"的特征。

这种"第一人称回顾性叙事"在戏剧中很自然会产生叙事分层现象：第一层次是主人公小碧的个人叙述，面朝观众讲述自己的过往经历，建构出一个回忆情境；第二层次便是她所回忆的戏剧场面，被"嵌入"在她的叙述中，以人物动作和对话形式在舞台上呈现（申丹 等，2010：95）。基于其明显的"回忆叙事"特征，该剧可以被归类为"回忆剧"。与摹仿行动的亚里士多德式戏剧不同，"回忆剧"摹仿的是人物特定情境下对既往生活的回忆，摹仿的是心理活动。在《那年我学开车》中，人物的现在与过去、回忆与幻想交织在一起，生动地将小碧纷繁复杂的意识活动呈现在舞台上。

为了艺术地呈现回忆叙事，剧作家将情节分割成16个片段，"随机"排列组合，以非线性的方式来展现剧情。过往事件之间没有必然的因果关联，被"无序"地呈现在舞台上，带有几分意识流叙事的特征。以戏剧开端三个场面为例，第一场戏开始于1969年马里兰郊区的一座停车场里，17岁的小碧与一个年龄差不多是她两倍的中年男子同坐一辆车里，展开了一场轻佻、暧昧的对话；紧接着，场景立刻转到小碧刚出生的短暂场面；然后又跳转到小碧17岁时与家人的一次晚餐对话，小碧因为丰满的胸部而成为家人调侃的对象，小碧伤心地离开。这三个场面长短不一，相互之间毫无逻辑关系，反映的只是小碧意识的跳跃性和不确定性，呈现的是基于自由联想的记忆逻辑和情感逻辑。在这种叙事逻辑下，该剧没有采用传统的三幕结构或五幕结构，呈现出"无场次"的特点。消除"幕场结构"则展现出人物意识流的连贯性，展示的是人物连绵的思绪，真实地再现了意识活动的"绵延"过程，更符合透明的、随意的、流动的心理场景呈现。

该剧的回忆叙事逻辑也有效地丰富了其时空叙事。该剧不仅采用了场面"时空交错"的叙事手法，还采用"时空并置"的手法，具有丰富的审美和主题价值。"时空并置"指两个时空场面并行不悖地一起出现在舞台之上，构成多层次的时空结构，实现了"共时性"（simultaneity）的艺术效果。这种叙述手段与戏剧的时间机制有着紧密联系。受到固定的表演时空的限制，小碧的回忆片段不时闯进现实场面或其他回忆场面，从而遮蔽了时间的流动，使"话语时间"表现出空间化效果，揭示了小碧复杂的内心世界。

"时空并置"首先表现为不同回忆时空的并置：身处不同回忆时空的人物同时出现在人物的回忆中。例如，为了庆祝小碧拿到驾照，佩克请小碧在一家酒店里共进晚餐，还不怀好意地为尚未成年的小碧点了酒水；席间，母亲出现在舞台上发表了三段独白，给小碧讲解女士喝酒礼仪，提醒小碧洁身自好。独白的母亲也是小碧的回忆，在小碧的饮酒情境的"诱导"下，被召唤到她的意识空间中。这一时空并置表现出小碧对喝酒以及佩克求爱的矛盾和暧昧的态度。再举一例，小碧傲人的身材在高中引起了同学的注意。在高中淋浴室的一场戏中，两位女生站在裸身洗澡的小碧一旁，凝视并取笑她的身体，这时在另一个表演区域里，佩克出现在一个相机三脚架前，凝视小碧的身体；接着，淋浴场面迅速转到一次高中校园舞会，一位男生色眯眯地盯着小碧的胸部，然后邀请小碧跳舞，佩克此时并未离开舞台，依然凝神注视着小碧的身体。在这三场戏，剧作家有意模糊事件之间的边界，集中地表现了他人对小碧女性身体的"凝视"。在回忆情境中，小碧置身于多重时空之内，深刻感受到家庭和社会中无处不在的"男性凝视"。

"时空并置"还指现实时空与心理时空的并置，具体表现为身处现实的成年小碧与回忆中的人物并置。例如，临近故事结尾，小碧在舞台上讲述她与佩克分手之后佩克如何自甘堕落，借酒浇愁。在她叙说的过程中，佩克也出现在舞台上，一杯接一杯地喝闷酒。在小碧讲述佩克从楼梯上摔下不幸离世的经历时，在另一个表演区的佩克这时"双手前伸——几乎像是超人在飞翔"（Vogel，1998：85），既表演了他摔下楼梯的动作，也指向台词中多次出现的悲情人物"飞翔的荷兰人"（Flying

Dutchman）的隐喻。舞台上的佩克不过是小碧的心理影像，他的现身让小碧的叙述更加生动，也丰富了佩克的人物塑造。这一类"时空并置"更多地体现在小碧的"跨层"（metalepsis，又译"越界"）行为上。在回忆场面进行中，小碧频频跳出被叙述层次，进入叙述行为层，补充细节，评价是非。剧中的"跨层叙事"消解了现实与回忆之间的边界，展示了叙述者小碧对回忆叙事的掌控能力和丰沛的情感。

《那年我学开车》的片段式叙事结构，显然跟故事的"创伤记忆"（traumatic memory）主题是分不开的。凯茜·卡鲁斯（Cathy Caruth）将创伤界定为："对于突如其来或灾难性事件的一种压倒性的经历，其中对于这一事件的反应往往是延宕的，无法控制的，并且通过幻觉或其他侵入的方式反复出现。"（Caruth，1996：15）虽然距离创伤经历近20年，成年小碧脑海里却无时无刻不被创伤记忆所侵扰。"创伤"一直都在，但她却不知如何讲述，因此整出戏剧观众几乎听不到小碧讲述创伤事件及其细节；而舞台为她呈现无法言说的创伤记忆提供了绝佳媒介。虽然创伤经验无法被完整地认知，造成了记忆的无序和断裂，但这种结构形式可以让观众充分感受到成年小碧复杂纠结的心理和情感。

为了从创伤回忆中走出来，成年小碧努力在回忆中寻觅某种便于理解的逻辑，试图与自己和解，寻求解脱。所以，不难发现，在看似凌乱的情节安排上，主要事件基本上是以"倒叙"的逻辑进行排列，虽然其间穿插了一些其他时空的场面，但回忆场面从小碧17岁开始基本上由近及远，不断回溯到小碧11岁被姨父性侵的创伤场面。换言之，观众跟随小碧的视角，从她的17岁慢慢地向前抽丝剥茧，一步步地揭开她少女时期的阴影。

之所以将11岁小碧经历的创伤事件安排在最后一场戏，而不是按照时间先后顺序安排在叙事开端，反映出剧作家的巧思。一方面，性侵是一件令人难以启齿的创伤性事件，具有"延迟性"，创伤的不可言说决定了小碧讲述的困难。这种不断回溯的叙事结构"迂回曲折"地展现了"创伤"带给女主人公的影响。我们跟随女主人公的回忆一步一步逼近事实的真相，符合小碧创伤心理机制。另一方面，如此情节设计还考虑到观众对性侵儿童这个禁忌话题的接受。将性侵儿童场面置于最后一幕减少了对观众的刺激和冒犯，缓冲了这一敏感题材对观众心理的冲击。

值得一提的是，《那年我学开车》这种片段式的情节铺陈还彰显了沃格尔的女性主义戏剧创作理念。沃格尔十分喜欢弗拉基米尔·纳博科夫（Vladimir Nabokov）的《洛丽塔》（Lolita），但小说中的男性视角限制了洛丽塔的声音，因此沃格尔选择从女性视角和声音出发，重新审视这段不伦之恋，彰显女性的主体性存在。此外，《那年我学开车》也是对戴维·马麦特（David Mamet）的《奥丽安娜》（Oleanna）中"对性骚扰主题的不平衡呈现"的回应（Mansbridge，2014：123）。同为"性骚扰"主题的《奥丽安娜》符合亚里士多德所推崇的有机整体情节观，从某种意义上呈现出男性话语特征，这让沃格尔感到不满。对于性侵主题，线性叙事难以有效地言说女性的创伤体验和复杂情感。《那年我学开车》按照创伤回忆逻辑进行情节建构，采用意识流式的场面转换，生动反映了女主人公的创伤心理，还原了女性创伤主体的真实心理状态，从而消解了男性主导的线性叙事结构，是对男权话语的抵抗，增强了女性话语能动性。另一方面，在回忆逻辑统摄下的非线性叙事消解了"因果性"的情节结构，观众"被迫"加入对情节的建构过程中。正如叙事学家布莱恩·理查森（Brian Richardson）所言，碎片化情节"要求读者对碎片进行组装，更有意识更专注地将情节序列组成一条真正的情节"（Richardson，2019：64）。换言之，这种叙事结构就是要让观众感到"不舒服"，如同反向推理的侦探故事一样不断逼迫（男性）观众思考"性侵儿童"这一敏感话题。

正如剧名"那年我学开车"所示，剧作家将小碧的创伤记忆与汽车意象紧密联系在一起，"开车"成为整出戏剧叙事结构的隐喻。从戏剧开场钥匙启动汽车声音开始，观众跟着小碧完成了一次时光回溯的旅程。小碧从一开始在汽车里处在被支配的位置，遭受姨父佩克骚扰，到她最终学会开车，在两性关系中掌握主动，完成了精神成长和蜕变。对小碧而言，汽车是一种悖论式的存在：既给她带来创伤回忆，让她感受到身为女性的无助和无奈，同时也给她带来了自由，实现精神成人。戏剧结尾，面对观众讲完故事之后，小碧钻进车里，即将开启一段新旅程。舞台指示如此写道："就在小碧调节后视镜时，一道微光照着坐在汽车后排的佩克姨父的魂灵。她在镜子里看到他。她向他微笑，他对她点头。"（Vogel，1998：92）戏剧结尾之所以出现姨父的鬼魂，是因为小碧无法真正与过去割裂，无法全身而退，创伤的记忆已经留下压痕，再也无法抚平。但不管怎样，手握方向盘、奔向未来的小碧最终还是成了自己人生的主宰。

2　固定式内聚焦叙事：自我救赎与社会批判

作为性侵的受害者和施害者，小碧与佩克之间的矛盾冲突构成该剧的核心情节，也决定性地影响观众或读者对该剧的理解和认知。对于"儿童性侵"这样一个大是大非的问题，人们的基本判断通常是：性侵者无恶不作，面目可憎，人人得而诛之，不值得可怜。但吊诡的是，该剧却反其道而行之，没有将佩克塑造成十恶不赦的反面人物，而是将他打造成一位"父亲般"的人物：风度翩翩，考虑周到，乐于助人，富有同情心。在整个情节中，佩克也几乎没有受到小碧等女性人物的谴责。著名戏剧学者克里斯托弗·比格斯拜（Christopher Bigsby）认为："观众对佩克的态度，对佩克与小碧之间关系的态度，部分原因是该剧破碎的时间线造成的。"（Bigsby，2004：321）这个观点有几分道理，却并未触及问题的实质。观众如何理解佩克，主要在于是谁塑造了佩克这个人物及其背后的叙事意图。不难发现，该剧的戏剧场面基本都是从小碧这位回忆主体的大脑投射到舞台之上。从这个意义上说，塑造佩克的人不是剧作家沃格尔，而是成人后的小碧。换言之，佩克在戏剧场面中的一言一行、一举一动都是发自小碧的"视点"（point of view），是小碧"聚焦"（focalization）叙事的产物。

叙事中的"聚焦"是关于"谁看"（who sees）的问题。这一概念是法国叙事学家杰拉德·热奈特（Gerard Genette）率先提出来的，分为"零聚焦"（zero focalization）、"内聚焦"（internal focalization）和"外聚焦"（external focalization）三种类型。传统写实剧大都采用"外聚焦"模式，即舞台上所呈现的叙事内容严格限定于人物的外在行为、语言以及外部环境。观众只能凭借人物语言、动作和表情来判断人物的心理活动，而无法"探察"人物的内心世界。《那年我学开车》则采用了"内聚焦"模式，即从主人公的有限视角出发，在舞台上呈现人物所看到的事件与情境，观众所见即人物所见所感的世界。所有的场面都被聚焦者的眼光而凝聚，被聚焦者的眼界而界定。在《那年我学开车》中，小碧既是"聚焦者"（focalizer），也是作为主人公出现在大部分的戏剧场面中，成为"被聚焦者"（focalized）。她的姨父、至亲以及其他次要人物都是"被聚焦者"。小碧的"聚焦者"身份使该剧如同一出"单人剧"（monodrama）。回忆场面中的人物不过是她大脑中的影像而已，所有的过往事件都经历了主人公小碧眼睛和大脑的过滤，打着聚焦者当下情绪的印记，人物行动是经过主体情感浸泡的心理活动内容。在内聚焦模式下，成年小碧如同是导演，对场面架构和人物塑造具有完全的操控。

内聚焦叙事能折射出聚焦者的心理情绪，有效地引导观众的理解和认知。这在开场和结尾两个性侵的场面戏中就有体现。戏剧开场的第一个场面，小碧与佩克待在车里。佩克暗示想要跟她亲热，小碧被逼无奈只好答应。但有意思的是，在整个动作场面中，两人没有任何眼神的交流，也没有发生任何身体触碰，而是并排坐着望向观众。佩克双手伸到胸前，"用两个拇指轻柔地在他身前画同心圆"，还"如同祈祷一般俯下头，实质上是在表演吻她的乳头"（Vogel，1998：12）。这个"哑剧"场面创造性地演示了佩克对小碧的性胁迫，再加上全程都是由扮演成年小碧的演员表演，巧妙地消解了观众的尴尬和紧张。怪异的身体动作产生出陌生化效果，迫使观众以一种超然的态度进行审视；更重要的是，如此表演是聚焦者小碧有意"弱化"的结果，是她个人能够接受的呈现方式，展示了创伤记忆的不可言说性。

另一个性侵场面在戏剧结尾处出现，因艺术化的处理而变得更有意味。该事件发生在1962年夏天，是11岁小碧的第一次驾驶课。因为她个子太矮，佩克让她坐在他的膝盖上，他负责油门和刹车，小碧负责方向盘。在开车的过程中，佩克无耻地对小碧的身体进行猥亵。有趣的是，小碧只用身体表演，全程没有发声，替她发声和说话的是一个歌队的成员。这种将身心分离的"哑剧"形式，与开场场面相似，可以有效缓解观众的紧张感。同样重要的是，成人小碧以一种不掺杂感情的超然态度来呈现这些场面，是她应对创伤记忆的一种叙事策略。在这一幕结束的时候，成年小碧如此评价道："从那天起，我选择脱离我的身体，躲到我的大脑里，从此生活在我脑中的那团'火'中。"（Vogel，1998：90）这是小碧第一次遭受佩克性侵，是一段让她刻骨铭心的记忆。聚焦者借助将身体与心灵分开的表演策略，仿佛遭受性侵的不是她自己的身体，缓解了内心承受的重压。

作为聚焦者，小碧策略性地呈现了创伤记忆的例子，可以说贯穿全剧，在人物搭配、情境设置和风格呈现等方面都有所反映，这也从一个侧面反映出成年小碧的创伤叙事意图。从人物组合的角度而言，该剧的回忆场面可以大致分成两组交替出现的场面：一组是小碧与佩克独处的场面，构成主要情节；另一组则是小碧与亲人（包括妈妈、外公和外婆）和同学的场面，构成次要情节。这两组场面都是从成年小碧视点出发建构而成，却在风格特征上形成鲜明对比。

佩克是伤害小碧的性侵犯，让她一直无法释怀，但在她的大部分回忆中，他更像是一个有着人性温度的"悲剧性人物"。在小碧的家族里，只有佩克在乎小碧内心的真实想法，对小碧表现出了真正的关心。在小碧孤独、无助、悲伤的时候，佩克总会出现在她身旁。他乐意与小碧亲近，还有一个原因：他也有过"创伤经历"，渴望在小碧那里获得疗愈。佩克参加过二战，因目睹过战争的残酷而遭受创伤，常常借酒浇愁，最终酗酒成性。他要找到让自己活下去的动力。在与少女小碧约定一周见一面之后，佩克决定不再酗酒。小碧成为他的生活寄托，给了他力量和希望，仿佛让他重获新生。但在小碧18岁生日的时候，她决定与姨父分手。小碧的决绝使他仿佛坠入万劫不复的深渊，又重回酗酒的老路，活得如同行尸走肉一般，没多久便死于非命。著名戏剧理论家帕特里斯·帕维斯（Patrice Pavis）认为："悲剧"具有三大元素——"精神净化（catharsis），即通过引起恐惧与怜悯来净化激情；过失（hamartia），即主人公引发导致他毁灭的过程的行为；傲慢（hubris），即主人公不顾警告坚持到底并拒绝放弃的傲慢与固执"（Pavis，1998：414）。可以说，关于佩克的场面集齐了这三大要素：佩克不顾社会法律和道德律令的约束，迷恋天真、青春、性感的生命，如同俄狄浦斯王一样犯下了乱伦之罪，还执迷不悟，深陷其中而不能自拔，最终走向自我毁灭。他为情而死的结局将悲剧情绪推到极点，很难不引起观众的共鸣和同情，在激起怜悯和恐惧的同时，实现对这些情感的净化。

除了凸显佩克的悲剧性，聚焦者小碧还借助现实主义风格来影响观众对佩克的认知。除了两个性侵场面之外，佩克与小碧还出现在多个戏剧情境，大都表现出"写实主义"叙事特征。成年小碧对这些地点都有较为细致的描述，严格按照生活逻辑组织场面，客观真实地再现了两人交往的场景，仿佛在观众与舞台之间设置了第四堵墙，制造出逼真的生活幻觉。两个人物的表演风格自然松弛，符合斯坦尼斯拉夫斯基现实主义戏剧理念。因此，在现实主义手法的加持下，观众更容易认同剧中人物，与人物共情，更容易感受到佩克的"悲剧性"。

与佩克悲剧叙事形成鲜明对比的是，其他人物（小碧的亲人和同学）出现的场面却带有几分"喜剧叙事"特征。这些人物没有真实的名字，性格单一，台词滑稽可笑，举止夸张荒诞，缺少人性的维度，可以被看作是"类型化人物"。戏剧场面的喜剧性关键在于"喜剧情境"的成功营造。不难发现，这些人物的日常对话和动作都是围绕"性事"展开，营造出非逻辑性的反常情境：小碧的外公是个好色之徒，毫无道德底线，还满脑子性别偏见，在家里不停地嘲讽小碧的身体和智商；小碧的外婆饱受外公的欺凌，却无意反抗；小碧的母亲看着小碧被外公当众羞辱，却坐在饭桌前嘲笑她敏感；小碧的男女同学在各种场合（教室、淋浴室和舞厅）对小碧的身体做出各种侮辱性的荒唐举动，毫无羞耻感。这些次要人物的言行举止无不在传递"男尊女卑"的男权意识，无时无刻不提醒小碧服膺男性权威，接受"性客体"的被动角色。这些滑稽可笑的扁平人物不断压抑她的女性意识，指向了造成小碧创伤经历的社会文化语境。

在表现这些喜剧性场面的过程中，聚焦者巧妙地融入了布莱希特史诗剧的叙事手段，制造出间离效果。根据剧作家的安排，所有次要人物都是由三个歌队演员扮演。他们一人饰多角，年龄和身份反差极大：歌队男成员在剧中扮演外公、侍者、高中男生；歌队女成员扮演母亲、玛丽姨妈、高中女生；歌队少女则扮演祖母、高中女孩、11岁小碧的声音。这些演员与人物之间不确定的关系，使人物形象持续陌生化，很难不让观众出戏，有效阻止了观众对角色的认同。此外，剧中某些喜剧性场面也充满了间离效果。例如，在一场家庭戏中，母亲提及自己失败的婚姻，跟外婆争吵起来，外公也无理取闹，加入争吵。小碧忍无可忍，从场面中跳出，这时三人身体毫无征兆地突然僵住，表演中断，定格在张嘴吵架的造型。小碧对着观众发表了一句评论之后，这三人又突然动了起来，滑稽地唱起20世纪60年代的流行小调，"三个人的歌声融成了轻柔和谐的三重唱"（Vogel，1998：45）。歌队的滑稽表演阻断了观众对小碧母亲的共情，打破了剧场里的悲剧气氛，将观众从剧情中拉回现实，恢复理智，成为旁观者。值得一提的是，在小碧与姨父对话的过程中，小碧几乎不会越界到叙述层发表评论；而在喜剧场面里，小碧时不时地跳出场面，以成人小碧的身份向观众讲话。小碧频繁在两个叙事层面跳进跳出，打破了舞台幻觉，为观众提供了布莱希特所倡导的批判性距离。

回顾沃格尔的戏剧创作，美国学者大卫·萨夫兰（David Savran）颇有洞见地指出："沃格尔笔下的女性都是戏剧家，试图通过创作摆脱困境，写出更有创意、更丰裕的生活。就像沃格尔本人，她们努力重写她们经历的场面，来纠正压迫的历史。"（Savran，1998：18）《那年我学开车》中的成年小碧便是这样一个富有创造性的"剧作家式人物"。由她主导的"内聚焦叙事"对我们理解剧中的人物塑造、人物关系以及文本主题有重要的启示。

一方面，佩克的悲剧叙事是成年小碧修复创伤记忆，完成自我救赎的手段。小碧并非有意进行"不可靠叙事","浪漫化"地处理与施害者的关系。准确地说，如此聚焦叙事，目的是引导观众不要根据心理预设对人物进行简单的道德判断，而是要超越二元对立思维，重新审视和理解人性、宽恕、救赎等主题。这一点在成年小碧的个人叙述中就能见到端倪。戏剧开场，小碧描述17岁时的自己"很世故，愤世嫉俗，玩世不恭，看透一切"（Vogel，1998：7-8）；等到戏剧结尾，成年小碧称当下的自己已经成长为"一个成熟的女人"，并且"发现自己相信了年少时自己绝不相信的事情，比如家庭和宽恕等等"（Vogel，1998：91）。小碧的转变表明，她对佩克偏正面的回忆意味着，这一段段回忆不是为了凸显性侵的可怕和丑陋，而是一个自我疗愈的过程，也是反思自我的过程。她从爱和共情的角度来讲述这段故事，试图将创伤转成宽恕而不是仇恨，从而抚平创伤，与自我和解，更好地继续前行。

另一方面，通过将喜剧场面与悲剧场面、扁平人物与圆形人物并置，不仅映衬出佩克的复杂性和悲剧性，更重要的是，通过陌生化手法，引导观众探究她的不幸遭遇背后的社会和文化原因，冷静审视并抵制具有"恋童癖"和"泛性化"倾向的美国大众文化，实现了社会批判的功能。

3　复调叙事：多元声音与人性危机

"叙事性"是叙事学研究的核心命题，也是戏剧叙事研究的关键命题。在众多戏剧类型中，"回忆剧"展现出较高程度的叙事性，"也许是叙述行为在舞台上最常见的呈现"（Richardson，2001：682）。对叙事性这个抽象概念的理解，可以从"叙事声音"（narrative voice）的角度有效切入。"叙事声音"是关于"谁说话"（who speaks）的问题，"提供有关谁'说'的信息，叙述者是谁，叙述场合是由什么构成的"（普林斯，2016：243）。作为一部经典回忆剧，《那年我学开车》含有多重叙事声音，发挥了不同的叙事功能，呈现出"复调叙事"的特征。

戏剧伊始，舞台上响起一句话："汽车驾驶教育：安全第一。"（Vogel，1998：7）这并非小碧的声音，而是来自一个"只闻其声不见其人"的"画外音"。"画外音"贯穿于整出戏剧，在剧本中以"小标题"的形式出现，起到了场面分割的作用。虽然没有具象的身体，但这"画外音"相当于一个"隐性叙述者"（covert narrator）或"框架式叙述者"（frame narrator），严格说是"全知型故事外叙述者"（omniscient extradiegetic narrator），具有某种权威性。画外音时常发出学车时常会听到的教学指令，构成了该剧第一层次的叙事声音。这些指令似乎是随机给出的，实则不然，对推动情节、建构主题等方面都发挥了重要的作用。

在情节架构上，场面之间的转换主要以"画外音"连接完成。这些"画外音"如同情节设置的开关，具有生成随后的事件的叙事功能。当响起"把车挂到一挡"

"把车从一挡挂到二挡"的画外音时，预示着随后剧情将按照时序向前发展；当响起"把车挂到后退挡"的画外音时，则预示了剧情会按照时间顺序反向发展；当响起"把车挂到空挡"时，则表明叙事时间停滞下来，随后发生的是不会左右情节变化的事件，而是与主题相关的插叙或个人独白。以汽车驾驶时换挡、倒挡、空挡作为情节转换信号，引出小碧少女时期的片段经历，可谓是一个设计巧妙的情节手法。

更重要的是，画外音指令将小碧的创伤记忆与跟佩克学开车等经历联系在一起，发挥了"预叙"的功能，预先通知即将发生的危险情境。例如，舞台上响起："汽车故障。即使你精心保养维护你的汽车，意外故障还是难免，当故障出现时，不管你车速快慢，你必须减速并停靠路边。"（Vogel，1998：30）随后，舞台上出现的一幕是16岁小碧醉酒后的场面。未成年小碧在酒店喝醉之后，佩克将小碧扶进车里，嘘寒问暖，好不体贴，但内心蠢蠢欲动，想占小碧便宜。小碧头脑中还保留半分清醒，最终没有让佩克得逞。再如，情节中段，舞台上响起了一句很长的画外音："防卫性驾驶是指在危险和突变的驾车境遇中保护自己。有心理准备的防卫性驾驶者能够适应天气、路况和车祸。好的防卫性驾驶包括心理和生理的准备。你准备好了吗？"（Vogel，1998：51）紧接着是发生在校园里的三场戏：小碧因为丰满的胸部而在校园三处地方遭到男女生的戏弄和羞辱。"你准备好了吗？"也随着场景的转换响起了三次。这些画外音隐喻性地揭示了随后场面的矛盾冲突，也提示了女主人公该如何应对。从某种意义上说，这些画外音仿佛由成年小碧发出，是她回顾过往创伤经历时收获的道德教训，也是她在给观众"上课"时想要分享的内容。值得一提的是，在画外音响起的时候，舞台屏幕上还常常伴随与汽车相关的交通标识（如"禁止通行""有儿童经过""危险的弯道"等），利用图像符号加深观众对片段内容的理解。

简言之，剧中的"画外音叙事"位于"超叙事层"，将小碧的创伤记忆与学车经验紧密勾连，将不同的回忆场面连缀起来，提示观众情节的走向，起到点拨观众的作用。

除了画外音之外，剧中出现了多个叙述者人物，丰富了戏剧的叙事层次。作为主叙述者，小碧的叙事声音几乎贯穿全剧，成为"言说的主体"，掌控了整个叙事进程。她面对观众，诚恳地讲述她的创伤记忆。她坦陈佩克的变态情欲，分析了佩克的隐秘心理。她还讲述了这段创伤经历所带来的负面影响：她染上酗酒恶习而被大学开除，还陷入绝望，曾在开车时想要自寻短见，"脑中想着只要方向盘稍偏一下，我就一了百了"（Vogel，1998：21）。对于亲人们对女性的不敬之词和举动，她爱憎分明，经常从回忆场面中跳出，尖锐地进行评判，表达女性立场。例如，在家庭晚宴的场面中，在外公、外婆和母亲的对话过程中，小碧有7次逾越叙事层次，暂停故事时间，以成人小碧的身份就外公充满性别歧视的言行进行批判。从某种意义上说，剧中所有的回忆场面都可以看作是她叙述的内容，通过被回忆人物在舞台上的即时表演，将内心情感展示给观众。

在研究大屠杀幸存者时，著名学者肖莎娜·费尔曼（Shoshana Felman）发现："幸存者不仅要幸存下来讲故事，他们也需要讲故事来得以幸存。"（Felman et al.，1992：78）这句话也同样适用于"讲故事"的幸存者小碧。她之所以选择"直面观众讲话"（direct audience address），是因为家中亲人们无法信赖，也无人愿意倾听她的心声。过往的各种记忆和情绪压抑在心中无处宣泄，她只能对着观众诉说，否则无助于疗愈创伤。更重要的是，小碧没有选择忘记，更没有否认过往的不堪，而是通过叙述和回忆直面各种创伤经历。与其说小碧是在对着观众叙述，倒不如说是在对着自己叙述，直面自我，剖析内心。

"见证"在创伤叙事中具有深刻的伦理内涵。正如戏剧导演蒂姆·埃切尔斯（Tim Etchells）所言："见证事件的发生就等于是以某种伦理的方式出现在现场，感受事物的重量以及自身在其中的位置，即使那一刻是以观者的身份出现在那个位置。"（Etchells，1999：17）小碧面对观众讲述过往经历，观众自然扮演了"受叙者"的角色。面对一位"受害者"或"幸存者"的诉说，观众如同陪审团，必须认真聆听，观众的在场加强了证词的真实效果。这种"直面观众"的表演模式打破第四堵墙，拉近了观众与人物之间的距离，创造出一种平等沟通的氛围，能够触发观众对叙述者的认同，产生情感上的共鸣。

值得注意的是，剧作家沃格尔没有"厚此薄彼"，只呈现成年小碧一人的叙事声音，还让佩克姨父和玛丽姨妈独立于小碧记忆之外，各自演绎了一大段内心独白。在佩克和小碧在酒店用餐那场戏之后，佩克走到舞台中央完成了一段标题为"佩克姨父教表弟鲍比怎样钓鱼"的独白。根据佩克隐晦的语言，我们从这段独白中得知一个重要秘密：佩克曾经性侵过小碧的表弟鲍比。值得注意的是，这段独白还巧妙揭示了佩克细腻的内心情感。在前一场酒店聚餐的戏里，小碧询问佩克是否打算回南卡罗来纳州老家定居，佩克表达了对年久失修的老宅和喜欢唠叨的老母的不满，流露出对家乡的疏离感。而在独白中，他对着不在场的鲍比，袒露心迹，明确表达了思乡之情。他思念家乡的一草一木，尤其思念在家乡垂钓的感觉："我十分怀念钓鱼。乡间洼地有一种气息——沼泽地和水湾交汇流入海洋——沙滩与柏树的香味，这种感觉无处可寻。"（Vogel，1998：34）他随后绘声绘色地讲解了在河边钓鲳鱼的过程，展现了他细腻、敏感的一面。通过独白形式，作者赋予佩克以话语自由，使佩克的人物形象更加复杂和立体。而酒店场面与佩克独白的交替出现，凸显了两种叙事话语的矛盾之处。虽然这处矛盾不会影响剧情的发展，但会让细心的观众感到困惑，对小碧叙事的真实性产生怀疑。

接近戏剧结尾，玛丽姨妈的一大段独白，会进一步增加观众的这种疑感。在小碧回忆的一场家庭戏中，外公在众人面前羞辱小碧的身材之后，小碧心生怨恨，夺门而出。玛丽姨妈觉得老公"很会跟这个年龄段的孩子们相处"(Vogel，1998：19)，遂嘱托佩克赶紧去安慰小碧几句。从这段情节不难看出，玛丽姨妈似乎并不知情佩克与小碧之间发生了什么。但在以"玛丽姨妈谈她的丈夫"为标题的大段独白里，玛丽姨妈却讲述了一段与小碧记忆相悖的情节。她面向观众先是强调丈夫佩克是个模范丈夫，家里家外都很能干，然后讲述了佩克身受战争创伤的困扰，接着话锋一转，对着观众表示自己已经知道小碧与佩克之间的"秘密"，还说"我明白这事关系到我外甥女，小姑娘诡诈得很。她心里清楚她干的好事；她的小指头绕得佩克团团转，还自以为天大的秘密。"(Vogel，1998：67)在姨妈的叙述里，佩克是世上少有的居家好男人，而小碧则无耻地勾引了她的丈夫。姨妈在这里成为一个言说主体，与小碧展开了思想的交锋，大有要颠覆小碧整个回忆叙事的架势。

虽然成人小碧是主叙述者，但佩克和姨妈与她隔空对话，构成了某种"对话关系"。他俩的叙事声音、小碧的叙事声音再加上画外音叙事声音相互比照，互相映衬，使戏剧具有了"复调性"特征。所谓"复调叙事"(polyphonic narrative)，指"以数种声音、意识或世界观的相互作用为特征的叙述，其中任何一项都不会统摄或者优于另一项（比其他项具有更强大的权威）"(普林斯，2016：45)。"对话"是戏剧艺术的一个主要特征，但以对话为主要内容的戏剧文本并不一定具有"对话性"，因为人物之间的对话可能统摄于某种统一性的声音。在《那年我学开车》中，剧作家沃格尔没有试图建构某种权威叙事声音，没有将人物的人格简单化处理，没有直接对人物进行道德评判，赋予人物以绝对的自由，让人物自己开口讲话，让多种叙事声音并置出现，展现性侵话题的复杂性。他们在剧中各抒己见，各执一词，各自的声音和意识互不融合，形成多个声部。对于谁对谁错，观众似乎无从得知，也无需知道。通过复调叙事手段，沃格尔揭示了多重人格的可能性，探究了"儿童性侵"问题的模糊性和复杂性，提出一个引人深思的问题：小碧的不幸到底是谁的错：是佩克的错？还是小碧的错？还是原生家庭的错？抑或是全社会的错？剧中的"复调叙事"不仅仅是一种叙事手段，还折射出作者对人性的洞察，表现出作者对她笔下人物的尊重，对观众的尊重。

4 结语

在回忆剧《那年我学开车》中，沃格尔从女性的独特视角出发，借助回忆叙事的碎片化结构，生动展现了女主人公创伤回忆的不可言说和女性意识的觉醒，展现了遭受性侵的少女坎坷曲折的心路历程；该剧还从主人公视点出发，通过将悲剧性人物与喜剧性人物并置，将不同戏剧风格相融，营造出别具一格的叙事效果，进而重新审视和建构创伤经历中的人物关系，赋能女主人公修复创伤，实现自我和解与救赎，并对具有"恋童癖"和"泛性化"倾向的美国大众文化进行批判；借助复调叙事，跳出单一的叙事声音，真实地再现了人类心灵世界悖论式的"复调"状态，建构出一个富有张力的开放文本，邀约观众参与作品意义的建构，思考戏剧作品在更高层次上的整体性思想意蕴。这也许正是沃格尔匠心独运之处，也是这部戏剧在过去二十多年里能够拥有持久艺术生命力的秘诀。

参考文献

普林斯，2016. 叙述学词典[M]. 乔国强，李孝弟，译. 上海：上海译文出版社.

申丹，王丽亚，2010. 西方叙事学：经典与后经典[M]. 北京：北京大学出版社.

亚里士多德，2012. 诗学[M]. 陈中梅，译. 北京：商务印书馆.

Bigsby C, 2004. Contemporary American playwrights[M]. Cambridge: Cambridge UP.

Caruth C, 1996. Unclaimed experience: trauma, narrative, and history[M]. Baltimore: The Johns Hopkins UP.

Etchells T, 1999. Certain fragments: contemporary performance and forced entertainment[M]. London: Routledge.

Felman S, Dori L, 1992. Testimony: crises of witnessing in literature, psychoanalysis, and history[M]. New York: Routledge.

Mansbridge J, 2014. Paula Vogel[M]. Ann Arbor: U of Michigan P.

Pavis P, 1998. Dictionary of the theatre: terms, concepts, and analysis[M]. Trans. Christine Shantz. Toronto: U of Toronto P.

Richardson B, 2001. Voice and narration in postmodern drama[J]. New literary history, (3).

Richardson B, 2019. A poetics of plot for the twenty-first century[M]. Columbus: The Ohio State UP.

Savran D, 1998. Driving Ms. Vogel[J]. American theatre, (8).

Schwanecke C, 2022. A narratology of drama[M]. Berlin: De Gruyter.

Vogel P, 1998. The mammary plays[M]. New York: Theatre Communications Group.

作者简介

赵永健，浙江工商大学外国语学院副教授。主要研究领域：当代英美戏剧。电子邮箱：michael_zyj@163.com。

余美，浙江工商大学外国语学院讲师。主要研究领域：英美文学。电子邮箱：yumeilisa@126.com。

（责任编辑：陈丽）

"食"与"被食":科尔森·怀特海德《第一区》中的僵尸与食物隐喻*

摘　要: 科尔森·怀特海德的《第一区》以敏锐的洞察力呈现了在僵尸瘟疫肆虐之下,纽约人陷入食物匮竭和精神衰退的生存景观。作为社会批判和隐喻投射的有力工具,僵尸这一后人类想象被用来抨击工业文明时代的消费和暴食现象,预演了终极危机下资本主义体系的崩溃。"食人"僵尸是西方胃口的化身,它在这个末日世界里指向"吃什么""谁吃谁"的伦理命题。由于它逆转了传统食物链,食物网络所象征的社会秩序之茧被刺破,西方社会的治理逻辑也被瓦解。幸存者的精神焦虑反映了更广泛的社会病态,揭示了白人霸权框架下的种族主义机制。小说将饮食行为与资本主义弊病和种族政治联系起来,反映了作家对21世纪纽约的内部冲突及其生发原因的深刻思考。

关键词: 科尔森·怀特海德;僵尸;食物;末日想象;种族政治

Eat or Be Eaten: Zombies and Food Metaphor in Colson Whitehead's *Zone One*

Huiying Liang

Abstract: Colson Whitehead's *Zone One* presents a keenly observed landscape of human existence where people suffer from hunger and mental deterioration in the aftermath of the zombie plague that ravages New York. Zombie, as a posthuman imagination, serves as a social critique and metaphor. Whitehead criticizes the crazy consumption and diet of industrial civilization and foreshadows the collapse of the capitalist system under the ultimate crisis. The cannibal zombie in the novel is a phantom of Western appetite, which addresses ethical issues on "what to eat", and "who is to be eaten" in a post-apocalyptic

---

* 本文系苏州大学重大基金项目"21世纪美国族裔文学研究"(项目编号:22ZD005)和江苏省研究生科研与创新计划项目(项目编号:KYCX23_3217)的阶段性研究成果。

world. As the zombie disrupts the traditional food chain, the cocoon of social order symbolized by the food grid is broken. What follows is the collapse of the logic of governance in Western society. The survivors' individual mental anxiety reflects more social maladies in a broader sense, which exposes the mechanism of racism within the framework of White sovereignty. Moving the focus from dietary behaviors to the ills of capitalism and the politics of race, the novel reveals Whitehead's profound awareness of internal conflicts and associated causes in 21st century New York.

Keywords: Colson Whitehead; zombie; diet; apocalypse; racial politics

    非裔美国作家科尔森·怀特海德（Colson Whitehead）的后启示录僵尸体小说《第一区》（*Zone One*）一经出版便荣登《纽约时报》（*The New York Times*）畅销书排行榜。小说以美国纽约爆发的僵尸瘟疫为背景，主要讲述了主人公马克·斯皮茨（Mark Spitz）和其他平民志愿者们在曼哈顿下城区清理残存僵尸，以及临时政府如何组织文明重建的故事。尽管故事只发生在三天的时间内，但跟随斯皮茨的闪回记忆和深入反思，读者能够了解瘟疫前后的社会运作机制和城市的本质属性。目前学者们着力挖掘怀特海德采用僵尸体叙事的缘由，莱夫·索伦森（Leif Sorensen）认为僵尸叙事彰显了危机主题，鉴于"政治和经济话语中普遍存在的未来主义与人类生存的不稳定性之间的张力"，作家呈现残酷的世界末日图景旨在反驳当代文化中的未来主义承诺（Sorensen，2014：559）；艾利卡·索拉佐（Erica Sollazzo）则探讨了作家如何利用僵尸寓言进行资本主义批判，曝光了企业如何影响政府的民主议程、导致人类的异化以及城市的绅士化进程（Sollazzo，2017：457）。上述研究虽然都讨论了《第一区》的僵尸体叙事，但尚未提及贯穿该小说的食物意象，也少有结合"食"与"被食"的饮食逻辑深入剖析僵尸与幸存者之间的关系隐喻。那么怀特海德为何要在僵尸叙事中加入食物的特写镜头？在资本主义语境和种族政治语境下，我们该如何审视食物以及饮食行为？事实上，食物成为承载记忆情感的重要载体，小说在回忆与现实的交织叙事中完成了对末日前城市景观的拼贴。僵尸的"食人者"形象不仅是西方食欲的历史化幽灵，它在末日世界也指向"吃什么""谁吃谁"的伦理命题，引发人类对自身主体地位和黑白种族关系的重新思考。本文将从"僵尸"这一后人类想象之物入手，探讨小说如何结合僵尸形象及饮食行为来揭示资本主义制度下的大众焦虑和社会危机，分析僵尸的"食人"行为如何逆转了传统饮食链继而颠覆了资本社会的统治秩序，并借由"被食者"的精神焦虑症考察白人主权者权力框架下的种族主义机制。

1 僵尸隐喻与资本主义批判

近年来，关于"后人类"的讨论主要集中在控制论技术和人工智能领域，其中赛博格（cyborg）被认为是后人类技术的典型。哈拉维（Haraway）认为"赛博格是一种控制论有机体，一种无机机械和有机生命的杂合体，它是社会现实的造物，同时也是虚构的造物"（Haraway，2016：5）。这种杂合体试图通过含混的边界和开放性特征重构人与机器之间的关系，以解决主客体二元对立的问题。另一种与之相似的后人类想象之物——"僵尸"则是集体想象与物质现实的生成物，它的出现动摇了人类"主体性"的神坛地位。赛博格作为"后人类"是种有意识的存在，它失去了身体却保留了自由人的主体地位；但僵尸却是种无意识的存在，它没有调和主客体间的矛盾，而是直接摒弃了主体地位。"僵尸不可调和的身体（活人和死人）曝光了主客体辩证关系的逻辑缺陷，它以自我否定的辩证法表明，真正变成后人类的唯一途径是成为反主体。"（Lauro et al.，2008：87）无论是僵尸还是赛博格，它们都对人类及社会特征提出了尖锐而持久的批评。两者成为空洞的能指，需要意指的填充。"僵尸在科幻小说中已成为赛博格生物技术的等同物，它们表达了同等的焦虑，履行了相似的文化功能。"（Knickerbocker，2015：59）怀特海德笔下的僵尸形象不仅反映了人们对无节制消费欲望的集体焦虑，同时也成为资本主义危机的具身化存在。

怀特海德在小说中结合食物意象与僵尸隐喻来阐释工业文明时代大都市病态的消费行为。充满快餐和垃圾食品的世界末日景象往往出现在以僵尸为题材的电影和作品中，《第一区》也不例外。小说中屡次出现的食物，包括苏打水、薯条、汉堡等快餐，都是美国现实生活的写照。"无论是咀嚼薯片、吞食巨无霸，还是啜饮苏打水，食物被用来减轻饥饿感、缓解焦虑、提供所需的咖啡因、打发日落和日出之间的时间。"（Fahy，2018：5）在饥饿感的驱使下，僵尸化身为无意识的食人者形象，它影射了贪婪的消费者和无节制的消费主义。例如，小说中拖着前人类躯壳、抵挡不住资本主义物品诱惑的僵尸群徘徊在纽约的大型购物广场周围，它们会被百货商店橱窗里某个早被拆除的陈列品迷住。很显然，"出于习惯"游荡在购物中心的僵尸"重复了以前的自我行为"（Zimbardo，2014：275）。它们以无意识的方式通过肢体表现出了生前的消费习惯，证明了这些行为早已在它们的大脑中形成并固化。除此之外，僵尸的嗜血暴力也映射出人类的食肉行为。小说以"玉米"培育基地暗示了素食主义，但素食主义不仅仅是一种以素食替代肉食的饮食习惯的转变，它是通过食物选择形成的某种现代身份，即拒绝无意识的、本能的和狂热的食物消费。"在世界末日的食品文本中，肉类包装工业和西方工业化国家以肉类为中心的饮食习惯是造成环境恶化、全球粮食短缺和医疗问题的最主要原因。"（Newbury，2012：107）僵尸病毒的超速传播和僵尸行动速度的加快，都映现了快速加工食品和超速消费的社会现象。

作为资本主义批判史上反复出现的怪物，僵尸反映了"似乎要把整个人吃掉"的经济体系的可怕之处（Newitz，2016：7）。虽然清扫者团队在扫荡僵尸的过程中没有明确表达过饥饿感，但很显然他们的物资严重匮乏，只能靠意外收获的糖果、口香糖和巧克力棒充饥。斯皮茨的饥饿感真实反映在他的梦境中，"这些梦倾向于一种典型的焦虑模式"（Whitehead，2012：107）。他梦见自己回到了熟悉的纽约街头，等待着比萨店烤炉中的意大利香肠。他冲动地在咖啡馆买上一杯豪华组合果汁，尽管他平时讨厌香蕉，但此刻目睹香蕉被扔进果汁搅拌机也毫无怨言。文本中的食物唤起了人们对过去世界的怀念，但也对"新美国的资本主义秩序"提出了批判（Evans，2008：464）。小说人物对食物的渴望以及食物匮乏所引发的恐慌景观，可谓是历史上资本主义危机的真实映照。《第一区》以世界金融之都纽约为背景，其中2008年的金融危机是纽约史上的灾难性事件。金融危机后随之而来的财政紧缩政策导致粮食作物价格迅速上升，数百万美国人受到粮食短缺的影响。经济的衰退导致越来越多的美国民众转向政府寻求食物援助，各州的粮食供应已经满足不了激增的食品需求。在小说中，怀特海德以僵尸体叙事侧面展现了财政紧缩条件下的多种危机表现。"在身体层面上，僵尸展示了旷日持久的危机带给民众的伤害和暴力"，僵尸"开裂的伤口、凌乱的衣服、腐烂的皮肤、无生命的眼睛、死亡的大脑、残缺的四肢、蹒跚的步态"如同垂死的经济体系，缓慢而毫无生机地前进着（Cain et al.，2019：582）。如果我们将僵尸身体的恐怖特征与紧缩政策的非人道结果联系起来，就能联想到那些饱受饥饿的失业人口，或者因工资无法维持生活而陷入贫困的工人大军。"从某种意义上来说，那些在救济站排队或在就业队伍中无果而终的灵魂，就是披着人类外壳的僵尸一般。"（Dendle，2007：46）大规模饥饿所造成的后果不仅仅是经济问题，它与政治稳定也有密切关系。例如，2008年随着股市崩盘和失业率的不断上升，"消费者的购买能力遭到侵蚀，家庭粮食保障受到威胁"，这也导致了当时社会不稳定因素的增加（Himmelgreen et al.，2013：115）。

怀特海德将僵尸这一后人类时代的新形态物种与食物意象相结合，用以抨击资本主义下无节制的消费主义，并预演了终极危机下资本主义体系的崩溃。由于僵尸没有身份、意识和智力，它往往被用来投射隐喻和象征意义。"僵尸隐喻带来一种流动但有模式的符号组合、隐喻链或话语网，它们既被隐喻引导着，又作为隐喻形式的条件。"（Watts，2017：8）作为后人类想象之物，《第一区》中的僵尸刺破了社会焦虑与危机爆发的临界点，将末日前的奢靡消费降格为末日后的资源匮竭，以此拷问资本主义社会的饮食行为以及其中的价值意涵。

2　网格理性与饮食链的逆转

生存主义者秉持的理性信条导致了幸存者与僵尸群之间的激烈对抗。小说以闪回式的记忆片段还原了资本主义社会在住所、日常饮食等方面的纵欲享乐和奢侈靡费，这与严重缺乏食物的末日景象形成反差。为了恢复原社会的统治秩序，水牛城（Buffalo）的临时政府利用城市的建筑网格统一实施食物分配网络。城市网格街道的建立可以追溯到"城市规划之父"——古希腊建筑师希波丹姆（Hippodamus），他提出以方格网的道路系统为骨架，以城市广场为中心，展现出民主平等的城邦精神。在美国工业化和城市化发展的进程中，网格布局的规范化与现代机械技术不谋而合，两者共同促进了当时城市的规划设计，曼哈顿地区就是典型代表。这种网格逻辑被重新植入末日世界的重建工作中，例如，水牛城试图通过清扫工的详细记录来统计僵尸数量，包括僵尸的年龄、特定位置的密度、结构类型、楼层数等，以此来推测彻底清除僵尸所耗费的时间成本。网格系统作为城市的基本机理，满足了统治者规范社会秩序的需要。小说中写道，瘟疫之前，"在任何需要驯服和顺从的人类活动和欲望的地方都有网格的存在，网格真理已经被应用于全国各地的城市"，尽管"这座城市吹嘘自己是个无止境的实体，一个没有限制的网格"（Whitehead，2012：34），但实际上所有人都被困在由网格形成的秩序之茧中。当临时政府计划重启城市建设工作后，网格便成为重要的统治工具。

首先，餐饮建筑被重新部署为军事控制网络的中枢。在城市重建的空间版图中，唯独各类餐饮建筑空间得到重新利用，例如，餐馆和咖啡馆变身为军队的简报区，用以满足军事需要。尽管人类文明建构的食物体系面临崩溃，餐厅暂时失去了提供餐饮的利用价值，但它凭借人们对食物的怀念再次将人们汇聚成团结的集体，与街道上的僵尸形成对抗格局。这种怀念也激发起人类夺权和占领城市的霸权意识。当水牛城下发信息收集的指令，清扫队便集中在中尉指定的一家饺子馆。"所有的指挥官都吞并了唐人街的地盘，用于简报和战略会议"，"美国陆军部队的布伦特下士则在一家面馆举行了他的日常规划会议，他站在柜台后面对着他的男人和女人讲话，好像不是在为他们提供巴洛克风格的城市规划战略（或者更准确地说，重新部署），而是一根根乌冬面"（Whitehead，2012：28）。作战军队甚至用饮食时间来命名军事行动，"这些天他们通常有三轮进攻。有些规律，所以我们称之为早餐、午餐和晚餐"（Whitehead，2012：91）。

然而，临时政府试图恢复社会秩序的网格化措施面临着僵尸"食人"的威胁，有关食物的幻想和怀念引发读者重新反思谁吃谁、被谁吃的伦理问题。当斯皮茨遭到人力资源部僵尸的袭击时，他陷入了回忆的漩涡，思绪回到了潮湿的夏日午后。他回想起"油炸蛤蜊的嚼劲气味""薄薄的塑料围嘴上的卡通龙虾，捕食性的冰激凌车上播放着令人沉迷的旋律"（Whitehead，2012：20），人类"吃"的回忆与眼前"被吃"的景象在斯皮茨的脑海中相交织。在瘟疫爆发之前，食品工业化的发展满足了人类的饮食需要，人类位于食物链顶端。纽约充斥着各种现代化食物，消费者在丰富的食品种类和口味面前享有极大的自主权和选择权。食物不仅可以通过屠宰场或饲养场生产出来，生物技术、转基因技术的发展甚至能让食物脱离土壤、太阳以及动植物的身体，生长在无菌的实验室或者温室，并通过企业的营销途径最终出现在密封包装的超市货架上。斯皮茨回忆起从赌场回来的路上，他和朋友"吞下了在岔路口便利店购买的低碳可乐和火鸡套餐"，根据标签显示，"这些密封包装由某种塑料制造而成，30天后它将被降解为环保的水蒸气"（Whitehead，2012：67）。怀特海德在小说中明确指出了科技、食品工业与食品生产之间的关系。然而，瘟疫爆发之后，僵尸打破了社会秩序中传统的食物链和供应链，人类沦为僵尸眼中的猎物。在僵尸的猎食场中，斯皮茨看到自己的脸"倒映在人力资源部僵尸那双乳白色的眼睛里，定格在那无意识的虚空中"（Whitehead，2012：21）。此时僵尸单一的进食动力与他们生前难以抑制的饮食欲望如出一辙。作为以人类生命之血为食的非人类实体，僵尸被吞噬人肉和消灭人类物种的欲望所驱动，它们试图从人类手中夺取对地球的统治权，彻底否定和颠覆人类的生命霸权。怀特海德以人类"被吃"的风险"重思人类的行为和在宇宙中所处的位置，以此消除自我虚妄和人类中心主义"（周凌敏，2020：8）。

为了缓解被僵尸"吃掉"的精神焦虑，幸存者们在香烟和酒精中寻求慰藉，这两者在食物匮乏的大灾难时代却成为无可或缺的物品。酒是不受抢劫条例约束的物品之一，被保存下来的葡萄酒、波旁威士忌酒（bourbon）和鸡尾酒成为幸存者的精神依赖品。从中尉、士兵到清扫者，每个人都与酒精保持着一种暧昧关系。中尉口中的波旁威士忌酒既是美国现代工业的产品和前工业时代的标志，也是"自然精神和文明的标志"，"在西方，它被赞美为超越肉体和进入精神领域的一种手段，同时也因为削弱意志力和对肉体快乐的不道德放纵而被排斥。"（Clark，2014：8-9）在战争年代，鉴于这种保留着文化建构痕迹的物品能有效缓解人群焦虑，它在社会低迷时期反而成为能够负担得起的奢侈品，幸存者们也正是通过威士忌来提高战斗力。此外，"第一区"的吸烟者逐渐增多，赞助商的香烟越来越普遍，可见战士们在死亡大军的进攻下必须依靠吸烟来自我调节。"在物资匮乏的战争中，香烟在'可实现的欲望'清单上名列前茅。"（Brandt，2007：53）。这些精神麻醉品是对抗焦虑的重要物品，它们支撑着幸存者在临时政府圈定的理性网络中与狂欢的"食人者"形成对峙局势。

3　被食者与种族政治焦虑

如果仅从资本批判的层面看，怀特海德的这部小说与同类型的僵尸体小说相比似乎并不出奇。近年来多部小说和电影都通过僵尸传递出人类对资本主义的运行方式、技术科学、核威胁、环境污染、生物工程、食品安全等问题的焦虑。小说似乎有意淡化了种族问题，仅有几处细节透露了主人公的非裔黑人身份。如果怀特海德无意书写种族，那么为何又要通过人物的回忆来强调"黑人不会游泳"这一刻板印象呢？[①]实际上，对该小说的理解不应脱离种族政治的语境，顺着幸存者的屠杀行为和精神衰退可以考察到生物政治时代下政权的种族主义机制。

城市里的"清理计划"显然是一场双向、被动的斗争。一方面，肆虐的僵尸试图吞噬人类并推翻统治，另一方面，前统治者则计划消灭僵尸群、重启城市。然而，局势对于幸存者来说毫无优势，因为僵尸获取猎物的概率远远胜过少数幸存者找到食物的概率。食物是生存的基础，水牛城带有乐观主义的轮廓正因为它具备人类生存必备的物资。在那里，"他们得到了最好的食物，陶醉在全天候不间断供应的发电机和热水淋浴中"，最后两个诺贝尔奖获得者也在那里"品尝着丰盛的健脑食物、捡来的鱼油和其他东西"（Whitehead，2012：35）。然而，即使装甲补给车给幸存者分发奶粉和维生素补充剂，每个人都无法摆脱"世界末日应激障碍"（PASD）的折磨。士兵们通过虐待僵尸群来发泄被压抑的情绪。"人们可能会在僵尸脸上画上希特勒的胡子，或者在散兵游勇的嘴唇间塞上一根赞助商的香烟。施以鞭打，僵尸们没有退缩。他们接受了这一待遇。接着，他们被毁灭——被砍头或者被炸掉脑袋。"（Whitehead，2012：81-82）此类处决为幸存者提供了一种宣泄的途径，他们靠着野蛮的驱动力生存，变成了无意识的杀人机器。蔓延的精神焦虑症导致药房的镇静剂和止痛药被疯狂抢购，"疼痛可以被杀死，但悲伤不能"（Whitehead，2012：201）。临时政府试图利用各种各样的乐观宣传口号来缓解民众焦虑，但都无济于事，"美国凤凰城"（American Phoenix）的自杀率飙升。

实际上，上述所提到的个人精神病症与更广泛的社会不平等结构紧密相连，追溯这些疾病的生发原因将揭示出国家政治和社会层面的问题。"人的身体不仅是一种物理上的疾病载体，也是一种带有主观性的象征符号，能够反映社会的意识形态和种族关系。"（蒋展 等，2021：52）僵尸瘟疫所导致的精神疾病暗含着灾难前白人社会的集体神经衰弱症，即对现实生活中黑人数量激增的焦虑。在黑人大迁徙之后，城市黑人人口的增长对白人的纯洁血统构成威胁，继而引发了白人对于人口数量和主权的忧虑，这正是劳伦·贝兰特所描述的"主权感觉"（sovereign sensorium）的破碎或断裂（Berlant，2011：231）。在小说中，僵尸大军如排山倒海般涌来，越来越少的幸存者与日益壮大的僵尸队伍形成了鲜明对比，人类对生育的焦虑也随着僵尸的无性繁殖而日益显著。幸存者们注意到"死后的纽约市与生前的纽约市非常相似"，唯一的区别在于"人少了"，大街上"没有成群结队的外地人，也没有业余的法西斯分子在街上策划偷下一辆出租车"（Whitehead，2012：64）。荒废的街道、

---

① 小说主人公的绰号就暗示这一点。当主人公向朋友们透露他不会游泳之后，他们使用20世纪奥运游泳选手马克·斯皮茨的名字给他起了绰号。"黑人不会游泳"的刻板印象可以追溯到种族隔离时期，当时黑人不允许出现在白人的泳池。

空荡荡的建筑意味着曾经的人类文明正面临着被抹去的威胁。因此，人类对三胞胎的诞生寄予希望，"他们需要罗曼豪森三胞胎和他们的同类，需要婴儿和未出生婴儿的再繁殖引擎"（Whitehead，2012：45）。

值得注意的是，怀特海德运用僵尸的复仇隐喻来讽刺"后种族"时代的神话，强调种族歧视作为一种集体病症在美国尚未消除的现实。如果说后人类往往是对法律、伦理和社会后果做出的毁灭性预测，那么非人类僵尸的集体复仇行为则代表着现实社会中那些权力被侵害的群体："工人、少数民族、种族、被殖民的文化、非正常的性行为、被殖民的文明，甚至可以作为代表所有被人类'文明'消灭的物种正义。"（Knickerbocker，2015：70）实际上，僵尸本身有着独特的奴隶制历史渊源，它揭示了各族群之间征服和压迫的历史。僵尸的神话起源于海地伏都教（俗称"巫毒教"），所谓的"僵尸"是指被牧师或巫师复活的死尸，这些复活的奴隶在被剥夺自由意志的情况下继续成为前主人的免费劳动力。奴隶们相信，"死亡会让他们的灵魂回到非洲，在那里他们将获得自由"（Heneks，2018：65）。尽管自杀可以逃避种植园的奴役，奴隶们却被告知，自杀者不会回到非洲，反而会变成僵尸，而僵尸则意味着缺乏人格、无尊严和无休止的种植园劳动。法国殖民者曾利用"僵尸化"的威胁对海地这个最大的奴隶经济体实施社会控制。艾米·威伦茨（Amy Wilentz）讲述道："成为僵尸是奴隶最可怕的噩梦：他们死后仍然是奴隶，永远被视为野蛮人。"（Wilentz，2012）海地革命的历史说明了僵尸与奴隶制、奴隶反抗之间的密切关系。作为生存和死亡之间的边缘性物种，僵尸反映了不同种族之间的激烈对抗，以及由此产生的文化压迫和剥削。"僵尸既是活人又是死人，既是主体又是客体，既是奴隶又是反叛者，它呈现了后人类的幽灵，贯穿其中的是权力关系而非性别的（否定的）辩证法"（Lauro et al.，2008：91）。21世纪卷土重来的奴隶僵尸在怀特海德的末日构想中上演为前统治者和黑人复仇者之间的激烈搏战。

虽然小说淡化了城市幸存者的肤色差异，但暗示了白人主权国家对于非白人生命的处理方式。正如僵尸"食人"，主权者也在吞噬着无辜者的生命。为了合理地杀死某些人，他们必须将其"他者化""畸形化"，通过将对方构建成特殊的敌人，暴力和杀戮便可大行其道。对僵尸的监管和屠杀模式被临时政府归入"安全机制"，以此应对瘟疫的威胁，如此情形下，内部的敌人自然而然地被构建出来。为了恢复城市文明的重建，维持和捍卫生命的唯一方法就是杀死被感染者，人类必须消除这些不值得生存的生命。具有讽刺意味的是，小说中存在两类僵尸，其中落单的"散兵游勇"并无攻击力，他们依靠行走的肌肉记忆前进。然而，中尉下令清除所有的怪物，因为这些生命不值得活。实际上，这种权力对应了主权者的行为。在《必须捍卫社会》（"Society Must Be Defended"）中，米歇尔·福柯（Michel Foucault）描述了权力模式的出现和相互渗透，"当主权者可以杀人时……他行使对生命的权力"，这变成一种国家的"新权力"——"使人活，让人死"（Foucault，

1997：240-241）。阿基里·姆贝贝（Achille Mbembe）也在《死亡政治学》（*Necropolitics*）中认为主权者具有夺取生命的能力，主权者对生命进行分类，可以随意颠覆生命，"在创造的死亡世界里，存在着新型且独特的社会存在方式，其中大量人口处于活死人地位的生活条件"（Mbembe，2003：40）。主权者通过非人化的展示和酷刑来实现极端控制。斯皮茨意识到，无论是在过去还是未来，种族歧视的幽灵都在城市中徘徊不去。即使城市文明得以重新构建，那些被视为不重要的生命又该何去何从？在这场瘟疫中，僵尸的感染和叛乱已演变为黑人的集体暴力——僵尸的报复，瘟疫释放了反动的逻辑和黑人的暴力实践，而主权国家也在世界末日丧失了白人的主权能力，再也无力控制后人类僵尸的死亡。

4 结语

僵尸作为后人类想象在怀特海德的笔下成为一种批判工具，用以影射美国社会中存在的资本主义危机和种族主义痼疾。作家将饮食书写融入僵尸体叙事，呈现了瘟疫之前纽约城市的资本主义形态，以及潜在的文化焦虑和社会病症，其中资本主义社会的政治逻辑在"食人者"僵尸面前失去了效力。人物的饮食习惯折射出了现代身份、工业化文明形态和无意识的消费热潮。除此之外，种族主义批判也成为怀特海德小说的底色，《第一区》揭示了生物政治时代下政权的种族主义机制，反映出作家对主权者的管理机制以及"后种族"时代神话下种族关系的深刻反思。小说通过食物意象和僵尸隐喻审视了资本主义社会饮食的具体表现和其中潜藏的危机，将人类饮食链的问题延伸至黑白种族之间的相处模式，这将引发读者对21世纪的城市运作机制及其对民众生活体验的影响进行深刻反思。

参考文献

蒋展，董洪川，2021.《牛群的宰杀》中的身体叙事与瘟疫书写[J]. 当代外国文学（4）：51-58.

周凌敏，2020. 论《第一区》中的"9·11"尘土书写与大历史叙事[J]. 当代外国文学（3）：5-11.

Berlant L, 2011. Cruel optimism[M]. Durham: Duke UP.

Brandt A M, 2007. The cigarette century: the rise, fall and deadly persistence of the product that defined America[M]. New York: Basic Books.

Cain R, Johnna M, 2019. The zombie economy and the aesthetic of austerity[J/OL]. (2019-04-01) [2023-08-01]. https://journals.openedition.org/angles/582.

Clark S B, 2014. A liquid spirit: materiality and meaning in the making of quality American whiskey [M]. New York: New York UP.

Dendle P, 2007. The zombie as barometer of cultural anxiety[M]//Monsters and the monstrous. Ed. Niall Scott. Amsterdam: Rodopi.

Evans AM, 2008. Eat, live, remember: food and the post-apocalyptic novel[M]//The Routledge companion to literature and food. Eds. Lorna Piatti-Farnell and Donna Lee Brien. New York: Routledge.

Fahy T, 2018. A sharp, sweet tooth: vampires, junk food, and dangerous appetites in *The Lost Boys* and *The Hunger*[J]. Food and foodways, 26(3).

Foucault M, 1997. "Society must be defended": lectures at the collège de France 1975-1976[M]. New York: Picador.

Haraway D J, 2016. Manifestly Haraway[M]. Minneapolis: U of Minnesota P.

Heneks G, 2018. The American subplot: Colson Whitehead's post-racial allegory in *Zone One*[J]. The comparatist, (42).

Himmelgreen D A, Nancy R D, 2013. Eliminating "hunger" in the US: changes in policy regarding the measurement of food security[M]//US food policy: anthropology and advocacy in the public interest. Eds. Lisa Markowitz and John A. Brett. New York: Routledge.

Knickerbocker D, 2015. Why zombies matter: the undead as critical posthumanist[J]. Bohemica litteraria, 18(2): 59-82.

Lauro S J, Karen E, 2008. A zombie manifesto: the nonhuman condition in the era of advanced capitalism[J]. Boundary 2, 35(1): 85-108.

Mbembe A, 2003. Necropolitics[J]. Trans. Libby Meintjes. Public Culture, 15(1).

Newbury M, 2012. Fast zombie/slow zombie: food writing, horror movies, and agribusiness apocalypse [J]. American literary history, 24(1).

Newitz A, 2016. Pretend we're dead: capitalist monsters in American pop culture[M]. Durham: Duke UP.

Sollazzo E, 2017. "The dead city": corporate anxiety and the post-apocalyptic vision in Colson Whitehead's *Zone One*[J]. Law & literature, 29(3).

Sorensen L, 2014. Against the post-apocalyptic: narrative closure in Colson Whitehead's *Zone One*[J]. Contemporary literature, 55(3).

Watts E, 2017. Postracial fantasies, blackness, and zombies[J]. Communication and critical/cultural studies, 14(4).

Whitehead C, 2012. Zone One[M]. New York: Vintage.

Wilentz A, 2012. A zombie is a slave forever [EB/OL]. (2012-10-30) [2023-08-01]. https://www.nytimes.com/2012/10/31/opinion/a-zombie-is-a-slave-forever.html.

Zimbardo Z, 2014. It is easier to imagine the zombie apocalypse than to imagine the end of capitalism [M]//Censored 2015: inspiring we the people. Eds. Andy Lee Roth and Mickey Huff. New York: Seven Stories.

作者简介

梁会莹，苏州大学外国语学院博士研究生。主要研究领域：英美文学。电子邮箱：lianghuiying0710@163.com。

（责任编辑：张剑）

非洲人未来主义：恩迪·奥科拉弗的推想小说中的女性、科技和权力

余静远

摘　要： 不同于非洲现实主义男性作家笔下的工具化和边缘化的女性形象，或女性作家笔下的守望婚姻和家庭的女性形象，在当代非洲推想小说中女性角色的重要性非同小可。女性是战士，是冒险家，更是世界的缔造者。尼日利亚裔美国推想小说作家恩迪·奥科拉弗的作品为这种女性形象做出了很好的诠释。在《发明之母》《宾蒂》《谁惧死亡》《遥控》等作品中，她塑造了一批颠覆传统性别叙事的女性角色。本文从恩迪·奥科拉弗的非洲人未来主义理念出发，分析她的小说文本，关注她对非洲文学中传统女性形象的改写，探讨她的推想小说在当代非洲语境下所呈现的女性与科技、女性与权力的关系。

关键词： 恩迪·奥科拉弗；非洲人未来主义；女性；科技；权力

Africanfuturism：Women, Technology and Power in Nnedi Okorafor's Speculative Fictions

Jingyuan Yu

Abstract: Unlike the instrumentalized and marginalized characters in African realistic fictions by male writers or the guardians of marriage and family by female writers, the female character is the center of contemporary African speculative fictions, with women as strong and powerful warriors, adventurers, and world-builders. Nnedi Okorafor, an American-born Nigerian speculative fiction writer, has contributed a lot to this positive female image in her novels such as *Mother of Invention*, *Binti*, *Who Fears Death*, and *Remote Control,* and portrayed a number of female characters who subvert the traditional gender narratives. Based on Nnedi Okorafor's idea of Africanfuturism, this paper intends to analyze Nnedi Okorafor's rewriting of the traditional female image in African literature, and as an example, to investigate the relationship between female and technology, female and power in contemporary African speculative fictions.

Keywords: Nnedi Okorafor; Africanfuturism; female; technology; power

1 序言

自20世纪20年代现代非洲文学诞生伊始，现实主义小说就一直是非洲文学的主流。在这些文学文本中，女性要么是边缘人物，仅作为父权制社会中男性的某类工具；要么是小说主人公，讲述女性在父权制社会生存的共同经历：婚姻和母职。男性作家对女性的描绘倾向于前者，他们的主题主要集中于表现殖民和后殖民时期非洲的弊端，如经济剥削、政治迷失和文化帝国主义等，其中的女性角色往往是小说中的边缘人物；①而女性作家对女性的描绘倾向于后者，始终关注女性的经历和问题，尤其是婚姻和母职这两大重要主题，她们的作品揭示非洲女性在婚姻、生育等方面面临的各类困境。②

相反，在非洲推想小说（Speculative Ficiton）③中，女性角色往往是强大的、有力量的，她们是战士，是冒险家，更是世界的建造者，具有主宰自我和世界的能力。尼日利亚裔推想小说作家恩迪·奥科拉弗（Nnedi Okorafor）为颠覆这一传统女性角色做出了很大贡献。④奥科拉弗是一位获奖的非洲推想小说家、幻想和魔幻现实主义小说家，拥有芝加哥伊利诺伊大学博士学位，出版了小说13部，其中，《谁惧死亡》（*Who Fears Death*）获世界奇幻奖最佳小说奖，作者也凭此成为首位获得世界奇幻奖的非裔作家；《宾蒂》（*Binti*）获雨果奖和星云奖最佳小说奖；《泄湖》（*Lagoon*）入围英国科幻协会奖最佳小说；《卡布卡布》（*Kabu Kabu*）入选《出版人周刊》2013年秋季最佳图书；《阿卡塔》（*Akata*）三部曲之一《阿卡塔女巫》获亚马逊网站年度最佳图书；《影子演说家》（*Shadow Speaker*）获CBS视差奖；她创作的青少年读物《寻风者扎哈拉》（*Zahrah the Windseeker*）获沃勒·索因卡非洲文学奖；《厨房里的鸡》（*Chicken in the Kichen*）获非洲图书奖。除此之外，奥科拉弗

---

① 例如，钦努阿·阿契贝（Chinua Achebe）、沃勒·索因卡（Wole Soyinka）、塞普瑞安·艾克文西（Cyprian Ekwensi）等几位著名的非洲男性作家在作品中始终将男性作为故事的焦点，女性的意义在于对男性的依赖。

② 例如，玛丽亚玛·巴（Mariama Bâ）的《如此长的一封信》（*Une Si Longue Lettre*）通过两个具有现代独立意识的女性的婚姻经历，揭示了非洲传统婚姻模式对女性的囚困和伤害；布奇·埃梅切塔（Buchi Emecheta）的《为母之乐》（*The Joys of Motherhood*）则通过一个全心全意养育了多个孩子却老无所依的母亲的悲惨经历，揭示了母亲身份所带来的危险。

③ 从广义上讲，推想小说是一个总结性术语，包括非现实主义类型和科幻小说、奇幻推想小说等子类型，以及介于这些类型之间的其他类型小说。

④ 除了恩迪·奥科拉弗以外，同时代的南非作家劳伦·布克斯（Lauren Beukes）、牙买加裔加拿大作家纳罗·霍普金森（Nalo Hopkinson）及同为尼日利亚裔的作家托米·阿德耶米（Tomi Adeyemi）的作品亦是如此。

还于2019年出版了自传《破碎的地方与外部空间》（*Broken Places and Outer Spaces*），讲述了自己从一名明星运动员到患上脊柱侧弯，手术后突然瘫痪，再到创造力觉醒，成为一名成功的推想小说家的经历。[①]

尽管奥科拉弗出生在美国，但她的父母是尼日利亚（伊格博族）人，她将尼日利亚视为自己的"缪斯女神"。奥科拉弗的推想小说或以未来的非洲为背景，或以深受西非文化影响的想象世界为背景，具有鲜明的非洲特色，体现了非洲未来主义（Afrofuturism）的核心。非洲未来主义流派代表了非洲大陆的推想小说，它将非洲神话、非洲文化以及女性的平等和解放融合在一起，它的诞生是为了重拾非洲的讲故事文化，并挑战欧洲中心主义和厌女的性别表现形式。此外，非洲未来主义创造了一个技术先进的未来非洲，在这一类型的小说中，女性作为拥有身份、尊严、历史成就和技术诀窍的复杂个体出现，与弱者和工具人形象形成鲜明对比，这些叙事中的女性通常是与男性平等的参与者，是科技进步的受益者。虽然非洲未来主义并不排斥男性，但女性显然是这一流派的主角，这一流派赋予了女性能动性，并展示了非洲妇女的能力，彰显了她们无法被束缚的自由精神。奥科拉弗初期也十分认同非洲未来主义，将自己的作品归入此类，后来觉得非洲未来主义的概念不足以涵盖自己的创作意图，便在非洲未来主义的基础上提出了非洲人未来主义（Africanfuturism）的概念，二者有细微差异，但其思想纲领是一致的，即上文提到的非洲未来主义流派的特色和任务也适用于非洲人未来主义。奥科拉弗的推想小说意在打破僵化的社会结构，塑造新的视角和存在方式，其核心便是黑人女性的自由。"奥科拉弗展示了后殖民推想小说作为反霸权话语场所的潜力，作为审视主流现实主义文学无法提供的可能性的空间。"（Burnett，2015：4）本文基于恩迪·奥科拉弗的非洲人未来主义概念，从其代表性作品短篇小说《发明之母》（*Mother of Invention*）、中篇小说《宾蒂》、长篇小说《谁惧死亡》《遥控》出发，分析恩迪·奥科拉弗对非洲文学中传统女性形象的颠覆与改写，并以此为例，探讨在当代非洲语境下的推想小说中女性与科技、女性与权力的关系问题。

2　非洲人未来主义：女性和非洲传统

在英美科幻小说发展历程中，非洲是一个被边缘化的存在。在以美国白人和欧洲人为主的作品中，非洲被认为是一个异国他乡。[②]著名科幻作家迈克·雷斯尼克（Mike Resnick）在其1993年为非洲短篇小说集《未来地球：非洲天空下》（*Future*

---

① 这里没有提到的作品还有《凤凰之书》（*The Book of Phoenix*）、《遥控》（*Remote Control*）、《努尔》（*Noor*）等。

② 西方白人科幻作家对非洲大陆要么不在意，要么将其描绘为一个充满异国风情地方，如阿瑟·C.克拉克（Arthur C. Clarke）的《天堂之泉》（*The Fountains of Paradise*）和麦克·雷诺兹（Mack Reynolds）的《黑人的负担》（*Black Man's Burden*）系列作品。

Earths: Under African Skies）所作的序言中就典型地表达了这种态度，他写道，非洲"提供了任何作家在寻找新的、与众不同的和外来的事物时，希望找到的一些迷人的人和社会的完整记录"（Resnick，1993：2）。非裔美国科幻作家查尔斯·桑德斯（Charles R. Saunders）强烈反对雷斯尼克将非洲异国情调化的做法，并敦促黑人作家掌握主动权："我们黑人已经在西方世界的流行文化中崭露头角……我们需要为那些继续在神话中困扰我们的刻板印象提供替代方案。毕竟，如果我们不释放想象力，讲述我们自己的科幻和奇幻故事，像迈克·雷斯尼克这样的人就会为我们讲述这些故事。"（Saunders，2000：868-869）评论家帕维·瓦塔能（Päivi Vääätänen）也指出，非洲及非洲人在美国科幻作品中话语权缺失，尤其是在技术和社会发展方面，这就是为什么非洲未来主义"必须在地理和文化上扎根于非洲大陆"（Vääätänen，2019）。

这正是奥科拉弗这样的非洲未来主义作家正在做的事情。随着推想小说的文化生产者慢慢变得更加多元化，有色人种终于开始出现在未来的叙事中，非洲也渐渐成为地理或叙事中心。这一点在非洲未来主义中体现得尤为明显，非洲未来主义指的是以黑人生活为中心的未来主义世界想象，这个词第一次由马克·戴瑞（Mark Dery）在1994年的访谈文章《黑人走向未来：与塞缪尔·迪拉尼、格雷格·泰特、崔西亚·罗斯的对谈》（"Black to the Future: Interviews with Samuel R. Delany, Greg Tate, and Tricia Rose"）中提出，戴瑞将非洲未来主义描述为"在20世纪科技文化背景下，处理非裔美国人主题和解决非裔美国人关切问题的推想小说——更广泛地说，是非裔美国人的符号，这些符号挪用了科技图像和经过修复的未来"（Dery，1994：180）。戴瑞关注的是战后非裔美国艺术家在面对美国现代技术文化时采用的美学实践，不过他对这个词的定义不仅集中在现代黑人文化的技术审美实践上，而且还暗示了非裔散居者是未来主义想象力的一个重要来源。总而言之，非洲未来主义是一场美学运动，寻求通过艺术、文化和政治反抗来恢复黑人身份，在这场运动中，技术、非洲和科幻小说都得到了建设性的融合，想象力、未来和解放也得以交汇。不过，在戴瑞的定义中，Afro这个前缀实际上指的是非裔美国人，而不是非洲大陆。自戴瑞第一次使用非洲未来主义一词以来，对非洲未来主义的渊源、本质和发展的讨论一直未停止过。2018年，瑞安·库格勒（Ryan Coogler）执导的电影《黑豹》（*Black Panther*）①则普及了非洲未来主义一词。

对非洲未来主义，奥科拉弗前期是接受的，在其2017年的TED演讲"想象未来非洲的科幻故事"（"Sci-fi Stories That Imagine a Future Africa"）中，奥科拉弗使用了非洲未来主义的理论观点。她提到了小说《宾蒂》中的情节：在遥远的未来非洲，数学天才少女宾蒂被另一个星球上的大学录取，她决定去那里。宾蒂身上流淌

---

① 《黑豹》系列电影的故事主笔正是恩迪·奥科拉弗，为了配合电影热度，她还写了《黑豹》的迷你漫画书。

着本民族的血液，皮肤上烙印着本民族的教义、方式，甚至土地，她离开了地球。随着故事的发展，她没有变成他者，而是具备了更多身份。这种"离开"但"带来""更多"的想法是非洲未来主义的核心之一（Okorafor，2017）。

然而，两年后，奥科拉弗的想法发生了改变，此时的她认为，非洲未来主义并不能完全代表非洲推想小说。2019年，奥科拉弗在博客上发表了一份声明，名为《非洲人未来主义的定义》（"Africanfuturism Defined"）。奥科拉弗在文章中提出，因为非洲未来主义这个词并不能描述她正在做的事情，而且，自己反复被别人认作非洲未来主义者，作品也因此被误读，基于此，她需要重新掌控自己被定义的方式，她称自己为非洲人未来主义者和非洲人幻想主义者（Africanfuturist and Africanjujuist）。非洲人未来主义是科幻小说（Science Fiction）的子分类，而非洲人幻想主义是奇幻小说（Fantasy）的子分类，它尊重现有的非洲精神和宇宙观与想象力的完美融合。非洲人未来主义与非洲未来主义相似的点在于，非洲大陆和黑人散居地的黑人都被血缘、精神、历史和未来联系起来；不同的是，非洲人未来主义扎根于非洲的文化、历史、神话和观点，然后再延伸到黑人散居地，而且它不以西方为特权或中心（Okorafor，2020a：9-10）。

奥科拉弗指出，打破西方科幻的白人和男性霸权是非洲人未来主义的一大特点。她在TED演讲中坦言，她的科幻小说有不同的祖先，即非洲祖先："正是我的尼日利亚血统促使我开始写科幻小说……我主要写魔幻现实主义和奇幻小说，灵感来自我对伊格博和其他西非传统宇宙观和精神的热爱。"（Okorafor，2017）也正是在这个意义上，"对非洲人来说，本土科幻小说可以成为一种权力意志"（Okorafor，2017）。奥科拉弗在创作中还汲取了前殖民时期非洲的传统，确立了女性在非洲社会的重要地位。[①]在她的推想小说中，女性往往是与男性平等的参与者，是技术和其他领域所取得进步的推动者和受益者，更重要的是，女性特质往往是预测想象中的未来的决定因素。她创作的推想小说讲述了女性为拯救自己、拯救部落、拯救非洲甚至拯救世界所做的努力，故事中的女性坚持以自己的方式生存，并通过大自然赋予的力量来弥补男人的野蛮行为。

另外，从奥科拉弗将非洲人未来主义和非洲人幻想主义并置也可看出，她的非洲人未来主义汲取了非洲讲故事的传统，汲取了过去丰富而肥沃的想象力，但又因大量技术和知识的发展和利用而得以进一步丰富，从而得以更加生动地重新想象过去、现在和未来。用奥科拉弗的话来说："非洲人未来主义关注未来愿景，对技术感兴趣，离开地球，偏向乐观，以非裔人为中心，主要由非裔撰写，它首先植根于非洲。它不太关心'可能会是什么'，而更关心'现在和可能/将要是什么'。"（Okorafor，

[①] 奴隶制和殖民主义是非洲男女不平等的根源。在前殖民时期的非洲社会中，女性占据着显赫的地位，男性和女性的角色是互补的。在奴隶制和后来的殖民化时代，女性的权力和地位下降，沦为男性的奴仆。

2020a：9-10）

　　讲故事的口头文学一直是非洲不可分割的一部分，非洲远古时代丰富多彩的民间故事就是明证。非洲民间故事的范围很广，包括魔幻现实主义、神话现实主义和形而上学现实主义等领域。如若以今日标准来看，这些民间故事就是推想小说或科幻小说。评论家阿利特·欧库认为，未来主义的主题一直存在于非洲文学中（Oku，2021：77）。简·布莱斯（Jane Bryce）也在其文章中指出，未来主义从一开始就是非洲写作中的一种倾向，它反映了非洲强大的民间叙事能力，非洲人早期的非现实主义写作如尼日利亚作家阿莫斯·图图奥拉（Amos Tutuola）的《喝棕榈酒的人》（*The Palm-Wine Drinkard*）和本·奥克里（Ben Okri）的《饥饿的路》（*The Famished Road*）是非洲推想小说的先驱（Bryce，2019：1）。肯尼亚电影制作人瓦努里·卡休（Wanuri Kahiu）在一次采访中明言：

> 科幻体裁或奇幻体裁对非洲来说并不新鲜。它是非洲人一直以来讲故事的方式……是非洲人一直以来传播道德和传统的方式；是关于如何做人、如何成为社会一份子的行为准则。在未来主义的运用方面……非洲一直都有人憧憬着太空……先知们能够预见未来，能够传播未来，告诉人们将会发生什么。非洲总是能够从这个世界之外的事物中汲取营养，从而理解这个世界之内的事物……因此，我们承认非洲未来主义和非洲未来派从过去汲取了很多东西。（Gueye，2009）

另一方面，奥科拉弗也对非洲传统信仰非常敬畏，对非洲传统信仰与科技的结合非常感兴趣。在谈到科幻与精神的关系时，奥科拉弗曾说，科幻和精神的关系几乎是她所有作品的核心内容之一，在她最开始创作奇幻作品时，她便汲取了非洲祖先的许多文化信仰，尤其是伊格博文化和信仰，后来开始写科幻小说时，便将科技和这些传统文化和信仰融合了起来。在她看来，"最伟大的技术就是自然。当你看到人类的科技进步时，很容易就会发现它最终会与精神联系在一起，因为它就是自然而然地朝着这个方向发展……我们正处在一个科技飞速发展的阶段……而精神和神秘又重新回归，它们正在融合在一起"（Okorafor，2022）。

3　《发明之母》和《宾蒂》：女性与科技

　　奥科拉弗的短篇小说《发明之母》发表于2018年，故事发生在未来的时空里，背景设置在未来尼日利亚新三角洲地区。《发明之母》这一标题中的两个关键词"发明"和"母"即点明这部小说跟科技有关，也跟女性有关。中篇小说《宾蒂》发表于2015年，故事记录的是具有超高数学和科学天赋的16岁女孩宾蒂的外太空冒险故事，但故事本身又扎根于西南非洲神话，未来、科技、女性和神话等元素共同谱写了这个故事，其中，科技是女性的优势，也是女性冒险成功的武器。

　　《发明之母》这篇小说的序言出自美国著名科幻女作家厄休拉·勒古恩（Ursula K. Le Guin）《变化的位面》（*Changing Planes*）："错误、恐慌和痛苦均同为发明之母。"（Le Guin，2003：11）这预示着小说将讲述从错误和艰难困苦中诞生的新事物。故事的女主人公是29岁的安武丽（Anwuli），她在怀孕后，被情人抛弃，情人回到妻子和孩子身边，离开前给她建造了一栋智能房子Obi 3。小说首先围绕安武丽被社会边缘化展开，由于与有妇之夫的婚外情，安武丽遭到家人和邻居的排斥和鄙视，邻居见到她就匆匆离开，"她的朋友们也不再和她说话。就连住在几英里外的姐姐和表姐也在所有社交网络上屏蔽了她。当她去当地超市购物时，没有一个人愿意与她对视"（Okorafor，2018），就连临产时给父母打电话，他们也不接。四面楚歌的情况下，智能房子Obi 3是安武丽和孩子唯一的朋友和支持。身怀六甲的安武丽对生长在新三角洲的一种基因工程植物的花粉过敏，这是基因改造实验的意外后果，而安武丽和孩子很可能逃不过这次花粉风暴。医生和智能房子Obi 3建议安武丽离开新三角洲去往更安全的地方，但她拒绝搬走。幸运的是，智能房子Obi 3设计了周全的计划来保护她和孩子，它准备好了防御工事和空气过滤器，还对全屋进行了改装，这才让安武丽和孩子安全扛过花粉风暴。

　　拯救安武丽和她孩子的发明Obi 3，由人类和人工智能在绝境中共同创造性地完成。Obi 3预料到安武丽的过敏症会恶化，也预料到她会固执到不愿离开新三角洲，去一个气候更安全的地方，据此，它制定了有效的应急计划。这个故事之所以具有非洲人未来主义色彩，是因为它不需要重新定义黑人的概念，因为在叙事的非洲背景中，黑人是默认的主体和叙事对象；而且，"发明之母"非洲人自己掌握着技术，无论是转基因生物还是智能房屋，小说中的技术和发明无疑是非常具有非洲特色的，它们的出现与当地生态和社会文化紧密相关，在抗击转基因工程植物的过程中，他们的国际合作对象是中国，而不是任何一个欧美国家；而智能房屋Obi 3是安武丽的前未婚夫亲自设计的可变形智能家居之一，他为自己建造了一个，为公司建造了一个，为安武丽也建造了一个，因此，房子被他命名为Obi 3（Obi在伊格博语中的意思是"家"）。从表面上看，《发明之母》的人工智能房屋和支撑它们的技术都归功于男性角色，然而，正如短篇小说的标题所示，技术与女性紧密相连，就智能家居而言，即使由男性建造或拥有，也是代表女性行事，人工智能忠于的不是其男性建造者，而是其使用者：安武丽的智能住宅对女性住户的需求更加敏感，住宅的每一个方面都符合安武丽的喜好，智能房屋照顾、培育、赋权和拯救的对象也是安武丽。因此，在《发明之母》中，不是谁拥有技术的问题，而是技术本身选择为谁服务的问题。另外，Obi 3本身是一种有性别区分的技术，在故事中，它被认定为女性，因此我们也可以将《发明之母》解读为一种关于在父权制社会中女性间的陪伴、友谊和生存的女性主义叙事。

《宾蒂》的主人公宾蒂属于纳米比亚西北部的辛巴（Himba）族群。①这个族群精通技术和数学。宾蒂申请并获得了另一个星球上最重要的大学奥姆扎大学（Oomza University）的奖学金，但接受学校的录取意味着她要离开家人，去面对一个不理解她的习俗的世界。奥科拉弗的主网页上这样描述宾蒂的故事："知识是有代价的，宾蒂愿意付出代价，但她的旅程并不轻松。"（Okorafor，2023）辛巴人非常保守，没有人曾经进行过这样的旅行，为了不被家人阻挠，宾蒂偷偷地离开了家，登上了一艘把她从熟悉的地方带到未知领域的船。在前往大学的途中，船只遭到了外星种族美杜莎（Meduse）的袭击。美杜莎是一个暴力的外星种族，长期以来一直与地球上的人类交战，宾蒂是这次袭击的唯一幸存者。在展示了家乡的混合黏土红土的治疗特性，并与美杜莎族一位名叫奥库的年轻成员结成联盟后，她得以促成奥姆扎大学和美杜莎族之间的和平。宾蒂的故事以未来为背景，既遵循了"英雄之旅"的原则，同时也是一种声明：黑人不仅生存下来了，而且可以发展壮大。

在以上的两个故事中，奥科拉弗对女性主人公的塑造颠覆了传统的性别观念。《发明之母》的女性主义色彩很明显，主人公安武丽挑战了性别界限，摆脱了顺从的角色，拥有了独立积极的能动性。安武丽在被朋友、亲戚甚至父母都抛弃的情况下，对家人、邻居和朋友的诽谤可以做到毫不在意。《宾蒂》也是如此。宾蒂拥有熟练的科技能力，能建造最好的天文台，在奥姆扎大学的数学入学考试中取得了很高的分数，获得了全额奖学金。她知道，要想充分发挥自己作为数学家的潜能，唯一的办法就是离开家乡，到银河系的另一端去求学，而这将毁掉她的婚姻前景，甚至会永久破坏她与家人的关系。尽管如此，她还是决定离开她的人民，去追求高等教育。宾蒂具有冒险精神，她脱离熟悉的环境，踏入了一个没有人知道的世界：在我的整个生命中，我第一次挑战自己最传统的部分。我是在夜深人静的时候离开的，而他们一无所知……我的父母永远都不会想到我会做这样的事情……我再也不能踏进家门……我将成为一个贱民（Okorafor，2015：9）。宾蒂也很有野心，有足够的力量和意志来决定放弃家庭和婚姻，把教育放在首位。母性是非洲女性生存的一个重要要素，而宾蒂违背了这个原则，这打破了关于非洲女性的性别陈规观念。在对安武丽和宾蒂的性格和行为描述中，我们可以窥见奥科拉弗的女性主义思想。

4 《谁惧死亡》《遥控》：女性与权力

长篇小说《谁惧死亡》发表于2010年，故事背景设定在未来的非洲某处，主要讲述了女主人公欧尼桑乌的发现之旅、失落之旅和新生之旅，欧尼桑乌不仅有力

---

① 辛巴族位于非洲西南部的纳米比亚，是纳米比亚一个行将消失的原始社会族群，辛巴女人终年用红土混合黄油涂抹在皮肤上和头发上，因此一般被称为"红泥人"。

量，而且有思想，虽然也有缺陷，却坚强、非凡。《谁惧死亡》的前传是《凤凰之书》（*The Book of Phoenix*），《凤凰之书》的前传是《遥控》（*Remote Control*），该长篇小说发表于2021年。关于这三本小说的关系，奥科拉弗是这样说明的："我写了《谁惧死亡》，然后我想知道欧尼桑乌的世界发生了什么。于是，我写了《凤凰之书》。然后，我想知道让凤凰飞回加纳的那颗种子的情况……基本上，我用倒叙的方式写了三代了不起的女人/女孩。每个故事都越来越接近当代。"（Okorafor, 2021）《谁惧死亡》和《遥控》这两个故事都具有非洲人未来主义风格，故事的女主人公都在遭受了极度的痛苦和创伤之后拥有了超常的力量，足以打破旧世界的旧秩序，创建新世界的新秩序，当然也足以消除种族、性别和身份的压迫和歧视。换言之，非凡的力量给予了女性予生予死、改天换地的权力，也就是给了她们想象和塑造非洲乃至全人类的未来的权力。

《谁惧死亡》这部小说设置在末世后的非洲，彼时，部落之间仍然争斗不休。在致谢页，奥科拉弗就指出，小说的灵感来自2004年美联社新闻的一篇关于苏丹武器化强奸的报道，而在小说中，苏丹被置换成了非洲某个地域，武器化强奸成了小说女主人公的来处。在非洲某处地域，生活着两个种族，努努族和奥克克族（这与尼日利亚内战时期的豪萨人和伊格博人十分相似），圣书《大经》（*The Great Book*）规定：奥克克族人生来就是努努族人的奴隶。在奴役了奥克克族人多年后，努努族人决定遵循《大经》的意志，永远地消灭奥克克族。小说的女主人公欧尼桑乌是身为奥克克族人的母亲被努努族将领强奸后生下的孩子，被称为伊乌（Ewu，伊格博语中指"山羊"）。逃到沙漠里的母亲在生下女儿之后，给女儿取名欧尼桑乌（Onyesonwu），这个词在古老的语言中意思是"谁惧死亡"，母亲同时也将被强奸的创伤记忆传给了欧尼桑乌，促使她去挑战并打败她的父亲。作为女人和伊乌人，欧尼桑乌受到性别和种族的双重诅咒，而作为补偿，她拥有与父亲相媲美的神奇力量。在孩提时代，她就已经开始显现出非凡而独特的魔力，随着她慢慢长大，她的能力也在不断增强。在一次无意中造访灵界时，她发现自己的生父正试图杀死她。为了躲避未来的灾祸，也为了了解自己的来处，她开始了一段旅程，与自然、传统、历史以及她文化中的精神奥秘进行斗争。

在这部小说中，欧尼桑乌拥有多种超能力：作为先知的能力，在现实世界、精神世界和祖先世界之间穿梭的能力，以及利用这些能量作为身体力量来保护自己和他人的能力。欧尼桑乌从一开始就怀疑《大经》的真实性，并质疑其合法性。一位说书人在讲述《大经》的起源神话时讲述过一个预言："一个努努（男）人将来到这里，重写《大经》。"（Okorafor, 2010：239）而在现实中，重写《大经》的却是欧尼桑乌这个女人。除了打败自己的父亲，欧尼桑乌在朋友们的帮助下完成了重写《大经》的使命。欧尼桑乌最终被乱石砸死，但在此之前，她解放了奥克克族和努努族的所有女性，且赋予她们前所未有的能力。在名为"第一章：改写"的最后一章中，奥科拉弗改写了小说的结尾，让欧尼桑乌逃到了一个地方，在那里，她将与失散的同伴团聚。"她想到了《大经》中的喝棕榈酒的人。他活着就是为了喝他那甜美的棕榈酒。有一天，他的棕榈酒专家从树上掉下来摔死了，他伤心欲绝。但后来他意识到，如果他的榨酒高手死了，那么他一定在别的地方。于是，醉汉的探索开始了。"（Okorafor，2010：925-926）这里，奥科拉弗让欧尼桑乌的思绪转向了喝棕榈酒的人，也是在呼应阿莫斯·图图奥拉的经典推想小说文本《喝棕榈酒的人》，意在点明她的非洲推想小说与非洲口头故事之间的亲缘关系，为非洲推想小说建立了一个包括口述、神话和泛灵论信仰的谱系。也正因此，奥科拉弗在小说的致谢页写道："献给祖先、灵魂和那个常被称为'非洲'的地方。"（Okorafor，2010：929）

《遥控》的故事背景设定在未来的非洲，这是一个高度发达的时代，自动机器、无人机和机器人与长期存在的文化和精神信仰并存。小说是一个经典的成长故事，年轻的女主人公经历了个人的毁灭，最终适应并成长为自己。女主人公名字叫桑科法（Sankofa，在非洲阿坎语中的本意是"取回"，它是阿坎族的一个原则，即人应该铭记过去，以便在未来取得积极的进步），但她并不是一开始就叫这个名字。她出生在加纳（Ghana）东北部的乌鲁古镇（Town of Wulugu），名字叫法蒂玛（Fatima），是树农的孩子。当一场流星雨的残骸——她称之为种子——接触到她的皮肤时，她的生活发生了巨大的变化。这颗神秘的、会发光的绿色种子赋予了她夺走生命的能力，她从法蒂玛变成了桑科法，也从一个女孩变成神，具有通过触摸或眼神杀死任何人的能力。属于法蒂玛的生活迅速解体，桑科法因为无法控制这种危险的能力，意外杀死了包括父母和哥哥在内的整个家乡的人。这场悲剧让她开始了解自己和那无法控制的力量的旅程。除了与一只名叫莫文皮克的狐狸相伴，桑科法孤身一人。作为死亡的养女，桑科法声名远扬，她穿梭于近未来、技术先进的加纳的城镇和村庄，在超自然力量的保护下，能够躲避独自旅行的年轻女性所面临的危险，能够获得通常仅限于男性的权力和自由。而且，桑科法拥有杀人的主权，但她并不会无缘无故夺人性命。实际上，她只有在被要求帮助受苦受难或已经奄奄一息的人，或者别人威胁到自己的生命时，才会使用她的力量。她还利用自己的杀戮力量来保护自己和他人免受掠夺者的伤害。虽然其死亡化身将桑科法排除在正常生活之外，但它也赋予她能够控制空间并影响世界的能力和权力。桑科法宣称："我是桑科法，我属于我想属于的地方。"（Okorafor，2020b：53）

通过流动的生活方式，桑科法重塑了自己的生活和存在空间，她可以炸掉或毁掉任何自己不喜欢的东西，换言之，她坚持重塑世界，而不是受制于它。《遥控》这个故事的女性主义核心在于，桑科法是一个暴力人物。作为一个有能力保护自己不受伤害的女孩，桑科法超越了父权制暴力的范围。女性主义作家莫娜·艾尔塔哈维（Mona Eltahawy）在《女人和女孩的七宗必要的罪》（*The Seven Necessary Sins for Women and Girls*）中指出，女孩在父权制世界中特别脆弱，她们陷入了一个致命的困境，在这个困境中，她们受到暴力侵害，但却被社会化为没有能力保护自己或进行反击。因为父权制助长并保护这种暴力，而这种暴力有助于维持所有男性都享有特权的社会结构。男性是这种暴力的受益者，因为这种暴力维护了父权制。这是父权制的基础（Eltahawy，2019：377）。社会化的工具则是"好女孩"的概念，它被用来加深女孩的脆弱性，以便虐待和剥削她们。而桑科法远不是一个好女孩，她违背了关于女性应该如何的常见假设：从七岁起，她就过着流浪的生活，她有着"黑暗和甜美"的面孔，她不傻笑，也不可爱，但她很在意自己的外表；金色耳环、颜色协调的服装和引人注目的假发构成了她的标志性造型。她挥舞着神灵的力量，却并不轻视自我形象和自我护理。她戴假发，为了使假发不那么痒，她需要经常在头上涂抹乳木果油，因此她的包里随时放着一罐比成年人的拳头还大的乳木果油。在与捕猎者相遇后，"她转身离开，打开包，拿出那罐厚厚的黄色乳木果油。她舀了一勺。她把它放在手中揉搓，直到它变软然后融化。然后她把它擦在胳膊、腿、脖子、脸和肚子上。她叹了口气，因为她干燥的皮肤吸收了天然的保湿剂"（Okorafor，2020b：15）。这个场景描述的画面简单又普通，但却有力地唤起了一种根深蒂固的黑人女性主义思想，即对自我和身体的关爱。桑科法身上体现出一种理想的女性主义，作为一个单独生活的女英雄，她从来不曾面临现实生活中单身女性所需要担心的安全问题。她不是传统意义上的"好女孩"，她拥有夺取他人生命的能力，但她也是一个失去家园、寻找家园的年轻脆弱女孩；她身上的种种矛盾之处让她变得真实可亲，也更具人性，而她自己，在认识到了神话英雄的人性后，在改变自己的同时也让自己拥有同样的人性。

恩迪·奥科拉弗大部分的故事背景都设定在非洲，它们讲述了奥科拉弗想象和创造的同一个非洲未来，而这个未来跟女性紧密相关，甚至可以说，这个未来由女性开启且支持、保护女性的生存和发展。《发明之母》中，安武丽的智能房屋的默认性别是女性，其功能和目的也是服务和保护女性；《宾蒂》中，少女宾蒂依靠自己的数学天赋和才能，成为族人中第一个进入顶级星际学校学习的人，亦即，宾蒂代表族人的未来，肩负着族人和她自己过去所有奋斗的重任；《谁惧死亡》中，欧尼桑乌从一个被社会排挤、被族人抛弃的女婴成长为一个有能力拯救和治愈整个民族的强大女英雄，她不仅解放了所有女性，也泯除了种族间的仇恨；《遥控》中，桑科法遭遇意外，成为死亡的养女，为大部分人所惧，但这也同时赋予她拯救弱者和重塑世界的能力和权力。奥科拉弗创作的其他较受欢迎的非洲人未来主义作品还有《寻风者扎哈拉》《潟湖》《影子演说家》《努尔》等。《寻风者扎哈拉》以虚构的非洲王国奥尼为背景，讲述了13岁的少女扎哈拉为了拯救好友达里（Dari），冒险进入禁忌森林，遇到各类精灵和动物的奇幻故事；《潟湖》设想了一场外星水生生物对拉各斯（Lagos）的入侵，以及各种神灵和怪物（生态恐怖分子剑鱼、会变形的烟雾怪物、长着牙齿的海怪、到处游荡的美国式约鲁巴神灵、拥有超能力的说唱歌手、在地下编织故事的蜘蛛神、会复活的杀人公路、人格化的化妆舞会等）以及身处其中的人类在这场混乱中的选择和竞争，小说中的海洋生物学家阿朵拉这个主要女性角色的工作很大程度上决定了拉各斯的未来；《努尔》的女主人公天生残疾，她用生物技术增强自己的身体，以提高自己的生存能力，最后，她不仅拯救了自己，还拯救了生活在沙漏中的人们。《影子演说家》中的女性力量集中在被称为尼日尔红皇后的萨拉尼亚·贾（Saráuniya Jaa, the Red Queen of Niger）这个人物身上，她斩杀厌恶女性和贪慕权力的男性（也就是女主人公的父亲），她拥有穿梭于不同的世界的超能力，在行事上也敢于跨越了女性期望的所有界限。总而言之，在奥科拉弗的非洲人未来主义的推想小说世界中，女性有力量，有智慧，有道德，在非洲乃至世界的未来中都扮演着正面积极的角色，发挥着不可或缺的作用。

5　结语

恩迪·奥科拉弗的非洲人未来主义推想小说抵制了非洲是黑暗大陆或需要西方拯救的主流形象，同时也注入了非洲神话的元素，在神话中，女性是战士，是科学家，是对非洲文明发展影响深远的人物，提供了不同于非洲现实文学中女性形象的另一种叙事方式；小说展示了强大的非洲女性角色，并打破了传统的性别观念，改变了现有的性别-权力动态，赋予当代的非洲人——尤其是女性——以权力，她们可能还没有完全超越商品化、物化和被征服的女性形象，但她们接近成为自己的自由精神，强大而自由，永远不会被他人的看法所控制。通过挑战和颠覆非洲文学中的传统女性形象，奥科拉弗重述了非洲性别关系的故事，向年轻女性展示了她们所能获得的潜在力量，并以新的方式照亮了非洲的未来。

参考文献

Bryce J, 2019. African futurism: speculative fictions and "rewriting the great book"[J]. Research in African literatures, (50).

Burnett J Y, 2015. The great change and the great book: Nnedi Okorafor's postcolonial, post-apocalyptic Africa and the promise of black speculative fiction[J]. Research in African literatures, (46).

Dery M, 1994. Black to the future: interviews with Samuel R. Delany, Greg Tate, and Tricia Rose[M]// Flame wars, the discourse of cyberculture. Ed. Mary Dery. Durham: Duke UP.

Eltahawy M, 2019. The seven necessary sins for women and girls[M]. Boston: Beacon Press.

Gueye O, 2009. Africa & science fiction: Wanuri Kahiu's "Pumzi"[EB/OL]. (2009-10-25)[2023-11-20]. https://www.youtube.com/watch?v=SWMtgD9O6PU.

Le Guin U K, 2003. Changing planes[M]. New York: Houghton Mifflin Harcourt.

Okorafor N, 2010. Who fears death[M]. New York: DAW.

Okorafor N, 2015. Binti[M]. New York: DAW.

Okorafor N, 2017. Sci-fi stories that imagine a future Africa[EB/OL]. (2017-08-30)[2023-11-20]. https://www.ted.com/talks/nnedi_okorafor_sci_fi_stories_that_imagine_a_future_africa.

Okorafor N, 2018. Mother of invention[EB/OL]. (2018-02-26) [2023-11-20]. https://slate.com/technology/2018/02/mother-of-invention-a-new-short-story-by-nnedi-okorafor.html.

Okorafor N, 2019. The Binti series[EB/OL]. (2019-02-05)[2023-11-20] https://nnedi.com/books/the-binti-series/.

Okorafor N, 2020a. Africanfuturism defined, Africanfuturism: an anthology[M/OL]. Ed. Wole Talabi. (2020-10-19)[2023-10-29]. Brittle paper.

Okorafor N, 2020b. Remote control[M]. New York: Tom Doherty Associates.

Okorafor N, 2021. Exploring Nnedi Okorafor's Africanfuturist universe[EB/OL]. (2021-07-27)[2023-11-20]. https://www.tor.com/2021/07/27/exploring-nnedi-okorafors-africanfuturist-universe/.

Okorafor N, 2022. Nnedi Okorafor on technology and spirituality[EB/OL]. (2022-04-21)[2023-11-20]. https://brittlepaper.com/2022/04/africanfuturist-author-nnedi-okorafor-on-technology-and-spirituality/.

Okorafor N, 2023. The Binti series[OL]. [2023-11-20]. https://nnedi.com/books/the-binti-series/. Nov. 20, 2023.

Oku A, 2021. Africanfuturism and the reframing of gender in the fiction of Nnedi Okorafor[J]. Feminist Africa, (2).

Resnick M, 1993. Introduction[M]//Future earths: under African skies. Eds. Gardner Dozois and Mike Resnick. New York: DAW Books.

Saunders C R, 2000. Why blacks should read (and write) science fiction[M]//Dark matter: a century of speculative fiction from the African diaspora. Ed. Sheree R. Thomas. New York: Grand Central Publishing.

Väätänen P, 2019. Afro-versus Africanfuturism in Nnedi Okorafor's "the magical negro" and "mother of invention"[EB/OL]. (2019-08-31)[2023-11-20]. https://vector-bsfa.com/2019/08/31/afro-versus-african-futurism-in-nnedi-okorafors-the-magical-negro-and-mother-of-invention/.

作者简介

余静远，中国社会科学院外国文学研究所编辑。主要研究领域：文学与思想史、非洲文学与文化。电子邮箱：whu_yjy@126.com。

（责任编辑：张剑）

阿尔瓦雷斯《加西亚家的女孩不再带口音》中的消费主义与被删除的个性

孙红卫　孔奕羽

摘　要： 在阿尔瓦雷斯的《加西亚家的女孩不再带口音》中四姐妹试图跻身美国社会、奋力争取身份定位和文化认同的时期，正值新自由主义兴起、消费经济蓬勃发展的阶段。消费主义作为一种意识形态拆解、消融着四姐妹的主体性，掩盖着她们真实的个人特性和情感冲动。本文聚焦小说隐含的历史语境与意识形态背景，引入当代思想对于新自由主义及消费社会的批判性论述，从身体、个性和人际关系三个方面，重新关照四姐妹的主体建构与成长经历；并反思如何跳出符号象征之下身份认同的假象，实现一种对于个体的"如其所是"接纳。

关键词： 茱莉亚·阿尔瓦雷斯；消费主义；符号；主体性；焦虑

Consumerism and Canceled Individuality in Julia Alvarez's *How the Garcia Girls Lost Their Accents*

Hongwei Sun, Yiyu Kong

Abstract: Julia Alvarez's *How the Garcia Girls Lost Their Accents*, a novel about four girls from a Hispanic American family trying to win acceptance and achieve self-identification in America, is set exactly in the period of booming neo-liberalism and consumerism. Thus, consumerism as a dominant ideology affects and even deconstructs the subjectivity of the four girls. Focusing on the historical context and ideological background of the novel, this article introduces insights from contemporary studies of neo-liberalism and consumerism to reexamine the four girls' growth and subject construction from the perspectives of body, individuality, and personal relationships. It then proposes a possible recognition for the marginalized, which accepts them just as themselves, without entrapping them with the illusion of identity under consumerist symbols.

Keywords: Julia Alvarez; consumerism; symbols; subjectivity; anxiety

美国多米尼加裔小说家茱莉娅·阿尔瓦雷斯（Julia Alvarez）的自传体长篇小说《加西亚家的女孩不再带口音》（*How the Garcia Girls Lost Their Accents*）[①]是可以与《芒果街上的小屋》（*The House on Mango Street*）分庭抗礼的经典成长小说，被奥克兰国际笔会授予约瑟芬·迈尔斯奖（Josephine Miles Award），也被美国"全民阅读计划"列为推荐读物之一。它以倒叙的手法和跳跃的人称视角，讲述了来自多米尼加的加西亚四姐妹从童年到中年的故事。四姐妹在政治动荡的故乡度过紧张却也充满温情的幼年时代，后因局势所迫移居美国，在陌生的环境里度过了漫长而痛苦的文化和语言的转变期，最终在多舛的中年对自己的身份和往后的人生重新思考。

国外学者不乏对它的研究，切入点覆盖族裔、移民、性别、精神分析等视角，但最具关注的研究点在于族裔的文化和身份变迁等方面：既有对四姐妹混杂的文化身份和矛盾的身份认同进行的研究（Luis，2000：839），亦有学者研究四姐妹在"主体"与"他者"之间不断流变的定位（Gómez-Vega，1999：85）。国内的研究较有代表性的成果包括《论〈西班牙征服者的血统〉中的记忆政治》（石平萍，2009），以及《〈加西亚家的女孩不再带口音〉中语言与文化身份解读》（张瑛，2015）。前者聚焦政治压迫对于集体和个人记忆的改写，以及作者对于真实记忆的追溯和重构。后者则关注语言反映出的四姐妹文化身份的流变过程。不难发现，无论从何种角度出发，对于这部典型的族裔文学作品的关照大都围绕着身份/主体认知等议题展开。

本文认为，已有研究在关注身份的同时却没有充分关注四姐妹成长过程的历史语境，纵有对于小说历史背景的讨论，也只局限在多米尼加的政变等微观、具体层面，忽视了小说时间设置里隐含的更宏大、抽象的历史阶段。主人公进行自我建构的过程深受时代主导意识形态的统摄，因而呈现出一种悖论性、遮蔽性的症候：在迫切地争取、确立主体性的同时，四姐妹也在不断失去自我。同时，四姐妹的身心被社会裹挟、湮灭的遭遇，以小见大地折射出当代人共有的困境，即新自由主义之下的"同质化地狱"，因而对其命运的探讨也具有比小说原来的设定更广泛的意义。

在承袭前人对该小说身份关照的基础上，本文将视角转移到四姐妹的主体性构建与特定历史时期的意识形态的互动上：在四姐妹移居美国后急切地想要厘清身份定位、获得美国社会认可的过程中，新自由主义时期弥散的消费主义意识形态与四姐妹的身份主体构建的悖论性有着紧密的关系，它使得四姐妹看似确立了主体性，实际上却在更深的层面自我迷失。

[①] 本文中文引用部分参考的是译林出版社于2014年出版的国内首个译本，译者林文静。为照顾上下文语法等因素，笔者对部分小说原文引用在保留原意的基础上进行了修改。同时本文有少量英文原版参考，原版参考的是Algonquin Books于2010年出版的版本。

1 身体的符号化：背后的焦虑

小说时间背景横跨1950—1989年，四姐妹于1960年移居美国，人格塑造最关键的青春期恰逢美国逐渐走向过度繁荣的"滞涨"以及由凯恩斯主义转到新自由主义的阶段。亨利·列斐伏尔（Henri Lefebvre）在其《现代世界的日常生活》（*La Vie Quotidienne dans le Monde Moderne*）中敏锐地察觉到20世纪60年代之后与以往的时代有所不同，并指出这个时代已经被消费所控制，消费者将自己的情感投射到符号/物品上，自我认同成了符号认同，结果成了消费意识形态的认同（蒋道超，2006：660）。总之，作为意识形态的消费主义已经超越了社会风气的定义，深刻渗透在新自由主义阶段美国社会和思想中，以至对极其微观的个人自我认知、定位都起着强大的统摄作用。韩炳哲（Byung-Chul Han）在论述这种经济秩序时，亦有类似的阐述："新自由主义的经济秩序永生不死，发展出一种强烈的占有能力，从细微处渗透了个体生活的方方面面。"（韩炳哲，2019b：176）这正契合了加西亚一家逃往美国之前，老仆人舒沙对美国的描述："那是一个中了魔咒、不安全的地方，而现在她们必须在那里生活。"①（阿尔瓦雷斯，2014：199）危机四伏的"魔咒"正是这种经济秩序强大渗透力的生动表达，而"魔咒"一词，恰也是《消费社会》（*La Société de Consommation*）中让·里鲍德里亚（Jean Baudrillard）反复给予消费主义意识形态的修辞。

"身体是自我的一个标志性特征。"（汪民安，2020：25）在消费社会中，身体突破了简单具体的实在，成为一种文化事实，个体与身体的模式无疑反映了社会关系的组织模式，当前生产消费的结构在这一主题上促成了对身体的实践（鲍德里亚，2014：121）。在消费主义的"魔咒"之下，四姐妹的身体"消失"了。这种消失尤为深刻地体现在桑迪身上："这是一个可以被当成美国人的女孩，温柔的蓝眼睛，白皙的皮肤，她不由自主地意识到那是别人对她的评价，一些重要的美国人，比如像范宁大夫这样的，对她的评价：漂亮。长得漂亮，她就不用回老家去了。"（阿尔瓦雷斯，2014：163-164）不同于其他三位姐姐，桑迪身体的白人特征为她赢得了夸赞，但更根本的是它给了幼年的桑迪对于外貌的最深刻暗示：身体特征可以换得认可和接纳。在此刻，身体背后象征的"文化事实"暴露出来。因此，与其说白人外貌特征给予了桑迪在美国生存的优势，不如说这是一种身体走向自我解构的起点，它从根源上暗示着身体的象征潜能，给了成年后的桑迪一种身体可开发的方向。

虽然酷似白人令她得到了便利，但桑迪自始至终最喜爱的却是自己族裔的身体特征。儿时的桑迪在与范宁夫妇聚餐的时刻，为餐厅西班牙舞蹈的狂野开放的姿态

---

① 英文原文为"a bewitched and unsafe place where they must now make their lives"（Alvarez，2010：237）。

深深着迷，"舞者们跺脚拍掌，像马一样高昂起头。桑迪的心在飞翔。这种狂野而又美丽的舞蹈来自像她一样的人，西班牙族裔：这个民族的舞蹈激起了一种奇怪而又不安分的快乐"（阿尔瓦雷斯，2014：166），这无疑展现着她对自身族裔身体的天然欣赏。但是除了自发的欣赏之外，桑迪对自身族裔外貌的狂热还有着别的触发因素：父亲为了留在美国不得不虚伪隐忍，出卖自己的感情与范宁太太暗通款曲，而自己却因为幸运地保留了家族里的瑞士基因却可以轻易地得到接受。这两个方面的对比给了桑迪深刻的暗示，她的优越感只是白人优越性在她的外貌上的投射；而父亲在范宁夫妇面前的无力，才真正揭露了自身族裔在美国的他者性事实。

这种来自美国的排斥给桑迪造成了"与他者对峙的局面，而只有在对抗之中才能自我强化"（汪民安，2020：37），换言之，这种自身族裔在美国的边缘性以及主体性的匮乏"是一种有助于身份建构的暴力"，只有面对敌人的社会，自我才获得"自身的尺度、自身的边界、自身的形态"（韩炳哲，2019b：67）。幼年的经历反向促进了小桑迪的自我意识冲动，她萌生了还击被动、压抑处境的想法。但幼年桑迪的反抗只能是表面的隔靴搔痒，无法从根源上带来改变，但它在经年累月的累积后终于在青年时的桑迪身上爆发。既然身体成了与"认同"相挂钩的符号，那么她不如索性从符号入手，用它来反抗族裔的被动地位。桑迪走上了疯狂的美容之路，她"想让自己的肤色更深一点，以便能够融入她的姐妹之中"（阿尔瓦雷斯，2014：46）。消除自身的白人特征，正是把美国标识为敌人或者自身的反面，"针对他者的破坏性能量，对于塑造一个轮廓分明的自我又是建构性的"（韩炳哲，2019b：67），可见后期的桑迪对西班牙身体的狂热，已经偏离了幼年观赏歌舞时对族裔身体本身的热爱。此刻，身体在彻底符号化的过程中，已经与追求主体性的焦虑急切地融合在一起。

桑迪要用身体的符号性进行反击：一方面，通过改造自己的身体、不断增添西班牙特征，桑迪在符号意义上强调了自己族裔的存在感，试图将边缘化西班牙裔在景观角度拉入美国的视野；另一方面，纵使在社会层面不被认可，但是通过将族裔身体特征变成自己的审美追求的方式，可以在美学层面对西班牙裔身份的重要性进行表白。在对族裔的窘境进行突破的过程中，桑迪没有直接进行社会性对抗，而是利用身体的象征打开一条缺口，这不失为一种策略，但是身体为此被开发成了一种功用性的符号，并失去实际意义的关照。如鲍德里亚所说，这种对身体的改造和美容，将身体成为自身关切之物，虽然看似成为一种自我关照，并且垄断了个人的情感，实则并没有因此获得了身体自身的价值，因为在这实际是一种"指导性自恋关系"，对身体的操作实际上是为了表现出一些可见符号（鲍德里亚，2014：123）。桑迪并不了解也不屑关心自己身体最需要什么，为了它的文化指涉不断打破身体的底线，终究在疯狂节食后被送入了精神病院，身体成为在象征意义上进行的反抗的牺牲品。

综合来看，桑迪对身体的关注和改造是一种"经济/政治性的投入"：身体以价值/符号的方式被重新占有，把它当成一种社会能指来操纵，其一切具体价值向与功用性的"交换价值"进行蜕变，在所谓身体解放的神话背后，实际上是一场更深刻的异化工程（鲍德里亚，2014：123-125）。对身体的美黑，是为了交换对自身族群重要性、主体性的强调：仿佛对自己的西班牙特征保持美学角度的主动性，便可以忽略或者掩饰自己依旧是被审视、被选择的事实。但是当身体健康成了代价，桑迪所谓的主体性构建，便暴露出其毁灭性自我异化的本质，"这一自我异化恰恰发生于自我完善和自我实现的过程中，当主体将自身当成有待完善的功能对象时，他便走向异化了，在病理上，它表现为对身体意象（das Korperschema）的破坏"（韩炳哲，2019d：58）。在身体终于垮掉、消失之后，主体构建的失败也无法掩饰，"这是绝望的最后呼喊，这种绝望以一种自毁性的暴力形态表现出来，绝望的强度最终决定了身体自毁程度"（汪民安，2020：53）。

回望桑迪人生中对身体的态度变化，可以发现在她主动用符号的逻辑去改造身体之前，主导性的身体意识形态是多米尼加的天主教观念，这一点在其他姐妹身上也体现着，三妹约兰达到了中年也仍旧残留着一些这样的痕迹，她不愿意在与情人亲热时开灯、不愿展现自己的身体缺陷、在亲热时也总是自我重复身体的圣洁性。鲍德里亚提出，关于身体的意识形态经历了从天主教代表的"唯灵论"，到现代社会对身体的"解放"的过程，但是身体只是作为符号被解放了，与灵魂崇拜解绑后，又被更具功用的当代意识形态捕获，这个过程看似是一种世俗化，实际上只是身体落入新的"圣化符号"的悲剧（鲍德里亚，2014：123-125）。从老家到美国，四姐妹的身体从未真正属于自己，而是一直服从各种文化所指。桑迪的身体脱离了天主教的"大他者"后获得的不是自由，"自由的辩证法在于它生产出了新的强制，脱离了他者的自由骤变为一种自恋式的自制（Selbstbezug）"（韩炳哲，2019b：40），桑迪在对身体美容的过程中似乎解放和把握了自己的身体，实际上却让它服务于自己的"身份革命"，成了追求主体性的过程中一道空洞的景观。身体作为自我最后的私产（汪民安，2020：25）竟被忽略，暴露了桑迪主体性建构的虚幻性与背后的焦虑实质。

2 "同质化的恐怖"：何来"个性"

在新自由主义的语境中，"身份革命"背后暗藏着更加可怕的"同质化的恐怖"（Terror des Gleichen）："性格"是一种排斥现象，因为它的前提是排除和否定与他人的同化，"但正因其排斥性，性格反倒令自我有了形状并得以巩固"（韩炳哲，2019b：67）。但这与消费与生产之下的"绩效社会"（Leistungsgesellschaft）水火不容，绩效社会要求主体成为一个灵活的人，不容许任何清晰的自我轮廓，一个"理想的人"也是一个无个性（charakterlos）、没性格的（charakterfrei）的人（韩炳哲，2019b：68）。为此，人们不惜强迫自己就范，同自己发动战争（韩炳哲，2019b：129）。

刚进入大学时，约兰达时刻紧张着，生怕暴露自己与美国同窗们的不同，每日都埋在课业里，生怕遭人耻笑，然而鲁迪的父母却毫无阻碍地接受了他们的恋情："他爸妈认为结识来自其他文化的人应该很有趣。似乎我对他们儿子而言是一堂地理课，这令我生厌。但那会儿我理屈词穷，甚至不知如何对自己解释为什么会因为他们的评论而烦恼。"（阿尔瓦雷斯，2014：88）如此措辞让约兰达感到不妥，因为鲁迪父母的想法在本质上是一种"归类"，一种消费主义视角下的个性异化。无论怎么对个体进行区分化修辞，实际上都是向某种"范例"趋同，都是通过对某种抽象范例、某种综合组合起来的形象来进行身份确认，这并没有给个人贴上独特的标签，相反只是表明了其对某种编码、某种变化的价值等级的服从和归类，这恰恰不是真正的差异，而是一种"垄断性、集中化的差异生产"（鲍德里亚，2014：71-72）。这便不难理解鲁迪父母后来遇见约兰达时，对她的夸赞是她的英语"没有口音"，此处的修辞与前文对其族裔特征的肯定看似矛盾，实则贯彻一致的逻辑。他们对约兰达最怕暴露的族裔独特性进行了所谓的接纳和关照，实际上在更大程度上遮蔽了约兰达的个性。强调对个人的大类区分，最终只是再次实现"同质化"的定义。

这种"分类"最吊诡之处在于，它在对个人进行同质化的同时，也通过强调"范例"制造了尊重差异的表象，遮蔽了对个性的抹杀。《消费社会》里对这种遮蔽性有着精准的概括，"在差别丧失之基础上，建立了一种对最小边缘差异（P. P. D. M）①的崇拜"（鲍德里亚，2014：72）。一方面，虽然约兰达真正的个性、特殊性被略过了，但是在渴望被看见、被接纳的焦虑之下，只要可以得到认可，个性便可以用这种不易察觉的方式"合理"地被牺牲；另一方面，虽然约兰达个性被隐蔽地忽略了，语言的表象却对她的族裔特性给予了强调、赞扬，戈麦兹-维嘉（Gómez-Vega）就曾对此论述，鲁迪父母在夸赞约兰达的西班牙身份时，暗示了她的"过于不同"（Gómez-Vega，1999：92），即真实的个性空缺出来后，"最小边缘差异"却用存在感极强的方式快速补位，反倒给主体造成一种个性被强调的错觉。这种错觉证实了新自由主义"幻想中的自由"，自我的异化和阉割披上了自我实现的外衣，给人一种"感觉上的"主体性，而正是这种幻象消弭了反抗的可能（韩炳哲，2019d：57）。遮蔽性在约兰达身上便沿着以上两条逻辑魔力般地运作着。

---

① 《消费社会》中，鲍德里亚用这个词来定义对个人进行分类的"范式"，他认为这种标签化分类只看到了个人最无足轻重的特征，而没有触及个体任何真正的特点以及与他人之间的真正的差异，所以把这种差异叫做"最小边缘差异"。

强调"最小边缘差异"的标签化修辞，"是统御着当今社会一切生活领域的绩效意识形态蔓延到个体间的结果"（韩炳哲，2019a：30）。"持续的工业化必然要求身体灵魂的循规蹈矩"（韩炳哲，2019b：123），将个人视作一种"标准模式"，以便快速消弭白人对于未知族裔他者的陌生感，以及消除可能的摩擦与龃龉，快速生产所谓的和谐。鲁迪与约兰达的分裂也源于此。他们因为性观念不同而争吵，约兰达无法克服天主教价值观里性观念的障碍，希望鲁迪对二人恋爱关系摆出严肃认真的态度，以确保两个人是"认真的"。但对沟通以真正实现融洽相处的期望，却遭到了鲁迪的拒绝："'认真的！'他扮了个鬼脸，'那么乐趣呢？乐趣，你懂不懂？'"（阿尔瓦雷斯，2014：89）。鲁迪对二人关系的指导原则，直指快速生产和谐与亲密的目的，"爱情被驯化成一种消费模式，成了可消费、可计算的享乐主义的对象。不存在风险，不考量胆识，杜绝疯癫和迷狂，避免产生任何消极或者否定的感觉，舒适的感觉和无需承担任何不良后果的刺激取代了痛苦和激情，消极面的缺失导致了当今爱情的枯萎"（韩炳哲，2019a：38）。

但纯粹的爱欲从根本上体现了对"他者"这一存在的体验，"唯有到无能为力（Nicht-Können-Können）的境地，他者才有机会出现，意即爱情的经验要通过'无能'来实现，这是他者现身的代价"（韩炳哲，2019a：4）。为了身体的亲密接触和关系的进一步发展，鲁迪绕过了对二人不同个性以及观念差异的重视与磨合。但这个最不可调和的矛盾，恰恰就是"无能为力"的时刻，即最有机会穿越"他者之境"抵达爱情的时刻。它被鲁迪以享乐爱欲模式被忽略了，这代表着真正的爱情在二人之间不再可能发生。同时，鲁迪对关系内"无能为力"的否定性经验的回避，更是对约兰达本身的否定。约兰达对鲁迪而言是恋爱关系中的"他者"，鲁迪本应该体会到"遭遇他者，被他者推翻，被他者改变"的他者经验（韩炳哲，2019d：5），但是他却用自己的意志指导这段关系的走向，于是鲁迪"与他者擦身而过，无视他者的存在，陷入无尽的自我循环之中"（韩炳哲，2019d：4）。换言之，以融洽为导向的说辞看似增进了关系的亲密，却完全删除了恋爱中与"他者"的碰撞，这是对约兰达深刻的忽视与否认。约兰达分手后失望地感叹，"我看到在这个国家等待我的将是冷寂的一生，我将难以找到能够理解我这种奇怪地集天主教和不可知论、拉美裔和美国风格于一身的人"（阿尔瓦雷斯，2014：89），她的失望是两方面的结果：纯粹的爱欲在消费社会被宣告不可能，再加上对约兰达的忽略给她主体性构建的过程造成了不可逆转的挫伤。

这段虚假的亲密关系给约兰达带来了巨大的代价，约兰达作为鲁迪恋爱中的"他者"没有被尊重，这"触发了另外一个全然不同的毁灭过程，即自我毁灭（Selbstzerstörung），暴力辩证法无处不在：拒绝他者带来的否定性，会引发自我毁灭动向"（韩炳哲，2019d：2）。长久的忽略之下，约兰达将对个性的否认内化为自我攻击。在看到同学们对她的诗歌看似夸赞实则敷衍的评语之后，她感叹道："我咒骂着自己的移民出身。倘若我也是在康涅狄格或弗吉尼亚出生的，我便会明白大家拿1969这个年份的最后两个数字开玩笑是什么意思；我也会跟人做爱或吸食大麻；我也会有晒日光浴的父母，在圣诞假期带我去科罗拉多州滑雪"（阿尔瓦雷斯，2014：85）。在无形之中，约兰达的自我定位发生了转变，开始戕害自己最独特的差异，转而向往一些符号、一些"范式"，它们每一个都象征着美国中产阶级稳定而舒适的生活和社会地位。通过主动选择一种主流的"同质化"倾向，约兰达试图获得"融入"的感觉。在个性被极端忽略的失落里，约兰达对主体性的追求悄然变质，转向一种自我针对的暴力——"暴力表达为一种来自外部的冲击，它袭击了我，战胜了我，并且由此剥夺我的自由"（韩炳哲，2019b：95）。在追求认可的迫切心情中，她的自我认知、主体构建方式完全被标签占有了，主动自我阉割并向白人中产"范式"靠拢，真正的主体性自由在约兰达不知不觉中消失。这种"自由"的幻觉，便是新自由主义之下的"暴力经济学"（Ökonomie der Gewalt）对人格悄然进行暴力占有的方法。

在小说细节中也不乏多角度隐喻，以暗示个性在符号中的消失。例如，母亲经常把四姐妹的名字弄混，以通用的昵称"猫咪"呼唤她们，她有时甚至混淆了她们的生日、职业，但是她却可以准确地讲起某个女儿的故事给大家听。名字、职业等与个人最直接相关的符号在母亲的叙述中却消失了，她看到的是每个女儿的本真模样。同时，小说结尾部分有一处耐人寻味的情节：幼年的约兰达无意中发现一窝流浪小猫，她为最喜欢的一只取名"施瓦茨"，这是她最想去购物的一家美国连锁玩具店品牌名。在试图带走小猫的过程中，约兰达因惧怕猫妈妈的报复而将小猫丢弃，之后原路返回却再也无法找到它。此处的"施瓦茨"不仅是小猫的名字，还是消费社会的隐喻，小猫被命名为"施瓦茨"后被约兰达捕获，被遗弃的命运便紧随其后。因此，从隐喻的角度来看，此情节与本段开头的情节是两种命运的对比：四姐妹最真实的自我在母亲去符号化的对待中得以保留，因为这种"如其所是"的对四姐妹的尊重是一种"通往全然他者（das ganz Andere）的深刻认识（Erkenntnis）"，这种认识有一种与救赎（Erlösung）类似的架构，将被认知的对象从主体存在的匮乏里解救出来（韩炳哲，2019d：7）；而一旦落入符号化过程，尤其是美国消费逻辑的符号系统，悲剧便不可避免地发生了，饱含消费主义暗示的符号却给小猫带来遗弃的命运。这代表着消费符号背后潜伏着的个性之死。

3　撕碎的"自我"：情感的匮乏

"我们时刻把所有事物拿来比较、归类化、标准化，为'异类'寻找同类，因为我们已经失去了体验'他者'的机会。"（韩炳哲，2019a：12）伴随着同质化社会中的个性的消除，主体本应在与他者的辩证对立关系之中被赋予生机和活力，而现在全然的同质让人际关系缺少了活力（韩炳哲，2019d：9）。这种失去生命力的人际关系成了影响四姐妹主体性构建过程中的另一个关键因素。

在与范宁夫妇聚餐之前，父亲罕有地叫了一辆出租车而没有选择挤公交，桑迪心中泛起久违的情愫，一种在老家时时刻刻拥有的被人关注的感觉，这样的关注让她"感觉到了自己的重要性"（阿尔瓦雷斯，2014：157）。在美国的日子里，四姐妹似乎是不乏关注和照料的，楼下的拉尔夫看门人、饭馆里的服务生都和颜悦色地招呼着她们，甚至范宁夫妇也对她们款待有佳，但这种"关注"却始终无法让四姐妹感觉到自己在被关照。因为它属于鲍德里亚定义的一种"关切机制"，这一机制无论表象如何殷切，"本身仍旧是一种生产机制"（lui-meme un système de production），它生产社交性，所谓的关切只是对象征关切的符号进行消费（鲍德里亚，2014：158）。服务生与拉尔夫的殷勤背后是待一家人支付的账单；纵使是主动请客的范宁夫妇，也在其他方面与加西亚一家进行着交换：父亲与范宁太太的私情以及二人的心照不宣，为加西亚一家在美国换取生机。总之，热情的"氛围"不再含有任何自发性，且无论如何都会透露出背后的经济真相来（鲍德里亚，2014：160）。萦绕着四姐妹的关切不是真正的情感流动，只是用来交换和价值增值的"货币"。在符号化的真诚与关切之下，形成一种"情绪的独裁（Diktatur der Emotion）"，主体间真诚的交互性因此欠缺，在互动与服务之间"他们并没有彼此叠加起来，恰恰相反，他们彼此扣除"（鲍德里亚，2011：25）。然而"人是一个情感存在，一个始终在发生变化的情感存在，情动（affect）是人的生存样式"（汪民安，2022：9），真诚的情感流动的欠缺，终将给四姐妹带来身为情感主体的匮乏感。

在多米尼加时，四姐妹被仆人簇拥，照料她们的用人本质上还处在鲍德里亚所称的"源自封建传统的'服务'概念"里。他们"诚心诚意地、毫无保留精神地为人服务"，但在现代化的美国，"民主"的意识使得发自内心的"服务"成了不可能的概念，因此"一切都从存在和表象的粗暴辩证道德中解脱出来并且按照唯一的功用性进行了重建"（鲍德里亚，2014：160，162）。真正的主仆情深被抽空，服务只呈现出来空洞的功能性外壳，成了一种扁平的符号。马克·费舍（Mark Fisher）将这个过程看作一种晚期资本主义注定的走向，"礼仪与信仰被彻底转化成观赏性的物品，人们不再是仪式与抽象精神的体验者，资本主义就是信仰在仪式层面崩塌了之后剩下的消费与旁观（consumer-spectator）的残骸"（Fisher，2009：4）。简言之，在移居美国后，四姐妹在人际关系方面经历的曲折，不仅是人与人之间真诚的情感流动的匮乏，根源上是一种从传统观念断崖般坠入资本主义人际关系的不适应感。

在繁盛的"真诚符号"交换的背后，每个人都被封锁在工具理性和目的导向的逻辑里，一边生怕伤及自己的价值于是吝啬给予他人的关切，一边感到自己关切缺失的孤独。人被囚禁在所谓的"平等、民主"等对个人的强调修辞里，日渐形成孤岛。这便是同齐格蒙特·鲍曼（Zygmunt Bauman）在《流动的现代性》（*Liquid Modernity*）中定义的"个体化矛盾"（the paradox of individuality）：人与人间目的性的、脆弱的结合，是个体追求"民主、平等"的个人权利的不可避免的代价，但也是他们有效追求这些权力的可怕障碍，人的主体性终究在对个人权力的过度运用里悖论性地无法施展开（Bauman，2006：171）。对此，小说中也有着隐喻。约兰达因成绩优异得到了当众演讲的机会，受到《草叶集》（*Leaves of Grass*）里《自我之歌》（"Song of Myself"）的启发，她创作了一篇歌颂自我的演讲稿，这也是她第一次用英文产出作品。但父亲却将它撕掉，认为它侮辱老师。绝望之下的约兰达只得重写，"短短的两页，满是陈词滥调的溢美和谦虚之词：这是迫于需要而作的稿子"（阿尔瓦雷斯，2014：133）。最终老师被奉承得很开心，也给了她标准式的夸赞。陈词滥调的溢美之词代表着"象征真诚的符号"，而"迫于需要"则代指人际关系的目的性、生产性，约兰达收获的夸赞与老师们的满足则为这场"交换"画上句号。韩炳哲在《精神政治学》（*Psychopoliyik: Neoliberalism und die neuen Machttechniken*）中提到，"由于行为主体之间不会形成毫无目的的友谊，新自由主义导致的隔离并不能使我们感受到真正的自由"（韩炳哲，2019c：4）。被撕烂的《自我之歌》和被践踏的自尊心便隐喻着在人际"隔离"中，个体最基本的自由表达权被剥夺了，脆弱的人际关系终究会让自我成为牺牲品。由此进一步来看，这里被撕碎的演讲也含有更深刻的隐喻。埃里克·弗洛姆（Erich Fromm）曾评价，当下的"平等"并不是真正意义上对个人权力的尊重，而是一种抽象的"一致性"，削减每个人的特点以便于统一管理和现代大规模生产（Fromm，1985：12-13）。演讲稿的完成是约兰达首次以英文进行的"自我"表达，标志着主体的构建成功，但它又快速被撕碎，隐喻着真实的主体性权力将注定无法建立，即如今"自由、平等、民主"的主体性修辞极具欺骗性，它并非对自我的肯定，反而是对自我的毁灭，只是对人的一概化、模板化管理，真实的《自我之歌》终究要被摧毁，让位给千篇一律的陈词滥调。

综上分析，造成主人公情感匮乏的原因是多方面的：一方面是主体间真诚流动的匮乏，以及其给个人作为情感主体造成的伤害；另一方面则直接针对自我情感，"民主、平等"等聚焦个体性的语词的欺骗性背后，是个体自由与自我价值的贬损。

但是由于情感活动会在一次次的阉割与匮乏中失去韧性和强度，人作为情感主体会在此过程中经受存在之力的枯竭，最终导向主体的死亡（汪民安，2022：16-17）。情感的全方位符号化阉割在伤害四姐妹的过程中也潜移默化地被她们内化，在情感枯竭的惯性之下她们也主动放弃了对他人的真诚呼应，在沉默中宣告了四姐妹个人作为情感主体的死亡。小说开头，中年的约兰达回到老家，在采摘番石榴的路上车子出了故障，本地的几个男子试图进行帮助，但是约兰达却无比紧张，时刻担忧着他们会对她图谋不轨，男子们帮助换完车胎后，她又极力要给钱。约兰达的不信任，与其解读成她作为新女性对于老家落后的男女权力架构的恐惧，更应当定义为一种功用性关切的后遗症。在美国生长的二十年里，真诚的情感呼应如此稀缺，让她不再相信有发自内心的帮助，个人在情感的淡漠中慢慢丧失了给予真诚甚至鉴别真诚的本能。这也引人更深入地反思，或许"关切生产机制"对个人更深远的影响便是如此：它让个人"爱无能""真诚无能"，因而罕有的真诚相待也会因为无法被识别而被消磨，最后个体在被阉割掉情感能力的同时，也慢慢阉割了他人的情感能力，给他人制造了情感流动上的习得性无助。关切机制最终生产出了更多的情感压抑而封闭的人。这也照应了鲍德里亚对美国的人际气氛的评价：每个人都在孤独地奔跑着，只感觉到自己的存在，没有人会看你一眼，每个人都陷于自己那无个性的角色的强烈压力之下（鲍德里亚，2011：29-31）。

4 结语

刚到美国时，四姐妹的母亲急着去发明一系列小物件，"她需要向这些美国人证明，一个聪明的女子拿着一支铅笔和一个本子能做些什么"（阿尔瓦雷斯，2014：127）。这是母亲的认可焦虑最直白的表达。最终，母亲停止了发明并把自己的铅笔便笺传给了约兰达，这种焦虑便实现了自身恒久的、代际传递的隐喻性闭环。于是四姐妹便在此之上开启了曲折的自我构建之旅：她们在争取身体解放的过程中不断失去身体，在努力融入过程中不断被忽视，在尝试与他人建立连接的过程中不断被阉割，终究还是落入了符号与"自由"的陷阱。

四姐妹的困境在宏观上看，已经远超越了少数族裔的身份建构困局，而是新自由主义时期在全社会蔓延的"认同政治"的一种典型症候：主人公的遭逢，在个人层面揭示了使得它兴起的部分原因；同时也引人反思消费主义意识形态下，人被焦虑操控着，也被符号和象征交换掣肘着的脆弱性；更重要的是，它警醒我们在主动或者被动融入后资本主义时代的同时，多样性或说"他者"维度的消失是多么悄无声息。

在如此的意识形态之下，四姐妹的故事或许可以成为一种实践经验。在情节上，小说以自己的悲剧结局启示被边缘化的少数群体或任何陷入身份困局的主体，在认可的焦虑之下，更应当谨慎地对待自己的身份与差异性，而不是迫于焦虑自我戕害；同时，在结构上，小说采用"寻根之旅式"（"Viaje a la semilla"，也即"Joruney back to the source"）（Luis，2000：840）写法，因而在叙事层面上暗示着对每个姐妹最本真的自我的寻觅和回溯，焦虑的解决办法当然是要被看见、被接纳，但却应当是以自己的原本样子"如其所是"地被接纳，而不应当向焦虑和认可让步，自我抹杀、自我献祭。约兰达的佐薇修女说早早地启示着四姐妹和读者们，"每一片雪花的形状都是独特的，如同每一个人都是不可替代的，都是美丽的"（阿尔瓦雷斯，2014：151）。

参考文献

阿尔瓦雷斯，2014. 加西亚家的女孩不再带口音[M]. 林文静，译. 南京：译林出版社.

鲍德里亚，2011. 美国[M]. 张生，译. 南京：南京大学出版社.

鲍德里亚，2014. 消费社会[M]. 刘成富，译. 全志刚. 南京：南京大学出版社.

韩炳哲，2019a. 爱欲之死[M]. 宋娥，译. 北京：中信出版集团.

韩炳哲，2019b. 暴力拓扑学[M]. 安尼，马琰，译. 北京：中信出版集团.

韩炳哲，2019c. 精神政治学[M]. 关玉红，译. 北京：中信出版集团.

韩炳哲，2019d. 他者的消失[M]. 吴琼，译. 北京：中信出版集团.

蒋道超，2006. 西方文论关键词：消费社会[M]//西方文论关键词. 北京：外语教学与研究出版社.

石平萍，2009. 论《西班牙征服者的血脉》中的记忆政治[J]. 外国文学（1）：3-10.

汪民安，2020. 身体、空间与后现代性[M]. 南京：南京大学出版社.

汪民安，2022. 情动、物质与当代性[M]. 济南：山东人民出版社.

张瑛，2015.《加西亚家的女孩不再带口音》中语言与文化身份解读[J]. 当代外国文学（4）：19-26.

Alvarez J, 2010. How the Garcia girls lost their accents[M]. New York: Algonquin.

Bauman Z, 2006. Liquid modernity[M]. Cambridge: Policy.

Fisher M, 2009. Capitalist realism: Is there no alternative? [M]. Washington: Zero.

Fromm E, 1985. The art of loving[M]. London: Harper Collins.

Gomez-Vega I, 1999. Hating the self in the "Other" or how Yolanda learns to see her own kind in Julia Alvarez's *How the García Girls Lost Their Accents*[J]. Intertexts, 3(1): 85-96.

Luis W, 2000. A search for identity in Julia Alvarez's *How the García Girls Lost Their Accents*[J]. Callaloo, 23(3): 839-849.

作者简介

孙红卫，南京大学外国语学院副教授，博士。主要研究领域：现当代英美诗歌。电子邮箱：sunhongwei@nju.edu.cn。

孔奕羽，南京大学外国语学院英美文学研究生。主要研究领域：当代美国小说、诗歌。电子邮箱：kyykongyiyu@126.com。

（责任编辑：张剑）

原住民的"新/心"声：梅丽莎·卢卡申科《多嘴多舌》的政治内涵*

王福禄

内容提要：澳大利亚原住民女作家梅丽莎·卢卡申科的《多嘴多舌》于2019年荣获澳大利亚最高文学奖迈尔斯·富兰克林奖。小说以多视角、多维度的方式呈现出一个澳大利亚原住民家庭五代人的情感纠葛，展现了土-白种族"未解决"的矛盾和当下原住民真实的日常生活。作为小说标题和故事中频繁出现的意象，"多嘴多舌"承载着21世纪以来澳大利亚原住民的"新/心"声，折射出作者挑战一元话语霸权、发出多元原住民声音的意愿，以及对土-白种族和解路径的探索。本文借鉴后殖民主义理论，分析"多嘴多舌"的政治意涵，继而梳理21世纪以来澳大利亚原住民创作的新趋向。

关键词：梅丽莎·卢卡申科；种族政治；种族霸权；和解；后殖民理论

"New/Inner" Voices of the First-Nation People: Political Implications in Melissa Lukashenko's *Too Much Lip*

Fulu Wang

Abstract: Australian aboriginal writer Melissa Lukashenko's novel *Too Much Lip* is the winner of the most prestigious literary award in Australia: Miles Franklin Award. The novel tells the emotional entanglements of a five-generation aboriginal Australian family, presenting the unresolved conflicts between whites and aborigines as well as the daily life of contemporary aborigines in a multi-perspective and multi-dimensional narrative. As the title and the recurring image throughout the novel, "too much lip" carries the "new/inner" voices of the aborigines in the 21st century, reflecting the author's resolve to challenge the hegemony of monistic discourse and to express the plural voices of

* 本文系江苏省社科基金项目"21世纪澳大利亚原住民小说的书写特征研究"（项目编号：23WWD003）的阶段性研究成果。

aborigines, as well as to explore the path of racial reconciliation. This paper draws on the post-colonial theory to analyze the political implications of *Too Much Lip*, which will provide a reference for understanding the writing trend of the aboriginal Australian writers in the new century.

Keywords: Melissa Lucashenko; racial politics; racial hegemony; reconciliation; post-colonialism

自 2000 年以来，共有四位原住民作家的五部作品荣获澳大利亚最具分量的文学奖项——迈尔斯·富兰克林奖（Miles Franklin Award）。[①]作为"欧洲都市文学传统边缘地区的居住者"（黄源深，2014：501），澳大利亚原住民作家在短短二十年中创造如此成绩令人惊异，其中原因除了澳大利亚日益成熟的文化体制和宽松的创作环境外，与原住民作家读写能力的提升和主体意识的觉醒有着密切的关联。21世纪以来，原住民作家在继承政治性和真实性书写传统的同时，也表现出鲜明的时代性和个性化特征。

梅丽莎·卢卡申科（Melissa Lukashenko）无疑是其中的代表。她的新作《多嘴多舌》（*Too Much Lip*）聚焦一个澳大利亚原住民家庭五代人的情感纠葛，呈现出土-白种族"未解决"的矛盾和当下原住民真实的日常生活。2019 年，该小说入围维多利亚州总理文学奖（Victorian Premier's Literary Award）（原住民书写）和斯特拉奖（Stella Prize），最终荣获迈尔斯·富兰克林奖。迈尔斯·富兰克林奖评审团主席理查德·内维尔（Richard Neville）在授奖词中说：《多嘴多舌》"将绝妙的故事融入文化生存的政治现实中，为所有澳大利亚人呈现了一个充满希望和救赎的故事。"（Steger，2019）爱丽丝·庞（Alice Pung）在《卫报》（*The Guardian*）中撰文指出："《多嘴多舌》是一部政治小说……也是一部关于家庭、爱和救赎的小说，小说叙事清晰，情感强烈，闪烁着不容置疑的人性光辉。"（Pung，2020）西澳大利亚作家凯伦·怀尔德（Karen Wyld）则评论道："尽管《多嘴多舌》讲述残酷的事实，但并没有令非原住民读者感到疏远。小说采用黑色幽默将殖民历史、当代社会政治议题和持续的原住民权利斗争联结起来。"（Wyld，2018）

学界对《多嘴多舌》的评价虽然各有侧重，但一致肯定小说蕴含的政治性。然而，现有研究多从宏观视角对该小说予以解读，没有从微观层面对贯穿小说的关键词——"多嘴多舌"展开政治话语分析。事实上，"多嘴多舌"不仅是串联起小说中

---

① 五部作品分别为基姆·斯格特（Kim Scott）的《心中的明天》（*Benang: From the Heart*）、亚历克西斯·赖特（Alexis Wright）的《卡彭塔里亚湾》（*Carpentaria*）、基姆·斯格特的《那支死人舞》（*That Deadman Dance*）、梅丽莎·卢卡申科的《多嘴多舌》（*Too Much Lip*）和塔拉·琼·温奇（Tara June Winch）的《屈膝》（*The Yield*）。

各种家庭、代际和种族矛盾的主线，也承载着当下原住民的"新/心声"。本文参考后殖民主义理论，着眼于"多嘴多舌"的三层文化符号能指，分析其在小说中隐含的政治内涵。

1 多嘴多舌：挑战一元的话语霸权

在《澳大利亚原住民文学指南》(*A Companion to Australian Aboriginal Literature*)的引言中，主编比琳达·韦勒（Belinda Wheeler）引用学者凯·谢菲（Kay Schaffer）的一句话："直到20世纪70年代晚期，澳大利亚原住民才找到他们书写的公共论坛，才找到一个愿意倾听他们声音的非原住民读者群。"（qtd. in Wheeler，2013：5）韦勒引用这句话的初衷在于说明原住民文学日益受到读者关注，无意中也揭示了这一边缘族群长期遭受压迫的现实。自20世纪70年代以来，以斯格特、赖特和卢卡申科为代表的澳大利亚原住民作家以小说为媒介，书写本民族压抑在心底的声音，表达了反对种族压迫、修正民族历史和重申土地主权的政治诉求。在《多嘴多舌》中，卢卡申科延续原住民书写的政治传统，挑战了不同形式的话语霸权，这些霸权具体表现为家长/男性话语霸权、异性恋话语霸权和白人种族话语霸权。

在原住民的文化体系中，"所有的法律、居住模式、禁忌以及社群生活的其他方面由亲属关系原则支配"（West et al.，2010：26），造就了长幼有序、男尊女卑的社群等级结构。在当下时代中，这种亲属关系原则依然重要，"甚至深刻影响着那些居住在城市地区的原住民澳大利亚人"（West et al.，2010：26）。过时的社群制度助长了原住民男性的酗酒和家暴行为，招致主体意识觉醒的原住民女性反抗。在《多嘴多舌》中，卢卡申科通过虚构凯瑞（Kerry）这一人物形象，对原住民社群内部不合理的等级制发起了挑战。有一次，母亲靓玛丽（Pretty Mary）和阿姨高玛丽（Tall Mary）在讲述祖姥姥爱娃（Granny Ava）遭到白人枪击的经历时，年幼的凯瑞就对她们讲述的真实性表达了怀疑，由此招致阿姨高玛丽的数落，"你这个小丫头，怎么这么多嘴多舌"（卢卡申科，2021：30）。凯瑞的"多嘴多舌"一方面展现出她的天真和对历史的无知，同时将原住民文化中习以为常的家长制"问题化"，这种"问题化"随着凯瑞的成长，逐渐转向了对其大哥肯尼（Kenny）地位的挑战。日常生活中，肯尼酗酒成性，不务正业。爷爷去世后，他瞒着家人将社保中心给予的丧葬费用于购买二手轿车。得知真相的凯瑞向母亲揭露了肯尼的行为，并由此引发她与肯尼的冲突。小说中的凯瑞虽然是个虚构人物，但她对肯尼的威胁的回应具有鲜明的政治指向，表达了原住民女性对男性霸权话语的反抗，揭露了原住民社群内部不合理的"文化传统"。

此外，小说通过塑造双性恋的凯瑞和其男同性恋弟弟黑超人（Black Superman）的形象，质疑了异性恋话语霸权。兴起于20世纪60年代的同性恋解放运动挑战了西方主流社会的"异性恋主义"（heterosexism）（Genz et al.，2009：124），令长久位于社会边缘的LGBT群体变得可见。然而，限于种族身份的从属地位，包括澳大利亚原住民在内的少数族裔的性别诉求仍处于"失声"状态。卢卡申科在其新作中赋予了社会边缘群体自我言说的能力，全方位展出现原住民个体的性别差异。小说主人公凯瑞最初是位女同性恋，这一身份令家人感到丢脸。爷爷欧文（Pop Owen）对女同性恋没有好感，妈妈"靓玛丽更是视她犯了滔天大罪"（卢卡申科，2021：40），为此她不得不选择离家出走。当她的同性女友艾丽（Allie）因为偷窃被捕入狱并移情别恋后，凯瑞爱上了一个叫史蒂文（Steve）的白人小伙，这同样令对白人充满敌视的索尔特家族难以接受。凯瑞的弟弟黑超人是一位男同性恋，但他没有凯瑞只遭到家人白眼那么幸运，出柜时被爷爷欧文打个半死。索尔特家族对待凯瑞姐弟的态度验证了朱迪斯·巴特勒（Judith Butler）对性别的论述："性别是一种在严格文化阈限空间中的非自愿地、强迫性地生产，它总是处于束缚之中，并被视为与异性恋传统保持一致的强迫性表演。"（Genz et al.，2009：126）相比而言，凯瑞坚持我行我素，则践行了斯皮瓦克所言的"异质文化复原的方式"（朱立元，2005：426），即承认原住民女性"作为一种具有性别的主体，是具有个体'个性'的和'多样性'的主体"（朱立元，2005：426）。卢卡申科塑造凯瑞和黑超人并不限于揭露原住民社群内部的性别问题，还批判了规训性别的异性恋神话，该神话制造了何为"正常和不正常"的知识话语体系，抹杀了原住民个体的差异性。

再者，小说也动摇了白人的种族话语霸权，并揭露这种霸权带给原住民的身心创伤。斯格特指出："在澳大利亚，殖民社会的权力关系依然存在。殖民化的福利并未同等地惠及前殖民社会。无论你选择什么样的数据——寿命、就业、教育、收入、婴儿死亡率——相比于其他族群，澳大利亚原住民社群依然处于不利地位。"（Scott，2007：120-121）斯格特对原住民生存现状的描述在卢卡申科的《多嘴多舌》中得以再现。小说中，索尔特家族的第一代——祖姥姥爱娃曾遭到白人强奸，先后生下了几个孩子，但都被白人强行带走。为了留住最后一个孩子，她拖着怀有身孕的身体逃跑并由此遭到白人追杀。爷爷欧文年轻时为了帮助家人获得自由，参加白人举办的拳击比赛，本以为赢得冠军后能让家人免受苦难，但最终遭到白人警察的拘禁、殴打和羞辱。后来，爷爷在给白人做工时，眼睛被"神抽"努恩（Cracker Nunne）用鞭子抽瞎。祖姥姥和爷爷的遭遇反映了早期白人对原住民施行的种族同化和压迫，影射出"被偷走的一代"（the Stolen Generations）[1]的悲惨经

---

① 从1869年至20世纪70年代，澳大利亚联邦政府规定拥有四分之一以及以下原住民血统、不到12岁的儿童被认定为"白人"，可被强行带离其原住民家庭，由白人政府授权的机构或教会机构收养和教育，以使其能够被白人社会同化。这一政策导致大量混血原住民失去了原住民文化根基和原住民家族以及社会的亲缘联系，却又在白人社会中饱受歧视，根本无法真正融入白人种族，最终成为遭"黑""白"两个社会共同拒绝的一代，在澳大利亚历史上，他们也被称为"被偷走的一代"。

历。讽刺的是，白人的种族压迫并未因1967年原住民获得合法公民身份而消减，而是以更加隐蔽的方式得以延续，比如市长巴克利（Buckley）打着给予原住民就业机会的幌子强占索尔特家族的爱娃岛，指使手下在夜里纵火烧毁索尔特家的房子，杀死索尔特家的爱犬埃尔维斯。小说聚焦巴克利对待原住民的不同态度，揭示了白人官方话语的虚伪，展现出政治语言的本质，即"设计来使谎言听起来像是真话，谋杀像是正派行动，空气像是固体"（转引自萨义德，2016b：45）。此外，小说对白人不法行径的呈现折射出当下澳大利亚社会紧张的种族关系，揭示了澳大利亚原住民的普遍心理："他们认为自己仍然是在殖民统治之下，总是受到侵略，从来没有从白人占领的历史中解放出来。"（博埃默，1998：263）小说中凯瑞兄弟姐妹反抗白人的压迫无疑是这种心理的体现，突显出澳大利亚社会繁荣表象下不平等的种族现实。

2 多嘴多舌：发出多元的原住民声音

在对殖民时期南澳大利亚报刊原住民话语的研究过程中，罗伯特·福斯特（Robert Foster）和彼得·穆尔豪斯勒（Peter Mühlhäusler）发现："（这一时期）倘若有什么原住民话语能被听到的话，那基本上是被主流殖民文化过滤或发明的。"（Toorn，2009：61）两位学者的研究揭示了原住民长久以来"被描写"和"被代言"的事实，还原了白人官方历史的建构过程。20世纪60年代以来，伴随着澳大利亚民权运动的开展和大众教育的普及，原住民的主体意识逐渐觉醒，纷纷执笔书写压抑在心底的声音——"书面的声音"（黄源深，2014：503）。在卢卡申科看来，这种声音"有别于其他写作，因为我们是透过原住民的眼睛来看这个世界，所以我们所看到的是不同于其他民族的作家"（卢卡申科，2021：323）。与前辈作家凯文·吉尔伯特（Kevin Gilbert）和赖特一道，卢卡申科并未将批判的矛头只对向白人，也对原住民展开自我批判，发出多元的原住民声音。

如果说凯斯·沃克（Kath Walker）的诗集《我们要走了》（*We Are Going*）"开辟了一个新的传播渠道，让主流社会听到原住民多年来一直发出的声音"（Toorn，2003：29），那么卢卡申科的《多嘴多舌》则是将这些声音喊得更加响亮，其中最具代表性的莫过于主人公凯瑞对白人发出的抗议之声。凯瑞在一次夜里潜入市长巴克利的办公室，试着"拿回"属于自己的钱，并随手偷走了白人"神抽"努恩的雕像。期间，她看到了显灵的祖姥爷秦乔伊（Grandad Chinky Joe），后者在看到凯瑞偷窃雕像时皱起了眉头，由此引发凯瑞联想起原住民的律法，"不属于自己的东西不要拿，不论这东西是物品、是时间、是尊严，还是自由"。此外，她又想到"市委会在他们的土地上的所作所为。偷盗者是那些白人们，不是她。她不过是在实施几项重要的个人补偿计划"（卢卡申科，2021：154）。卢卡申科将凯瑞在偷窃时内心的两种"声音"书面化，一方面肯定了原住民律法的伦理价值，另一方面也展现出当下原住民对白人统治者的愤怒心理。与此同时，她借凯瑞之口将"偷窃"视为"补偿"，实际上挪用了白人的政治话语，通过这种是非颠倒的方式，影射出早期白人殖民者对澳大利亚原住民的土地侵占。讽刺的是，白人在官方叙事中曾一度对这段历史予以否认。澳大利亚历史学家罗伯特·麦克林（Robert Macklin）在《黑暗天堂：澳大利亚早期殖民史》（*Dark Paradise: Norfolk Island - Isolation, Savagery, Mystery and Murder*）中对白人篡改历史的行径做出了辛辣地讽刺："关于自己过去的历史，没有哪个国家不撒谎……澳大利亚人也好不到哪去，二百年来，他们一直否认曾经对边远地区用兵，而正是这些战争毁了世界上已知延续时间最长、最古老的文化。"（麦克林，2020：1）

较比凯瑞对白人的抗议，她的姐姐唐娜（Donna）将批判对象从种族拓展至性别领域，发出了原住民女性对男性的愤怒之声。唐娜可谓伽耶特利·斯皮瓦克（Gayatri Spivak）所言的"属下"（subaltern）代表，遭受着白人和原住民男性的双重压迫。从时间上看，唐娜的身世可以分为两个阶段，第一阶段开始于她16岁离家出走之后，那段时间她化名"玛蒂娜"（Martina）去了悉尼，并落在一个"穿西装的白人"（卢卡申科，2021：234）手里。这个白人筛选唐娜的朋友们，"不许有男性，不许是家人，不许是他没有见过的"（卢卡申科，2021：234）。此外，他还殴打唐娜，导致她两次流产。"穿西装的白人"本意指代具有教养的、上流社会的体面人形象，但在卢卡申科笔下却是野蛮的代名词。这一反差形象与法国哲学家让·雅克·卢梭（Jean-Jacques Rousseau）的"高贵的野蛮人"（Noble Savage）遥相呼应。卢梭曾用"高贵的野蛮人"来形容那些生活在未被开发的自然环境中的人，他们远离尘嚣，身心健康，与自然和谐相处。18世纪晚期，"发现"澳大利亚的詹姆斯·库克（James Cook）船长曾借此形容澳大利亚的原住民。随着时间的推移，这一称谓"在大多数白人心中逐渐被劣等的野蛮人所取代，为了殖民地的利益，他们（原住民）将不得不被控制或根除"（West et al.，2010：47）。卢卡申科反其道而行之，通过挪用和改写的策略，将"高贵的野蛮人"标签贴在白人身上，借此实现反殖民的目的。唐娜的第二段身世始于她12岁那年遭到爷爷的强奸。小说以成年唐娜之口，将这段骇人听闻的经历讲给家人听，结果却遭到家人的辱骂和驱逐。唐娜在家中的"言而无声"彰显出原住民女性被多重边缘化的生存状态。"她们的低人一等不仅仅是因为性别，还因为种族、社会阶级——以及在某些情况下，因为宗教和种姓的缘故……性别的分化往往成为更为突出的一个问题。"（博埃默，1998：257）面对家人的误解，唐娜坚持"多嘴多舌"地为自己辩护，控诉了帝国和男性对原住民女性的双重殖民压迫。相比而言，她在房地产销售事业上的成功则展现出追求精神和经济独立的新原住民女性形象。

与凯瑞和唐娜发出的响亮之声不同，少年唐尼（Donny）发出的是对传统文化的"靡靡之音"。在纳罗金看来："原住民作家就像门神一样，他有两副面孔，一副面向过去，另一副面向未来，而他自己则存在于后现代的多元文化的澳大利亚。"（博埃默，1998：266）对卢卡申科而言，唐尼就是她面向未来的"面孔"。小说中的他沉迷于电脑游戏，呈现出精神萎靡的状态，折射出原住民新生代信仰缺失的现实。在传统原住民的部落中，每个人都有属于自己的图腾。唐尼的图腾是鲸鱼，但他对这种图腾并不了解，为此不得不从大卫·爱登堡（David Attenborough）的电视节目中获取鲸鱼信息。小说通过其姑姑凯瑞的心理活动呈现出原住民文化传承的代际断裂，"凯瑞寻思，要是祖姥姥爱娃活着，她就会教他们怎样让鲸鱼从沿海岬角游过来，教他们唱特别的鲸鱼歌，明白鲸鱼的各种行为"（卢卡申科，2021：48）。小说虽然没有直接呈现出唐尼精神迷失的原因，但从其家族成员不会说本民族语言以及信奉基督教的事实，不难推测他的无根状态是白人长久以来对原住民施行同化政策的结果。同化不仅意味着主流文化对他者文化的抹除，还表现为对个体立足于世的身份认同感的摧毁。"对一些原住民族来说，认同感的缺乏意味着一种社会关系的终结，殖民和同化的过程（包括文学艺术的同化）使他们丧失了自己的社会身份——这种身份不可取代。"（谢菲，2010：189）值得一提的是，卢卡申科并未将唐尼设定成完全失语的状态，而是可以发出微弱的声音。这种书写模式一方面控诉了白人对原住民的文化入侵，另一方面也彰显出原住民文化的蓬勃生命力。

3 多嘴多舌：走向和解的必经之路

1988年欧洲白人定居澳大利亚两百周年的庆祝活动将种族和解问题推向高潮，一批有良知的白人作家以小说为媒介，表达了反思殖民历史、重构民族身份和期盼种族和解的政治意愿。然而，限于自己的身份立场，白人对种族和解问题表现出理想化色彩，有意回避敏感的政治议题。现实层面，时任澳大利亚总理的约翰·温斯顿·霍华德（John Winston Howard）违逆多元文化主义的时代潮流，削减原住民拨款，限制原住民土地权利，干涉原住民内部事务，拒绝向"被偷走的一代"道歉，并声称"澳大利亚是世界上最公平、最平等和最宽容的社会之一"（麦金泰尔，2009：239）。原住民作家对白人言行不一的举动表达了抗议，他们以文字为武器，揭露白人和解倡议的虚伪。在《多嘴多舌》中，卢卡申科对种族和解问题表明了原住民立场，与此同时，她还探讨了家庭和解的重要性及其路径——"多嘴多舌"。在她看来，这种方式虽然听起来有些刺耳，却是走向和解的必经之路。

作为一名原住民作家，卢卡申科深谙当下原住民家庭的各种危机，以敏锐的笔触描绘出困扰个体共通的情感体验——不幸的家庭各有各的不幸。在她笔下，索尔特一家的不幸既来自白人的种族压迫，还源于难以原谅的代际冲突，后者集中体现为唐娜在年幼时遭受爷爷欧文的强暴。围绕唐娜讲述真相后引发的家庭冲突，小说探讨了家庭和解的基本问题：为什么要和解？答案指向了两个重大事件，其一是市长巴克利指使手下纵火烧毁索尔特家的房子；其二是巴克利勾结商人准备侵占索尔特家族的土地爱娃岛。这两个事件威胁着索尔特家族立足于世的物理空间和精神家园。对索尔特一家而言，抵御外部威胁的前提是家人摒弃前嫌，团结一致。换言之，家庭成员要达成基本和解。由此引出另一个问题：如何和解？答案指向了小说标题——多嘴多舌。在卢卡申科笔下，"多嘴多舌"意味着言说，但这种言说不是个人独白，而是众人争吵。这种"群星簇拥式的力的结构，一方面强调多样化的重要，另一方面又强调要有表现自我的力量"（博埃默，1998：261）。从社会学角度看，争吵作为人际交往中常见的冲突形式，本身是一种不愉快的经历。但在亲密关系中，争吵却蕴含积极的意义，"它代表着一个人对这段感情和对方的在乎，愿意袒露自己的需要和心声，愿意跟对方交流自己最隐秘、最真实的想法。这背后也代表着双方对关系的信任"（陈海贤，2022：73）。此外，对争吵的主体而言，争吵过程也是倾听过程，更是疗愈的过程。斯格特指出："倾听多样的声音和其他故事，开启鼓舞人心和令人尊敬的对话会帮助我们所有人治愈。"（Whitmont，2010：39）小说中，索尔特家族的争吵扣人心弦，充满戏剧性，家庭成员在宣泄情绪的同时也净化了情感。最终，了解真相的肯尼和靓玛丽向唐娜道歉，为家庭和解迈出了重要一步。

与白人作家的创作意图不同，卢卡申科在《多嘴多舌》中并未流露种族和解的意愿，其中原因通过索尔特一家的"多嘴多舌"得以呈现。凯瑞在九岁时得知祖姥姥当年遭到白人追杀的真相后，意识到自己的"与众不同无法言表。你要是把这个不容置疑的实情讲给白人听，他们一定以为你是骗子，是疯子。这之间的鸿沟无法逾越。有些事情永远无法表述"（卢卡申科，2021：30）。凯瑞的内心独白展现出白人的"种族主义健忘症"（Racist Amnesia），折射出白人对殖民历史的刻意回避。原住民作家赖特对此直言指出：在当今澳大利亚，白人不断采用新的词汇来压迫原住民，比如"'实际和解'（practical reconciliation）、'相互责任'（mutual responsibility）、'渐进式改进'（incremental improvement）和'同化'（assimilation），借此否认原住民的权利、历史以及对社区的基本服务。白人这些行为无疑是在原住民的伤口上撒盐"（Wright，2002：15）。历史学家格雷姆·戴维森（Graeme Davison）更是挖苦地写道："对许多澳大利亚人而言，忘记过去是一种习惯，也是幸福幻觉（'幸运的国度'）的一部分，长久以来，这种幻觉维系着我们的民族身份感。"（Davison，2000：259）卢卡申科笔下的索尔特一家显然是破除白人幻觉的原住民代表，他们的"多嘴多舌"揭示了令白人内疚的历史真相，展现出白人殖民主义带给原住民的历史创伤，表达了当下原住民多元的政治诉求。比如肯尼抗议市长巴克利在爱娃岛上建立监狱，触发了原住民对土地主权的申诉；靓玛丽对白人社保中心表达不满，道出了政府对原住民生存境遇的漠视；理查德大舅（Richard）讲述族人遭受白人凌辱的经历，控诉了白人的种族主义。这些诉求虽然各有侧重，但均指向主导澳大利亚的白人社群，传达出白人正视历史的重要性和必要性。

在比尔·阿希克罗夫特（Bill Ashcroft）看来："种族引发了表述的问题，而这正是后殖民研究的关键。帝国话语所表述的殖民他者，以及殖民主体抗争性的自我表述。"（阿希克罗夫特 等，2014：196）《多嘴多舌》无疑践行了阿希克罗夫特有关殖民主体抗争性的自我表述，呼应了时任澳大利亚总理的保罗·基廷（Paul Keating）在1992年对原住民听众的讲话："我们拿走了传统的土地，破坏了原有的生活方式。我们带来了疾病和酒精。我们进行了杀戮。我们将儿童从母亲身边带走。我们实行了歧视和排斥。"（转引自麦金泰尔，2009：5）在索尔特一家看来，白人屠杀他们的祖先，抢夺他们的土地，偷走他们的孩子，歧视和压迫他们的族人。如今，白人对原住民的歧视和压迫有增无减。在这种情形下，白人抛出种族和解的橄榄枝简直就是笑话。小说结尾，索尔特一家登上爱娃岛，破坏白人设置的重重屏障，展现出原住民为了争取土地主权而采取的实际行动，这一行动从侧面揭示出"马宝判决"（The Mabo Decision）①后土白种族未解决的土地争议，传达出土白种族和解之路的艰难。值得一提的是，市长巴克利由于唐娜的举报被反贪局抓捕，获得了应有的报应，但这种方式并非是解决土白种族矛盾的根本路径。在卢卡申科看来，白人若想与原住民达成真正意义的和解，应当摒弃傲慢与偏见，在尊重原住民存在和价值观的基础上，倾听他们的声音，否则，结果就会像爱德华·萨义德（Edward W. Said）所言的那样："如果每个人都要坚持自己的声音的纯粹性和至上性，我们得到的将仅仅是无休止的争斗声和血腥的政治混乱。"（萨义德，2016a：前言15）

4 结语

如果说"说话"是个人政治行为，那么"多嘴多舌"无疑是一场政治运动。后者所要表达的并非只是"说什么"的问题，而是"怎么说""为什么说""说给谁听"，它在本质上不是个人独白，而是群体对话。在德国哲学家恩斯特·卡西尔（Ernst Cassirer）看来："要理解人，我们就必须在实际上面对着人，必须面对面地与人来往……只有靠着对话式的亦即辩证的思想活动，我们才能达到对人类本性的认识。"（卡西尔，1986：8）在《多嘴多舌》中，卢卡申科站在原住民的立场，以"书面声音"的形式践行了卡西尔的哲学主张，探讨不同形式"对话"的可能，发

---

① 1992年6月3日，澳大利亚联邦最高法院判定"无主之地"（terra nullius）这一表述本不适用于澳大利亚。该判决又称为马宝判决（The Mabo Decision），它承认澳大利亚原住民和托雷斯岛民早在白人登陆澳大利亚大陆之前就拥有土地权，肯定了原住民与土地的独特联系，促成了澳大利亚议会于1993年通过的《土地权利法案》（*Native Title Act*）。

出了当下原住民的"新/心"声。这些声音或愤怒，或哀伤，或刺耳，或低迷，让我们既了解到澳大利亚这个边缘族群的多重关切，又体会到他们作为个体的所思所想。作为第四部斩获澳大利亚最高文学奖的原住民作品，《多嘴多舌》的成功并非是偶然现象，反映出21世纪以来原住民创作的繁荣和新趋向。

在体裁上，以卢卡申科为代表的原住民作家不再局限于自传/生命书写（life writing）的传统模式，而是采用小说（白人的形式）来书写本民族的故事，丰富了原住民政治表达的美学意蕴。在技巧上，原住民作家将传统现实主义与魔幻现实主义、黑色幽默、反讽等后现代手法相融合，展现出其创作水准的不断提升。在主题上，当下原住民作家不再拘泥于表现土白种族的对立，而是基于各自的生活经验和兴趣所向，审视全球化背景下诸如环境保护、性别多元、社会正义、战争与和平等人类普遍的生存困境，并对此表达出自己的态度和见解。这不仅为解决澳大利亚土白种族矛盾和原住民社群内部矛盾指明了方向，也为处理当下全球各种危机贡献了原住民的智慧。

参考文献

阿希克罗夫特，格里菲斯，蒂芬，2014. 逆写帝国：后殖民文学的理论与实践[M]. 任一鸣，译. 北京：北京大学出版社.

博埃默，1998. 殖民与后殖民文学[M]. 盛宁，韩敏中，译. 沈阳：辽宁教育出版社.

陈海贤，2022. 爱，需要学习[M]. 北京：新星出版社.

黄源深，2014. 澳大利亚文学史[M]. 上海：上海外语教育出版社.

卡西尔，1986. 人论[M]. 甘阳，译. 上海：上海译文出版社.

卢卡申科，2021. 多嘴多舌[M]. 韩静，译. 北京：作家出版社.

麦金泰尔，2009. 澳大利亚史[M]. 潘兴明，译. 上海：东方出版中心.

麦克林，2018. 黑暗天堂：澳大利亚早期殖民史[M]. 苏锑平，译. 西安：陕西人民出版社.

萨义德，2016a. 文化与帝国主义[M]. 李琨，译. 北京：生活·读书·新知三联书店.

萨义德，2016b. 知识分子论[M]. 单德兴，译. 北京：生活·读书·新知三联书店.

谢菲，2010. 丛林、性别与澳大利亚历史的重构[M]. 侯书芸，刘宗艳，译. 桂林：广西师范大学出版社.

朱立元，2005. 当代西方文艺理论[M]. 上海：华东师范大学出版社.

Davison G, 2000. The use and abuse of Australian history[M]. St Leonards: Allan & Unwin.

Genz S, Brabon B A, 2009. Postfeminism: cultural texts and theories[M]. Edinburgh: Edinburgh UP.

Pung A, 2020. The Australian book you should read next: *Too Much Lip* by Melissa Lukashenko [EB/OL]. (2020-03-30) [2024-11-21]. https://www. theguardian. com/books/2020/jul/17/the-australian-book-you-should-read-next-too-much-lip-by-melissa-lucashenko.

Scott K, 2007. Covered up with sand[J]. Meanjin, 66(2).

Steger J, 2019. Trauma and humor make a winning combination in Miles Franklin[EB/OL]. (2019-07-

30) [2024-11-21]. https://www. smh. com. au/entertainment/books/trauma-and-humour-make-a-winning-combination-in-miles-franklin-20190730-p52c53.html.

Toorn P V, 2003. Indigenous texts and narratives[M]//The Cambridge companion to Australian literature. Ed. Elizabeth Webb. Shanghai: Shanghai Foreign Language Education.

Toorn P V, 2009. Early writings by indigenous Australians[M]//The Cambridge history of Australian literature. Ed. Peter Pierce. Melbourne: Cambridge UP.

West B A, Francis T M, 2010. A brief history of Australia[M]. New York: Facts On File.

Wheeler B A, 2013. A companion to Australian aboriginal literature[M]. New York: Camden.

Whitmont T, 2010. First contact[J]. Bookseller + Publisher magazine, 90(3).

Wright A, 2002. Politics of writing [J]. Southerly, 62(2).

Wyld K, 2018. Taking back the island[EB/OL]. (2018-12-31) [2024-11-21]. https://sydneyreviewofbooks. com/review/too-much-lip-melissa-lucashenko/.

作者简介

王福禄，文学博士，南通大学外国语学院讲师。主要研究领域：澳大利亚文学、后殖民文学和性别研究。电子邮箱：flewking@163.com。

（责任编辑：张剑）

弗雷德里克·詹姆逊《论现代主义》中的比较文学与后期现代主义

钱兆明

摘　要： 弗雷德里克·詹姆逊2007年推出的《论现代主义》汇集了他在1971—2005年发表的20篇论文。这部论文集不仅展现了他跨学科、跨文化的视野，还证实了他对肇始期、鼎盛期和二战后复兴的现代主义有同样清醒的认识。詹姆逊在考察德语作家彼特·魏斯时将其1975—1981年完成的三部曲小说《反抗的美学》称为"后期现代主义"实验。这一称谓也适用于该书讨论的美国画家德库宁1959年的抽象画、加拿大小说家阿坎1965年的新小说和日本作家柄谷行人、大江健三郎分别发表于20世纪70和90年代的前卫作品。怀念詹姆逊，必定要怀念他留下的学术遗产。

关键词： 弗雷德里克·詹姆逊；《论现代主义》；跨学科；东方文化；后期现代主义

Frederic Jameson on Comparative Literature and Late Modernism: A Review of His *The Modernist Papers*

Zhaoming Qian

Abstract: Fredric Jameson's 2007 *The Modernist Papers* collects 20 essays of 1971 to 2005. The collection displays Jameson's interdisciplinary and cross-cultural horizon and verifies his clear understanding of modernism at its different stages. In dealing with German writer Peter Weiss, Jameson speaks of his 1975-1981 trilogy *The Aesthetics of Resistance* as a late modernist experiment. The term "late modernism" can be used to generalize other post-World War II experiments under discussion in this article, American painter de Kooning's 1959 abstract painting, Canadian novelist Aquin's 1965 Nouveau roman, and Japanese writers Karatani and Oe's avant-garde works of the 1970s and 1990s. To cherish Jameson means to keep his legacy alive.

Keywords: Fredric Jameson; *The Modernist Papers*; interdisciplinarity; oriental culture; late modernism

西方马克思主义理论家弗雷德里克·詹姆逊（Fredric Jameson）于2024年9月22日去世，这是当年美国学界陨落的又一颗灿烂的明星。中国读者熟悉的詹姆逊论著是他的《马克思主义与形式》（*Marxism and Form*）、《政治无意识》（*The Political Unconscious*）和《后现代主义，或，晚期资本主义的文化逻辑》（*Postmodernism, or, the Cultural Logic of Late Capitalism*，以下简称《文化逻辑》）。在这里，我想聚焦他2007年推出的《论现代主义》（*The Modernist Papers*），这部力作作为我的两部近作《东西交流与后期现代主义》（*East-West Exchange and Late Modernism*）与《跨越与创新：西方现代主义的东方因素》（以下简称《跨越与创新》）奠定了理论基础，我写该文致谢就是对他最好的悼念。

《论现代主义》汇集了詹姆逊在1971—2005年发表的20篇有关现代主义文学与艺术的论文。这部论文集，继《文化逻辑》之后，又一次展现了他跨文化、跨学科的视野。就跨文化而言，《论现代主义》补齐了詹姆逊以往的短板：通过探讨夏目漱石、柄谷行人和大江健三郎三位日本现代作家与西方现代主义的关系，他将曾经的缺憾演绎成了完美。不少读者认为詹姆逊是后现代主义者，但这部论文集证实，后现代主义仅为詹姆逊多项学术研究中的一项，他对肇始期、鼎盛期和二战后复出、创新的现代主义有同样清醒、客观的认识。

1 跨时空、跨学科视野与东方文化

詹姆逊的著作历来以跨时空而著称。他的《论现代主义》比他的《文化逻辑》跨越度更大。该书目录显示，他评议的现代主义大师包括夏尔·波德莱尔（Charles Baudelaire）、保罗·塞尚（Paul Cézanne）、斯特芳·马拉美（Stéphane Mallarmé）、阿蒂尔·兰波（Arthur Rimbaud）、威廉·巴特勒·叶芝（William Butler Yeats）、马赛尔·普鲁斯特（Marcel Proust）、格特鲁德·斯泰因（Gertrude Stein）、保罗·德·曼（Paul de Man）、华莱士·史蒂文斯（Wallace Stevens）、威廉·卡洛斯·威廉斯（William Carlos Williams）、詹姆斯·乔伊斯（James Joyce）、弗兰兹·卡夫卡（Franz Kafka）、威廉·德库宁（Willem de Kooning）、理查德·盖尔驰（Richard Gersh）。在时间上，这部论集穿越了19世纪中、19世纪末、20世纪初、20世纪中、20世纪末五个历史阶段。代表的文化覆盖了欧、美、亚三洲，英、法、德、爱尔兰、奥地利、匈牙利、瑞典、瑞士、加拿大、美国、日本十一个国家。

20世纪80年代，詹姆逊在《文化逻辑》等著作中就彰显了他跨学科做文化理论总结的能力。在《论现代主义》中，詹姆逊又一次展现了他在这方面的才华。有必要指出，现代主义文学与现代主义绘画、音乐本来就有亲缘关系。撇开表现主义、超写实主义绘画去讲表现主义、超写实主义文学，往往舍本求末，不得要领。正因为这个原因，21世纪现代主义研究的取向是，结合现代主义视觉艺术讨论现代主义文学。玛乔瑞·帕洛夫（Marjorie Perloff）2002 年的《21 世纪现代主义》（*21ˢᵗ-Century Modernism*）就有一章专论法国艺术家马塞尔·杜尚（Marcel Duchamp）的观念艺术（Perloff，2002）。詹姆逊的《论现代主义》同样有一章专论现代主义绘画。这一章讨论的内容包括现代画之父塞尚为"立体派"开启思路的后印象主义，美国画家德库宁将不同强弱力度传送到画布的抽象表现主义和瑞士艺术家盖尔驰让观众获得高清晰度图像幻觉的超写实主义。

詹姆逊在《论现代主义》一书中不仅仅跨越了绘画与文学两门学科。在讨论塞尚、德库宁、盖尔驰现代画的那章，他还详尽阐释了现代主义物质性美学。美学隶属哲学，很明显，那一章就是用哲学原理去读解塞尚、德库宁、盖尔驰的艺术与艺术观。在《论现代主义》中，詹姆逊还涉及了历史、广告等学科。第 14 章"在可选择的现代性镜像里"（"In the Mirror of Alternate Modernities"）考察了日本批评家柄谷行人的随笔集《日本现代文学的起源》（*Origins of Modern Japanese Literature*）。西方两个世纪的现代化历史，在日本被压缩成了一个世纪（詹姆逊，2010：397；Jameson，2007：283）。詹姆逊认为，柄谷笔下重构的日本现代化的历史形象对西方具有借鉴意义（詹姆逊，2010：397；Jameson，2007：283）。第 6 章"从历史看《尤利西斯》"（"*Ulysses* in History"）显示，詹姆逊一度从历史话题转移到了广告话题。不少都柏林市民头上戴着三明治广告牌。在詹姆逊看来，广告牌上活动的字母是"文本本身的象征"：它消解了"或为由人类关系和人类行文构成的社会根本现实"，让文本"只剩下一个物质整体性的形式"（詹姆逊，2010：216；Jameson，2007：140）。

詹姆逊的"东方之旅"始于 1985 年秋在北京大学的演讲。次年，他即在杜克大学出版社的《社会文本》（*Social Text*）季刊上发表论文《跨国资本时代的第三世界文学》（"Third-World Literature in the Era of Multinational Capitalism"），呼吁文学教育要有"世界文学"意识，要介绍鲁迅等东方文学大师的作品。1991 年、1993 年和 2003 年，他先后在《疆界 2》（*Boundary 2*）、《南大西洋季刊》（*Southern Atlantic Quarterly*）和《伦敦书评》（*London Review of Books*）上刊出《夏目漱石与西方现代主义》（"Soseki and Western Modernism"）、《在可选择的现代性镜像里》和《国王一样的狂人》（"Madmen Like Kings"）三篇探讨日本现代文学与西方现代主义关系的论文。这三篇论文今已成为《论现代主义》第 14、15、18 章。这三章组合在一起，标志着詹姆逊文化批评的一个突破，从疏忽东亚文学到关注东亚文学的突破。

《论现代主义》第 15 章，即 1991 年首刊《疆界 2》的《夏目漱石与西方现代主义》，对夏目漱石的未尽遗作《明暗》和法国作家普鲁斯特的意识流小说《追忆似水年华》（*À la recherche du temps perdu*）进行了比较。《明暗》的故事发生在明治后期，对应西方现代主义鼎盛阶段（High Modernism），而在东亚却似乎与现实主义巧合（詹姆逊，2010：41；Jameson，2007：295）。夏目是日本现实主义文学传统的代表人物。然而，詹姆逊在认同此见的同时指出，夏目在《明暗》中运用了两种特殊的写作手法，"一者是不厌其烦、极尽其详的悬设；另一者则是趋于倏忽而逝的简约"。詹姆逊认为，此二者是"现代主义脱离通常的现实主义以及对诸种文学的逼真性的隐蔽地位的认可"（詹姆逊，2010：419；Jameson，2007：299）。"极尽其详的悬设"主要表现在充斥《明暗》的人物对话，"倏忽而逝的简约"则用于显露这些人物的心理。《明暗》中的"明"指人物间的对话，"暗"指他们阴暗的心理。夏目的两种手法正好与该小说的"明"与"暗"对应（詹姆逊，2010：421；Jameson，2007：300）。

经比较詹姆逊得出结论，夏目的对话"似乎并不比普鲁斯特显得更为简练或者灵活，除了只是这样一个事实：与普鲁斯特式在解释性的段落中夹杂着对话形成对照的是，《明暗》当中全部都是对话"（詹姆逊，2010：420-421；Jameson，2007：300）。夏目最长的对话用了50页篇幅，中间只伴有一些"具极简抽象主义特点系统性的碎片"。关于心理描写，詹姆逊注意到"夏目漱石取消了其他的、更具戏剧性的、可与之保持对话张力的内在形式。最为明显的就是神秘、谨慎、对于秘密的期盼或者说启示"（詹姆逊，2010：426；Jameson，2007：308）。譬如，主人公津田与前女友相会，津田夫人阿延知道后心中五味杂陈。夏目用"是输还是赢"概括了阿延的心理。詹姆逊将之与日本正在形成的资本主义经济联系了起来：这种只讲输赢的心理毕竟是"资本主义或者金钱经济的一个特点。"（詹姆逊，2010：422；Jameson，2007：305）。夏目在《明暗》中呈现的夫妇间、兄弟间、上下级间的明争暗斗，归根结底暴露出了日本社会"'自我主义'的主位化"。从这点出发，詹姆逊肯定了夏目与普鲁斯特的可比性："正如在普鲁斯特那里一样，它也并非个体主体最为深刻而根本的无法抹杀的自私的力量"（詹姆逊，2010：423；Jameson，2007：306）。詹姆逊显然很欣赏夏目的"极简抽象主义"手法，尤其是他用眼神等脸部表情取代普鲁斯特冗长的解释。他称其为"一种新的、语言的，然而同时也是物质的表达模式"（詹姆逊，2010：424；Jameson，2007：307）。詹姆逊指出，"在这里夏目漱石展现了我们主要得自于欧洲的跨现代现象的一个重要的变体，这个与众不同的非欧洲的文本可望给我们新的教益"（詹姆逊，2010：430；Jameson，2007：307）。

《论现代主义》第14章原为詹姆逊为杜克大学出版社1993年英文版《日本现代文学的起源》（以下简称《起源》）所写的"序言"。《起源》并非文学史专著，而是柄谷行人文艺批评随笔的结集。该随笔集共八章，分别讨论了风景、"内面"、疾病等八种日本现代文学的观念。在讨论以上观念时，柄谷一以贯之用"颠倒"（rento）这一概念重新洗牌。以风景为例，风景本为客体，在柄谷的眼里，一旦被自身发现，便"颠倒"成为属于主体的形象。柄谷"陌生的批评理论"震撼了詹姆逊。他感叹，"这是一种思维方式，它可以使我们以不同的眼光审视我们的这个时代"（詹姆逊，2010：408；Jameson，2007：290）。在他看来，西方文学批评家应该"把这一类的思想和阅读'运用'到我们自己的（更'现代'、现代化的和现代主义的）文本中"（詹姆逊，2010：406；Jameson，2007：289）。

《论现代主义》第18章"国王一样的狂人"原为詹姆逊2003年写的一篇书评，评的是日本小说家、1994年诺贝尔文学奖获得者大江健三郎1999年的小说《空翻》。詹姆逊从这部作品中既窥见了大江的现实主义，又窥见了他的现代主义。二者"你中有我，我中有你"；用詹姆逊的话说就是"如果大江不是一个严格意义上的现实主义者，那他也不是一个真正的现代主义者"（詹姆逊，2010：500；Jameson，2007：363）。

1994年6月，日本发生了震惊世界的东京地铁沙林毒气事件。这一事件促使稍后即获诺奖的大江用了四年时间思考日本人的精神状况，并完成了长篇小说《空翻》。该小说的主角师傅（Patron）与向导（Guide）的原型就是操纵东京地铁事件的奥姆真理教头目；参与制造此事件的小团体，那些对邪教头目言听计从的大学生和科学家，也是根据日本社会中的真实人物创造的。《空翻》的现实主义，就体现在它客观再现的日本社会现实；现代主义的一面，则可从其对邪教头目病态意识的描写中审视到。詹姆逊把邪教头目师傅与向导称为"虚拟的双重自我"（pseudo doubling）。虚拟的双重自我可追溯到居斯塔夫·福楼拜（Gustave Flaubert），但詹姆逊指出，萨缪尔·贝克特（Samuel Beckett）在《等待戈多》（*Waiting for Godot*）中提供了更佳先例：该剧有两对虚拟的双重自我，一对是流浪汉弗拉基米尔（Vladimir）与埃斯特拉冈（Estragon），另一对是主人波佐（Pozzo）与奴隶拉科（Lucky）；前者为平等的组合，后者为不平等的组合（詹姆逊，2010：502；Jameson，2007：364）。《空翻》中也有两对虚拟的双重自我：一对是"病恹恹的画家和处在青春期的反叛者"；另一对是师傅和向导。从《等待戈多》虚拟双重自我人物位置"悲惨的颠倒"，詹姆逊引入《空翻》虚拟双重自我人物位置悲惨的颠倒。《空翻》中，向导就被激进的小团伙所杀（詹姆逊，2010：504；Jameson，2007：367），师傅从此被孤立。那个"空翻"就是一个自我毁灭的形式。师傅的自杀，可以被理解为自我毁灭，也可被理解为反抗的重复。

1991年和1993年杜克大学出版社通过其期刊《疆界2》和英文版《起源》刊出的两篇詹姆逊论文与1995年杜克大学出版社推出的拙著《东方主义与现代主义：庞德和威廉斯继承的中国遗产》（*Orientalism and Modernism: The Legacy of China in Pound and Williams*，以下简称《东方主义与现代主义》），论题均为东方文化与现代主义。然而，詹姆逊的论文与拙著至少有三点不同。其一，他聚焦日本，而我聚焦中国，正好互补。其二，他关注日本现代文学中的西方现代主义，而我关注美国现代主义诗歌中的中国文化，又正好互补。其三，他探讨的两部作品跨越了两个不同的历史时期——《起源》的随笔发表于20世纪70年代，对应詹姆逊在《文化逻辑》中考察的后现代；《空翻》的背景是1994年的东京地铁事件，对应帕洛夫在《21世纪现代主义》一书中探讨的21世纪现代主义。我的《东方主义与现代主义》则聚焦1912—1923年埃兹拉·庞德（Ezra Pound）、威廉斯从早期现代主义过渡到鼎盛期现代主义。

詹姆逊把跨越不同历史阶段的三篇论文一并收入《论现代主义》，表明后期詹姆逊认可了20世纪后半叶后现代主义与现代主义并存。20世纪上半叶的现代主义被称为鼎盛期现代主义，20世纪后半叶复出的现代主义该称作什么？我们下节再议。

2　后期现代主义论

现代主义是詹姆逊从教三四十年无时不在关注的一个课题。《论现代主义》中有7章（第3、6、9、10、11、12、19章）转载自他1971—1985年发表的论文。其中第6章"从历史看《尤利西斯》"原为1982年版《乔伊斯与现代文学》的一章。在此章中他提醒我们，克莱门特·格林伯格（Clement Greenberg）在20世纪60年代初就指出，是否关注媒介本身的物质性是识别现代主义的不二法门。定义现代主义关键看作品"日渐重视的物质性意识，以及开始出现的对物质性媒介材质的强调"（詹姆逊，2010：217；Jameson，2007：146）。对绘画而言，媒介本身主要指颜料。远看塞尚与凑近细品塞尚不是一回事。凑近细品塞尚，注意力会从他描摹的客观事物转移到他笔触的质感——那斑斑点点异化了的颜料，绿色、黄色、赭色的。对文学而言，媒介本身主要指词语、句式。现实主义、自然主义小说家让读者的注意力集中于故事情节。以福楼拜为先驱的现代主义小说家却让读者不时停顿，去注意他们的遣词造句，去思考一个专有名词为什么这里演化成了代词，一个通常只用单数的名词为什么那里用了复数（詹姆逊，2010：216；Jameson，2007：260）。放慢读速思考会让读者发觉言外之意。

詹姆逊在20世纪70—80年代撰写的7章中探讨了20世纪50—60年代的现代主义。1979年首刊《社会文本》的第12章"走近三位现代画家的力比多结构"（"Towards a Libidinal Economy of Three Modern Painters"）考察了塞尚、德库宁和盖尔驰。其中德库宁是美国抽象表现主义的灵魂人物之一。詹姆逊用格林伯格强调的物质性美学检验其《作品1959》的现代性。远看只觉得"耀眼夺目"，走到跟前，"专注于它的枝节"，却发现"意外之物"（詹姆逊，2010：362；Jameson，2007：255），"大块的褐色与绿色的色块，辅以数笔浓重的蓝白，旁边就是更深的蓝色，整个上部都是让人产生幻觉的德库宁式的黄色"（詹姆逊，2010：364；Jameson，2007：257）。首刊1983年《耶鲁法语研究》（Yale French Studies）的第19章"置换的欣快感"（"Euphorias of Substitution"）聚焦加拿大法语作家休伯特·阿坎（Hubert Aquin）1965年发表的《下一个插曲》（Prochain épisode）。初阅这部新小说，詹姆逊感觉"太业余，不亲近"，第一人称的颂扬太过分，情节"笨拙、低劣"。再阅之后，他却发现其美存在于陌生的句式。他感叹："如果写作如射击……有些句子正中读者心脏"（詹姆逊，2010：514；Jameson，2007：373）。

《论现代主义》有13章（第1、2、4、5、7、8、13、14、15、16、17、18、20章）转载自詹姆逊20世纪80—90年代发表的论文。其中第14、18、20三章论20世纪70—90年代的现代主义。第14章"在可选择的现代性镜像里"原为1993年英文版柄谷《起源》的前言。在此章中，詹姆逊高度评价了柄谷这部1980年结集的文艺随笔集。他认为，柄谷的洞察力"让我们近距离地考察柄谷行人的现代性……考察我们自己以及我们的现代化中其他难以看到的伤痕"（詹姆逊，2010：399；Jameson，2007：284），其解读方法让"'风景'不再只是一个符号"，它诱惑读者重写、重组、颠倒。与雅克·德里达（Jacques Derrida）主义相比，柄谷的重构更具体（詹姆逊，2010：401；Jameson，2007：285）。

在2003年首刊《伦敦书评》的第18章"像国王一样的狂人"，詹姆逊对大江1999年小说《空翻》的用词作了细致的解读。第一眼看到"空翻"一词，他的印象就是"翻筋斗"。细细琢磨，发觉"空翻"含转换、错位、返回等多种含义。为什么不直接用错位、转换或返回，而要用空翻？显然为了传达言外之意。错位的父亲讲述了这个故事，他"就是故事中十多岁的儿子，与他聪明的父亲，即过去的儿子，已成为哥们儿"（詹姆逊，2010：501；Jameson，2007：364）。

怎么称呼20世纪后半叶的现代主义？詹姆逊在第12、14、18、19章回避了这个问题。直到第20章"极端时刻的纪念碑"（"A Monument to Radical Instants"）时，他才首次把20世纪后半叶的现代主义称为late modernism（后期现代主义）。①该章原为2003年英文版彼特·魏斯（Peter Weiss）三部曲小说《反抗的美学》（*The Aesthetics of Resistance*）的代序。late modernism与late modern在第20章出现三次。第一次在其第二节末："从根本上而言，魏斯的晚期现代主义想努力重复早期的、现在被视为经典的形式之一。"（詹姆逊，2010：530；Jameson，2007：385）第二次在其第二节第五段："在晚期的现代主义作家当中（当然更不用说那些明显的后现代作家），魏斯独自面对着作为一种形式的历史小说所面临的困境；而且还以毫不妥协的姿态要求传统叙事和再现技巧进行彻底的（对某些批评家而言，也是难以理解的）改造。"（詹姆逊，2010：531；Jameson，2007：386）第三次在其第二节末："今天人们难以想象这两种先锋派是如何绝对地联系在一起的，而且从来不觉得先锋艺术的命运与先锋政治的命运有须臾的分离……魏斯是为数不多的拒绝这种分离的后期现代主义艺术家。"（詹姆逊，2010：536；Jameson，2007：390）

---

① 有译者将late modernism译为"晚期现代主义"。"晚期"有最后的意思，鉴于late modernism之后还有21世纪现代主义，译为"后期现代主义"更为适宜。

late modernism 曾为泰勒斯·米勒（Tyrus Miller）1999年出版的专著《后期现代主义：两次世界大战期间的政治、小说和艺术》（*Late Modernism: Politics, Fiction, and the Arts Between the World Wars*）的书名。米勒所指却是两次世界大战间之间的现代主义。英国学者安东尼·梅洛斯（Anthony Mellors）在2005年出版的《后期现代主义诗学：庞德至蒲龄恩》（*Late Modernist Poetics from Pound to Prynne*）中将后期现代主义重新定义为"战后复出、至少延续至70年代末的现代主义"（Mellors，2005：19）。詹姆逊同年（2005年）给英文版《反抗的美学》写序时采用梅洛斯术语的可能性极小。他应该是通过独立研究在同年得出了类似的结论：二战期间走入低谷的现代主义在战后又复兴，称其为后期现代主义恰到好处。不过，梅洛斯界定的后期现代主义与詹姆逊考察的后期现代主义有差别。梅洛斯没有说后期现代主义可以延续至20世纪末，而詹姆逊《论现代主义》中的后期现代主义不仅覆盖阿坎和魏斯20世纪60年代和20世纪70—80年代的现代主义，还覆盖大江健三郎1999年的现代主义。

詹姆逊的《论现代主义》促使我重视格林伯格强调的现代主义的物质性美学，重视物质层面微薄的变化传达的弦外之音。我在《东西交流与后期现代主义》中，以此为准则比较了塞尚和后期奥斯卡-克劳德·莫奈（Oscar-Claude Monet）的现代性，并推断莫纳为二战后的美国抽象表现主义开了先河。詹姆逊的《论现代主义》激励我尝试跨越更多疆界。《东西交流与后期现代主义》仅跨越中美两种文化，以及绘画、诗歌、戏剧、建筑四个领域。《跨越与创新》跨越了法国、爱尔兰、英国、美国、加拿大、日本、印度和中国八种文化，以及绘画、音乐、舞蹈、戏剧、诗歌、小说、建筑、电影八个领域。詹姆逊的《论现代主义》还鞭策我重温美国现代主义诗人最后的杰作——威廉斯的《勃鲁盖尔诗画集》（*Pictures from Brueghel*,)、玛丽安·摩尔（Marianne Moore）的《告诉我，告诉我》（*Tell Me, Tell Me*）和庞德的《诗稿与残片》（*Drafts and Fragments*），并把他们20世纪60年代创新的现代主义称为后期现代主义。

必须指出，世纪之交欧美又出现了新一波现代主义。帕洛夫在《21世纪现代主义》中宣称"具有强大生命力的先锋派重新启动20世纪初的大胆实验"（Perloff，2002：4-5）。她审察的21世纪先锋派佳作有苏珊·豪（Susan Howe）1990年的《梭罗》（*Thorow*）、查尔斯·伯恩斯坦（Charles Berstein）1994年的《移魂都市》（*Dark City*）、林恩·赫吉尼安（Lyn Hejinian）2000年的《快乐地》（*Happily*）和史蒂夫·麦卡弗里（Steve McCaffery）2001年的《丢失的七页》（*Seven Pages Missing*）。笔者赞赏帕洛夫的洞见，并认为忽视当下西方现代主义是詹姆逊《论现代主义》的一大缺失。2017年拙著《东西交流与后期现代主义》在前言中称颂了帕洛夫的《21世纪现代主义》，并在尾声中讨论了贝聿铭21世纪现代主义的苏州博物馆新馆（Qian，2017：132-142）。2023年拙著《跨越与创新》则在第一、第二部分考察了

"东方文化与'鼎盛期'现代主义"和"东方文化与后期现代主义"之后，再辟第三部分"东方文化与21世纪现代主义"，探讨融合中国因素的当代现代主义佳作：蒲龄恩（J. H. Prynne）1999年组诗《珍珠，是》（*Pearls That Were*）之七；贝聿铭2002—2006年中西合璧的苏州博物馆新馆；斯奈德2008年禅诗《牧溪的柿子》（"Mu Chi's Persimmons"）；蒲龄恩2011年长诗《卡祖梦游船》（*Kazoo Dreamboats*）；李安2012年根据加拿大同名小说改编的电影《少年派的奇幻漂流》（*Life of Pi*）；蒲龄恩2014年《评沈周〈夜坐图〉》（"Shen Zhou's *Night Vigil*"）。

詹姆逊的《论现代主义》在理论上、实践上为我的东方文化与现代主义研究铺垫了道路。没有他的《论现代主义》，我就不会这么果敢地跨越时空，也不会这么自信地在《跨越与创新》中把威廉斯、摩尔、庞德最后的杰作和阿瑟·米勒（Arthur Miller）1983、1984年创新版《推销员之死》（*Death of a Salesman*）称为融合东方因素的后期现代主义。

《论现代主义》之后，詹姆逊又推出十多部论著。他毕竟是《模仿论》（*Mimesis: The Representation of Reality in Western Literature*）作者埃里希·奥尔巴赫（Erich Auerbach）的得意门生，当然要留下一部论现实主义的专著。他2015年的《现实主义二律背反》（*The Antinomy of Realism*）专论埃米尔·左拉（Émile Zola）、托尔斯泰、佩雷斯·加尔多斯（Pérez Galdós）和乔治·艾略特（George Eliot）19世纪的现实主义，却时时对照20世纪现代主义和后现代主义的作品。不脱离文学作品，谈文学史和文学理论；不脱离比较互鉴，谈文学史和文学理论，这与我国先师的学风一脉相承。怀念詹姆逊，意味怀念他留下的丰厚的学术遗产。这些学术遗产将鼓励后人不断研习、不断继承。

参考文献

詹姆逊，2010. 论现代主义文学[M]. 苏仲乐，等译. 北京：中国人民大学出版社.

Jameson F, 2007. The modernist papers[M]. New York: Verso.

Mellors A, 2005. Late modernist poetics from Pound to Prynne[M]. Manchester: Manchester UP.

Perloff M, 2002. 21st-century modernism: the "new" poetics[M]. Oxford: Blackwell.

Qian Z M, 2017. East-west exchange and late modernism: Williams, Moore, Pound[M]. Charlottsville: U of Virginia P.

作者简介

钱兆明，美国新奥尔良大学教授、北京外国语大学客座教授。主要研究领域：东西文学文化比较与英美现代主义诗歌、诗学研究。电子邮箱：zqian2026@outlook.com。

（责任编辑：张剑）

体例说明

1　标题

提供中、英文标题。文章主标题和章节小标题尽量简明扼要、突出观点。

2　摘要

提供中英文摘要。中文摘要篇幅为 200—300 字。力求充分说明文章的核心、论证方法及研究价值，语言精练、文字通畅。

3　关键词、基金项目、作者简介

关键词：中英文，3—5个，用分号隔开。

基金项目：放在标题页的脚注中，不超过两项，参考格式如下：本文系2020年度国家社会科学基金项目"副文本视域中的艾米莉·狄金森文学形象研究"（项目编号：20BWW043）的阶段性研究成果。

作者简介：依次为姓名、学位、单位、职称、主要研究领域、电子信箱。例如：王欧，文学博士，西北大学外国语学院讲师，主要研究领域：英美文学。电子信箱：xxx@xxx.com。

4　引文、脚注、文内夹注

4.1　引文

引文在150字以内，无须换行另起；超过150字换行另起，引文第一行左缩进2格。诗歌引文超过8行换行另起。

4.2　脚注

如有文中不详细的地方需要解释说明，请以脚注方式进行。脚注每页单独排序，每页依次为：①、②、③……，且脚注文字需要两端对齐。

4.3　文内夹注

在文内括号中标明作者姓氏和年代，中间用逗号隔开，然后注明页码，如

（Gates，1988：35）。两个以上作者，除第一作者标注，其余作者用"等"或"et al."代替。例如：（钱乘旦 等，2002：3），（Alcorn et al.，1985：56）。

5　全角/半角说明

5.1　正文

正文中的双引号、单引号、括号、间隔号、逗号、句号，请用全角格式，例如：安东尼奥·葛兰西；（Cook et al.，2009）；《理智与情感》（*Sense and Sensibility*，1811）；黑暗生态学的第二个阶段是"离奇感"（Uncanny）。

5.2　中文文献

间隔号、冒号、括号、逗号，请用全角；句号请用半角，例如：

爱德华·W.萨义德，2022b.音乐的阐释 [M].高远致，译.北京：生活·读书·新知三联书店：114.

张和龙，2008.建构独树一帜的现实主义美学范式：奥尔巴赫《摹仿论》评析 [J].外国文学（4）：68-74.

5.3　外文文献

间隔号、冒号、括号、逗号，句号全用半角。

6　专有名词

文中的人名、地名、奖项名、机构名等一律用中文表述。首次出现时，应用括号标注外文，需强调之处可再次用外文括注。外文书名请使用斜体，文章名请使用双引号。例如：

（1）在威廉·梅克比斯·萨克雷（William Makepeace Thackeray）的《名利场》（*Vanity Fair*）中，作为故事趣味丰富者的有黑人仆役萨姆博（Sambo）、霍克罗斯（Horrocks）与拉各斯（Raggles）。

（2）她出生在加纳（Ghana）东北部的乌鲁古镇（Town of Wulugu），名字叫法蒂玛（Fatima），是树农的孩子。

（3）该小说入围维多利亚州总理文学奖（Victorian Premier's Literary Award）和斯特拉奖（Stella Prize），最终荣获迈尔斯·富兰克林奖（Miles Franklin Award）。

7 引用结尾的标点符号

7.1 完全引用

示例：旗医生在缅甸劝K："你跟我们这里的其他人一样，活着或者死去的命运等着你。就像司令官说的那样：我们最好接受既定的道路。只有这样，命运才会有所归依。"（Lee，1999：238）

7.2 不完全引用

示例：他要求K接受既定的命运，不要做无谓的反抗，因为"我知道你在想妹妹死了最好，好过待在慰安所里。但是也有这样一种可能：她本可能最终离开这里，过上体面的长寿生活。她本应该坚持下去的，就像我相信你会坚持下去一样"（Lee，1999：246）。

8 参考文献

8.1 总体要求

（1）排序为先中文文献，后外文文献。中文文献按姓名拼音排序，外文文献按姓氏排序。

（2）外文文献作者姓在前（空格），名（首字母）在后，然后加逗号、出版年代、句号。

（3）外文文献著作标题用直体，而非斜体；文章标题不用双引号。

（4）外文文献标题内套标题，则内套外文著作需斜体、文章需加双引号；内套中文著作和文章需加书名号。

（5）外文文献标题首词首字母大写，其他小写，专用名词除外。

（6）长度两行及以上的参考文献条目从第二行起需缩进两格。

（7）中英文著作均标注为[M]，期刊文章标注为[J]，析出文献标注为[M]//。

（8）出版城市如有一个以上，只著录第一个。

（9）出版社只著录出版商主词，冠词、Co.、Corp.、Inc.、Ltd. 等商业性缩写词，及House、Press等图书公司名称皆省略；大学出版社简写为UP或U of ... P。

（10）文末"参考文献"应与文内"夹注"相呼应。例如：

正文：至此，借助葛兰西的文化霸权概念，安德森与奈恩已建立起一套有关英国无产阶级革命失败的文化假说（Mieke et al.，1999：132）。

参考文献：Mieke B, et al., eds., 1999. Acts of memory: cultural recall in the present[M]. Hanover and London: U of New England P.

8.2 单个作者

需列出作者、年代、著作名、出版地、出版社。例如：

Arac J, 1987. Critical genealogies[M]. New York: Columbia UP.

陈璟霞，2007. 多丽斯·莱辛的殖民模糊性：对莱辛作品中殖民隐喻比喻的研究[M]. 北京：中国人民大学出版社.

钱青，2006. 英国19世纪文学史[M]. 北京：外语与教学研究出版社.

8.3 同一作者多种文献按出版年代升序排序；同一年代有多种文献按首字母排序，并在出版年代后加a、b、c……予以区分。例如：

Lessing D, 2003a. Little Tembi[M]//This was the old chief's country: collected African short stories. Vol.1. London: Flamingo, Harper Collins.

Lessing D, 2003b. The old chief Mshlanga[M]//This was the old chief's country: collected African short stories. Vol.1. London: Flamingo, Harper Collins.

于雷，2014a. 爱伦·坡与"南方性"[J]. 当代外国文学，（3）：5-20.

于雷，2014b. 从"共济会"到"最后一块石头"：论《一桶艾蒙提拉多酒》中的"秘密写作"[J]. 国外文学，（3）：94-101.

8.4 合著

列出第一、第二作者姓名，中间用逗号隔开。如有三个及以上著者，列出第一著者，其余用et al.代替。例如：

Johnson E L, Moran P, eds., 1997. Twenty-first century approaches[M]. Edinburgh: Edinburgh UP.

Taylor-Colins N, et al., eds., 2018. Shakespeare and contemporary Irish literature [M]. New York: Palgrave Macmillan.

8.5 析出文献

期刊和图书的析出文献引用方式如下：

Alcorn M W Jr., Bracher M, 1985. Literature, psychoanalysis, and the reformation of the self: a new direction for reader-response theory[J]. PMLA, 100 (3): 342-354.

Murray C, 2002. Of mutabilitie[M]//The theatre of Frank McGuinness: stages of mutability. Ed. Helen Lojek. Dublin: Carysfort: 162-174.

于雷，2015. 当代国际坡研究的"视觉维度"：兼评《坡与视觉艺术》（2014）[J]. 当代外国文学，（4）：142-149.

朱虹，1997. 从特罗洛普想到的[M]//英国小说的黄金时代：1813—1873. 北京：

中国社会科学院出版社.

8.6 编译

如有两个以上编者，只列出第一编者，其余用et al.表示。eds.放在et al.之后。中文编者后用逗号，加"编"或"译"字。例如：

Mieke B, et al., eds., 1999. Acts of memory: cultural recall in the present[M]. Hanover and London: U of New England P.

钱乘旦，陈晓津，编，1991.在传统与变革之间：英国文化模式溯源[M]. 杭州：浙江人民出版社.

如作者与编者不同，则作者放书名前，编者放书名后，之前加 Ed. 或 Eds.。例如：

Johnson S, 2009. The history of *Rasselas, prince of Abissinia*[M]. Ed. Thomas Keymer. Oxford: Oxford UP.

Murnane B, 2014. Gothic translation: Germany, 1760–1830[M]//The gothic world. Eds. Glennis Byron and Dale Townshend. London: Routledge.

如是译著，则作者放书名前，译者放书名后，之前加 Trans.。例如：

Ricoeur P, 1970. Freud and philosophy: an essay on interpretation[M]. Trans. Denis Savages. New Haven: Yale UP.

8.7 电子出版物

电子出版物的著录标准与印刷出版物基本无异，只需在出版信息中标明[OL]：专著为[M/OL]，期刊[J/OL]。其后需依次标明网络文献发表日期，如（2019-07-30）和搜索阅读日期，如[2024-11-21]。已出版的需著录相关出版信息，未出版的需著录电子版的出版时间及主办机构名称。例如：

Robert F B, 1997. Noam Chomsky: a life of dissent[M/OL]. (2023-7-11) [2024-5-8]. Cambridge: MIT P.

Stuart M S, 2009. Keats and the chemistry of poetic creation[J/OL]. (2017-8-19) [2024-01-04]. PMLA, (85): 268-277.

8.8 网络文献

电子发布标注为[EB/OL]，数据库资料标注为[DB/OL]，并标注发表日期，如（2019-07-30），以及搜索阅读日期，如[2024-11-21]。例如：

Steger J, 2019. Trauma and humor make a winning combination in Miles Franklin[EB/OL]. (2019-07-30) [2024-11-21]. https://www.smh.com.au/entertainment/books/trauma-and-humour-make-a-winning-combination-in-miles-franklin-20190730-p52c53.html.

陈旭泽，2020. 译稿完成就万事大吉了？外版书编辑要做的远不止这些！[EB/OL].（2023-06-01）[2024-9-15]. https://www.163.com/dy/article/FB2M16E30512DFEN.html.

9　其他说明

本用稿体例中没有涉及的其他特殊情况，再按具体情况具体处理。